李健儀 恭繪

People ❹

# 台灣最美的人

證嚴法師與慈濟人

趙賢明◇著

# 因為有你，台灣更美（代序）

二〇〇一年十一月，《天下》雜誌公布「美感大調查」的結果，民眾票選「台灣最美的人」是證嚴法師。領先第二名一大截。

台灣最美的人，美在哪裡？

——她的博愛已超越了美。

——默默行善，心地很美。

——慈悲關懷的人，爲人帶來希望。

台灣的人有福氣，因爲他們懂得欣賞美。四十年來，證嚴法師和「慈濟人」一直在爲他們默默付出，「慈濟人」在這項調查中正是第二名。

不僅在台灣，世界上千千萬萬的人，也一定會毫不保留的爲他們高聲頌揚。因爲他們的大愛，爲身陷困境的人點燃生命的希望。

在《天下》的調查中，民眾心中台灣人最美的特質是「認眞打拚」。

一九六六年，證嚴法師和慈濟人踏上大愛之路。那時候我正值弱冠之年，剛剛踏進社會。那個年頭的台灣人，都要認眞打拚，才能掙個溫飽。

從這之後，有心無力的人有福了。他們得到慈濟人的照應。

四十年了，我在人生的旅途中一路走來，無論在花蓮、台北、泰國、香港、日本、美國、歐洲或其他地方，證嚴法師和慈濟人的善行，點滴在心頭。

我每到一地，總會不自覺的探訪慈濟在當地的聯絡處，和慈濟人親切的晤談，心靈上好比浪子找到溫暖的家。那種快樂千金難易！

一九九三年，我應日本講談社之邀，以一個記者的角度，爲日本人寫一本介紹台灣的書《台灣三巨人》，透過當時台灣政治、經濟及社會的領袖人物，描繪台灣的輪廓。

在社會方面，我推介的正是證嚴法師。

我既親身體驗慈濟在台灣社會的成長，又因經常報導證嚴法師的種種，折服她的無私與奉獻，心中嚮往的台灣願景就是慈濟世界。

自職場退休之後，我信守諾言，把時間留給內子，和她周遊世界各地，有更多機會親炙慈濟人的光和熱，感佩之心無時或已。

但是在旅途中，我從外國人口中聽到的台灣形象，令我大爲駭異。

外國——哪怕是我們不屑一提的「小國」，電視上播的竟是台灣國會扭打成一團的亂象；更不堪的是，台灣竟有個「貪婪之島」的代名詞。「貪婪之島」和「慈濟世界」，相去何其遙遠！

僥天之幸，證嚴法師和慈濟人四十年的辛苦耕耘，在世人心田開出美麗的花朵，讓台灣人走到世界上每一個角落，都能挺起胸膛。

台灣自來就是「美麗島」，在這裡，我要特別感謝兩位「台灣最美的人」，因爲有你，台灣更美。

爲了讓世人了解眞實的台灣，以及慈濟人的偉大情操，我立下宏願，以記者的觀點、筆耕的方式，闡揚慈濟精神。讓他們的大愛發光發熱，更加燦爛。

千禧年的九月，我寫成《大捨無求》，後來又增補、整理，推陳出新。一心爲慈濟與釋證嚴的成長與行善軌跡，保持完整的紀錄。我相信，永遠有讀者以誠敬之心，閱讀慈濟光耀寰宇的事蹟。

在中國大陸，慈濟骨髓捐贈及扶弱濟貧的善行，盡人皆知；一般老百姓卻對證嚴法師及慈濟人感到陌生，台北的賢志文教基金會爲服務中文簡體字的讀者群，便於二〇〇〇年發行《大捨無求》的簡體字版，接著又出了泰文版。

泰文版的由來，是我和泰國夙有淵源。有一年去到泰國，有緣結識慈濟慈善事業基金會的梁安順先生。當時他正全心全力投入「泰國清邁慈濟中小學」的籌設工作。

他告訴我，清邁慈濟中小學是台灣慈濟基金會副執行長王端正先生的構想，是一九九五年「泰北三年扶困計畫」中擬定的教育項目。

在此之前，慈濟在台灣有自幼教、小學、中學、技術學院到大學、研究所的完整體系；而泰國慈濟中小學，則是海外第一所以慈濟教育精神、理念直接經營管理的學校，因此台灣本會抱有深切的期望，更有許多慈濟人願赴泰北當校工。

我得悉之後大爲感動，便將《大捨無求》交賢志基金會印發泰文版，在版權頁注明，「本書由作者捐印發售，全部書款捐作泰北慈濟中學建校基金」。

秀才人情，聊盡心意。

走筆至此，是二〇〇六年新春伊始，也是證嚴法師及慈濟人爲世人犧牲奉獻的第四十個年頭。我把參與慈濟工作，列爲賢志文教基金會的永遠志業之一，絕不讓爲人世間點燃希望的大愛淹沒。

本書從蒐羅材料、整理、撰寫到結集出書，前後逾十個年頭，也得到許多人的協助；尤其在資料蒐集方面，取材自四面八方，參考、引用諸如慈濟的年鑑、《衲履足跡》、《慈濟月刊》、《慈濟道侶》等多種書刊，並此致謝。

二〇〇六年初春

# 引子

現在提起「慈濟」，鮮少有人不知道的。也許，不知道慈濟做了多少好事，因爲它的恩澤廣被，範圍之大，耕耘之深，不探入其中，很難想像，非三言兩語所能道盡；但，就是明白慈濟做了很多好事，光是募善款、濟貧救災、蓋學校、辦教育、做環保等等，經常看到或聽到的，在身邊俯拾皆是……「慈濟」之名早已經成了散播大愛、行善助人的代名詞。

四十年前，「慈濟」只是一個由三十人起頭，每人每天省下五毛買菜錢來行善的小團體，一路增加爲三百人、三千人、三萬人……到如今有四五百萬會員，規模之盛大、組織之完備，已非草創之初可以比擬。分布在全球的慈濟人，每個都以身爲慈濟一分子爲榮，孜孜不倦地奉行聞聲救苦的佛陀精神，將佛教慈悲喜捨的大愛廣布人間。

四十年來，在每一個需要幫助的地方、每一個發生災難的現場，甚至是被疏忽、遺忘的偏遠角落，總會看到一群冒險犯難、默默付出愛心關懷的「藍衣天使」人間菩薩的身影，他們重新安頓了苦難者的身、心、靈，給了他們堅強的依恃與希望；無情荒地有情天，每一次的濟助救援行動，身穿藍衣白褲制服的慈濟人，總是走在最前，做到最後。

在台灣，慈濟志工的慈善關懷腳步從未停歇，蓋醫院、辦教育、建學校、做環保……始終不遺餘力；一九九一年起，更將這分大愛擴及國際，像是烽火下的阿富汗、九一一恐怖攻擊後的美國、被地震蹂躪的土耳其、薩爾瓦多，遭大水肆虐的印度……在昏天暗地的災變第一時間，慈濟人的救援已經抵達；在缺糧斷炊的困頓時刻，第一份熱食已由慈濟人送上……

是什麼力量，讓這個民間慈善團體能夠不畏艱辛、排除萬難，及時地、持續地在台灣與世界各個角落發光發熱？

答案正是證嚴法師個人的實踐精神感召，以及慈濟行善助人的動力，綿綿形成一股愛的連結、循環與回饋。

慈濟人都能深刻的體會到，行善助人不是表面上看到的「給對方什麼」或「爲對方做了什麼」，而是它讓人窺見了人性之美的極致發揮，讓人感到莫名的歡喜，生命得到更多啓發，所以過程中縱有萬般磨難與挫折，也能無怨無尤的做下去。

在時局渾沌、人心浮動的此刻，慈濟這種助人的力量，不啻指出了人類心靈的未來出路。對遭逢巨變、飢寒交迫，或者苦無棲身之所的苦難者來說，給一杯水、一片麵包、一件衣服，甚至一間克難屋，就會燃起他們活下去的希望。慈濟人四十年來海內外賑災的心路歷程，也是因爲在有限的布施中，看見生之希望在困頓幽微處發光，同感振奮，而能不斷投入。

證嚴法師說，慈濟以人道精神立足台灣、伸援世界，受援助的人對慈濟的感恩，就是對台灣的祝福。她並說，社會的平安，要靠人人營造出一個「有福的人生」；社會上善念多，穩定的力量愈大，如果惡念多，動亂也就會愈多，因此要讓世間安定，人與人之間就要發揮善念、力行大愛。人人能夠自愛愛人，創造愛的循環，這就是社會之福；有福，就能破除災難。

一位一百零三歲的環保志工，是個醫師娘，多年前，聽說慈濟在推動資源回收，就開始投入。地方上的人不解：醫師娘這麼好命，兒孫又孝順，爲什麼還要出來撿垃圾？但是老人家說，做人要惜福，環保回收就是惜福。也因爲她的堅持，感動了社區裡很多人，帶動了更多人來做環保。

遍布全球五大洲的慈濟人，就如同這位百歲老人，惜福也造福。有人只聽說台灣有慈濟、只聽說證嚴法師的濟世理念，就心生歡喜、感動，進而付出行動；有人是見證了慈濟的大愛善行，起而效尤。多少人是在悲苦傷痛的深淵中，因爲慈濟志工的溫情陪伴而逐漸走出陰霾，繼而選擇投身慈濟志工的工作，發願要散播更多愛的種子。

目前慈濟於海外三十九個國家設有一百六十多個聯絡處，志工平日在僑居地推動慈善、醫療、教育、文化志業，不但資源取之當地，也回饋當地，同時募款支援台灣醫療、教育等建設。

近幾年，海外慈濟人在僑居地的付出，已逐漸獲得當地社會和民眾的肯定。例如澳洲布里斯本馬特醫院，自一九九四年起，將每年七月第一個週日訂爲慈濟日；香港沙田醫院也選定每年十月第一個週日爲慈濟日。美國洛杉磯蒙洛維亞市爲慈濟美國總會所在地，該市市長感謝慈濟對社區的貢獻，宣布自一九九五年起每年十二月九日爲慈濟日；夏威夷則自二〇〇一年起，連續兩年於五月六日舉行慈濟日活動；北加州的舊金山、矽谷，分別將二〇〇二年的二月十四日、三月三日定爲慈濟日，肯定慈濟人在當地社區的付出。

慈濟在海內外的光榮，與證嚴法師的精神領導相繫；她以身體力行、實際而積極的救難濟貧行動，獲得了大家的共鳴與尊敬，也創造了另一種傲世的台灣公益奇蹟。

# 證嚴法師與慈濟人

美國《商業周刊》曾在一篇專訪中形容：「每天早上三時五十分，從一個簡單的床墊上起身，開始一天的工作。她打坐、工作一個小時後，六時用簡單的早餐，她的例行生活與一般佛教比丘尼無異。」如此一位看似平凡的比丘尼，卻是當今台灣最具影響力的人物之一。她的慈心柔語、她的悲憫情懷、她的無私奉獻……在在牽動了世人初始的善念，織起濃密的愛之網，覆蓋著整個地球村。

雖無傲人的學位與身世背景，但她平實睿智、充滿禪機的開示，連達官貴人甚至中外領袖均曾親往請益或尋求她的祝福。

四十年來，證嚴法師大愛的付出，獲致國際的肯定並得獎無數。但對這些來自外界的諸多榮耀，證嚴法師總是低調回應，也從不曾出席領獎，因爲，她認爲，所有的榮耀都屬於全球慈濟人。

她曾引述一則故事──有位農夫無意間挖到一塊玉石，開心地把它送給宰相，對方卻堅持不收。農夫說：「這是我一生中最貴重的寶物，請您一定要收下。」宰相回答：「你把玉石當作寶物，而我把『不受餽贈』當作寶物；請你把玉石帶回去，讓你擁有你的寶物，也讓我擁有我的寶物。」

證嚴法師開示說：「有人把金銀財寶視爲寶，有人把名位權利視爲寶，有人把不忮不求視爲寶，究竟何者才是眞正的寶？就要看一個人的人生觀、智慧與涵養而定了。」她認爲人生在世，並不是爲了求取名聲，而是要守住人格道德情操；她常說：「人的本分就是應該要付出，以平常心努力爲人群、爲社會付出，無論是『得』或『不得』，都是一樣的。『做，就對了！』」

證嚴法師帶領慈濟人所做大愛無國界的事蹟，更已成爲美加地區中學生的教材；在課文中還出了一道題目讓學生思考：「證嚴法師的人道努力救了很多人的生命，你認爲她的慈善救濟工作何以能克服政治藩籬，破除文化和族群的區隔？」

如果拿這個問題來請教慈濟人，他們的答案很簡單，就是：「主動關懷，實際救苦濟難。」即使彼此語言不通，生活背景歧異，但慈濟以愛的行動語言，縮短了人與人之間的距離；慈濟是「以做代替說」，傳達的是「感恩，做得很歡喜！」這在紛擾濁亂的現代社會裡，益發顯得清新可貴。

證嚴法師曾有感而發：「做慈濟雖然眞的很辛苦，但永不後悔！」而這也是所有慈濟人的心聲。她期勉慈濟人要以「合心、和氣、互愛、協力」爲準則，把握每個當下，聞聲救苦，齊心打造「以善爲寶」的人間菩薩道。

慈濟在一九六六年創立，致力於慈善、醫療、教育、人文四大志業，以及骨髓捐贈、環境保護、社區志工、國際賑災的工作。這八項善行，慈濟人奉爲「一步八腳印」。

在國內已關懷超過數十萬戶弱勢或貧病家庭，同時爲使人間菩薩悲憫關懷的觸角延伸至偏遠角落，先後集聚眾人的愛心，相繼打造出花蓮慈濟醫院及各地分院，並規畫一個全國性的大愛醫療網，希望未來在每個縣市都能有慈濟的大愛醫院，守護著台灣各地病苦的眾生。

在工地，慈濟志工推動素食、無菸、無酒、無檳榔，將工地變成道場，致力營造品質的提升，也難怪工人都覺得自己「變得有氣質了」。

另爲培育充滿大愛的白衣天使與仁心仁術的良醫，創立了護專（現爲慈濟技術學院）及醫學院（現爲慈濟大學）。有感於學校是慧命的搖籃，慈濟辦教育什麼都不求，只求教育出學生自愛、愛人，能尊重生命、有生活品格，也就是培養一種人文的精神，因此規畫了一個往下扎根，從幼稚園開始，乃至博士班的「完全教育」藍圖。如今慈濟技術學院、慈濟大學、慈濟大學附屬中、小學及幼稚園，已然連成一個完整的慈濟學園，爲愛的搖籃增添滿溢希望的未來。

一九九九年的九二一大地震，造成台灣嚴重的破壞，然而許多人的愛心匯聚，也帶來了希望建設；慈濟投注了大批的人力、財力與物力，持續的協助災民安居重建家園，並援建五十所震毀的學校，讓驚嚇受創的孩子們能免於失學之苦，得以在大愛打造的環境中重燃新生的活力。

現在走訪九二一的中部災區，已不復見當時災變的滿目瘡痍；慈濟援建的五十所「希望工程」學校，也已完工。這裡有著證嚴法師帶領慈濟的慈悲心，許大家一個安定與希望的未來。這一切都是大家用愛澆灌的心血結晶，一步一步築夢踏實。「希望工程」是慈濟對台灣教育的承諾，也在九二一的災後重建中，爲台灣社會樹立了一種「大愛」付出、「感恩」學習的教育。

慈濟志業由國內發展至國外，則起於一九八五年，僑居世界各地的慈濟人，希望奉獻一己之力，在資源「取之當地，用之當地」的原則下，於僑居地開始篳路藍縷的推動著慈濟濟貧救災等工作。目前全球至少有三十九個國家設有慈濟分支會或聯絡處。

一九九一年慈濟因爲救助孟加拉颶風重災，開啓了海外救援工作，直到二〇〇五年，總共援助了全球近六十個國家，足跡橫跨歐、美、亞、非、大洋洲等五大洲。

慈濟濟世救人的行動跨越了政治、種族、宗教及地域等藩籬，始終以人道精神出發，凡是災區有需求而慈濟能力所及，一定全力以赴，爲受苦的人帶來重生的希望。

慈濟志工「藍天白雲」的身影，在千山萬水間流轉，他們不辭艱辛，翻山越嶺、跋山涉水，甚至冒著疫病或戰亂的危險，深入險境，因著「難行能行」的信念，一次又一次達成艱鉅的任務。慈濟人最大的安慰是，除了提供災民物資的協助，也喚起了人性的互助互愛，促進了災區的自立與重建；慈濟人希望這些受到幫助的人，有一天有能力時，也能回饋國際社會，如此善的循環，便能形成一個充滿大愛的地球村。

慈濟人不只是無所求的付出，而且心存感恩。對於自己所做的一切，常常只是一句「感恩」啦——感恩對方示現苦相，使自己懂得知福惜福，也感恩對方願意接受自己的付出。

「心中有感恩，生活就會很滿足，這就是幸福的人生。」證嚴法師如此教導大家。

感恩是快樂的泉源，由於感恩彼此的造就，所以即使菩薩道再難行，也因得此機緣而甘之如飴。

# 第一章 塵緣與佛緣

體悟到親情猶如一場舞台劇，依業緣而聚，她有了新的思考：「未來，我的人生要把愛放到哪裡？是要愛自己呢？還是愛我的家庭？或是愛我所偏愛的人？同樣的一分愛，何不由小擴大！」於是她決定離開小我的家庭，跨入如來的大家庭……

年近七十的證嚴法師，在二十六歲那年落髮出家；三年後，她從一個小小的願心出發，帶領著信眾，開啓了「慈濟」救苦救難的善行大業。

二十六歲之前，她是王錦雲；二十六歲之後，她是證嚴法師。兩段迥異的人生，兩段傳奇的經歷。

## 要出家就在這裡！

一九三七年出生的證嚴法師是台中清水人，幼年被父母過繼給叔父，因此以叔嬸爲父母，後移居豐原。由於父親經營多家戲院，業務繁忙，她是長女，所以二十歲不到就幫起父親的事業，替父親分勞，並協助處理家務。十五歲時，母親罹患胃穿孔，必須開刀治療。她爲了替母親祈福消災，開始持誦「觀世音菩薩」名號，並且發願以自己的十二年陽壽來換回母親的健康，開始茹素。爾後，一連三天她都作同樣的夢，夢到一位慈祥的女子，賜藥給母親服下。後來母親沒有開刀，病就好了。從此她開始「素食」，但當時對「佛法」並不了解，只是出於一片純孝。

五年後，她父親五十一歲時，突然因高血壓病故。悲傷的她，開始思索：生命是怎麼回事？一向健康的父親，一口氣嚥下，就再也不能呼吸了，爲什麼人生這麼無常？死到底是什麼？人死後又去了哪裡？……

後來朋友帶她去聽豐原寺的妙廣老法師講解《地藏經》，希望可以解答她的疑惑。有天她開門見山問老法師，父親到哪裡去了？老法師說他無法回答，只拿出一本經書《解結科儀》，要她回去看，說不定就知道答案了。

她並沒有在書中找到答案，但是關於「無常」的道理卻觸動了她。後來阿嬤藉由民間「觀落陰」方式，竟得到「父親已墜入枉死城」的說法，讓她心中無法安寧，十分迷惘。最後是一位朋友帶她去慈雲寺拜誦《梁皇懺》爲父親超渡，她才心有所悟，體會到人生無常，凡事皆是苦空幻滅；也才了解：「萬般帶不去，唯有業隨身。」她知道一向熱心助人的父親絕不可能墮落三塗，心也就安了。但也體悟到親情猶如一場舞台劇，依業緣而聚。這時，她又有了新的思考：「未來，我的人生要把愛放到哪裡？是要愛自己呢？還是愛我的家庭？或是愛我所偏愛的人？同樣的一分愛，何不由小擴大！」於是她決定離開小我的家庭，跨入如來的大家庭。

一九六〇年秋天，透過慈雲寺法師的推薦，她不辭而別，上了火車，直抵台北，轉赴汐止的「靜修院」，可是才住了三天，便被母親給追蹤找到，只好跟著回家。這是她第一次離家出走，棄俗不成。

過了一年，心意堅決的她，兩袖清風、身無掛礙的再度離家，隨同慈雲寺的「修道」法師到當時仍是人煙罕至的台東鹿野鄉山區隱居，潛修佛學。在無燈缺水的山區，她們兩人採野菜、揀地瓜維生，過了兩個多月，又被母親及家人找到了。但她寧死不回去，並把隨身的金飾，統統交給了母親，只留下手錶和大衣，孑然一身，懇求成全；最後母親終於答應，哭著回豐原去了。

之後，她們又輾轉到了花蓮，獲得許聰敏老居士收留，並安排住在秀林鄉普明寺。她見到這間供奉地藏王菩薩的小寺，竟是八年前她爲母病祈求，而連續三夜夢中所見的小廟；到了這裡，心裡頭便落實了，她想：「要出家就在這裡！」於是，便在一九六二年冬天，自己落了髮，現「沙彌尼相」，而與她在東部流浪年餘、患難相依的修道法師，因爲一直生病，只好回去豐原了。

一九六三年二月，由於特別因緣，得以拜高僧印順長老爲師，獲賜法名證嚴，字慧璋，並受了三十二天比丘尼具足戒。回到花蓮住進許老居士在地藏殿後面蓋的小木屋掛單修行，每日禮拜《法華經》，以報答生養她的兩對父母親，和陪她受盡辛苦的修道法師及許老居士護法的恩情。並且每月寫一部《法華經》，爲眾生回向（均在農曆二十四日寫完）。因「不受供養」，以致生活相當困苦，常常連二三元的公車費都沒有著落，而每次供佛、回向，也是沒有花、果。但她依然每天凌晨一點即起身早課、燃臂供佛，日食一餐。

## 為佛教、為衆生

之後，又因緣際會移單至慈善寺講《地藏經》，並因此結識許多信佛弟子；一九六四年秋天，她帶著幾位弟子回到地藏殿原住地結伴修行。她們不赶經懺、不作法會，也不化緣，完全自力更生：到工廠拿原料再加工打毛衣，或把水泥袋改裝成飼料用的小型紙袋，後來又增加了嬰兒布鞋的製作，以維持常住生活。

但在研讀經書之餘，她腦中一直繚繞著受戒後，師父開示的第一句話：「爲佛教、爲眾生。」她思索：「許多人只是把佛教教義當作一門學問研究，但佛教講求的救世精神、慈濟胸懷，又該怎樣發揚實踐？」

後來，她受到一件事的衝擊——一位難產的婦人，因無力繳付八千元保證金而求醫不成，留下一攤血的故事，讓她驚覺到：錢財雖是身外之物，但亦能救人性命。她悲憫貧病苦痛蒼生，需要幫助的人何其多；又經三位天主教修女來訪，她們盛讚佛教的慈悲精神，但認爲佛教中人較保守，不似西方宗教的活躍。這使得證嚴法師暗暗立誓，獨善其身是不夠的，應該實際爲芸芸眾生做點事。

適時，印順導師希望證嚴法師到他嘉義妙雲蘭若的道場；大家聽到這個消息，都捨不得她離開，於是集合了三十位信眾聯名挽留她。證嚴法師想到「家家觀世音，戶戶彌陀佛」這句話，如果能把每個人的慈悲心都啓發出來，組成一個五百人的團體，不就等於菩薩的一千隻眼睛和一千隻手嗎？那麼暗角苦難的眾生就可因此而即時獲得救助了。

於是她向信眾說，若不願意她離開花蓮，就要讓她做具體的社會事業，以落實她「濟貧救世」的心願，這樣她就不會離開了。她並提出了初步的構想：她與五位同修弟子，每人每天增產一雙嬰兒鞋的收入，每雙可賣台幣四元，六個人可多賺二十四元，一個月就有七百廿元，一年可多出八千六百四十元，有了這筆錢，就可以拯救像那難產婦女的一命了！她並呼籲三十位信眾，每人每天上市場買菜時，先在竹筒內投入五角錢，三十個人，一個月即可存四百五十元，加上增產嬰兒鞋每月七百二十元的收入，那麼一個月就有一千一百七十元的基金了，只要大家發揮聚沙成塔的力量，就可以立刻展開「濟貧救世」的工作！這個構想立刻獲得了眾人的認同與支持。

一九六六年二月十九日開始，「主婦們出門前先丟五角錢在竹筒裡」的這件事，在花蓮各菜市場很快的就傳開了，也立刻獲得很大的回響，參與的人愈來愈多了，於是他們在農曆三月廿四日（也就是證嚴法師每月誦《藥師經》回向之日）正式成立了「佛教克難慈濟功德會」。所謂「克難」，亦即一針一線（縫製嬰兒鞋）、一角一毛（節省買菜錢）湊足基金的意思；從那天起，慈濟救助的工作就無休無止的展開了！

從此證嚴法師長住花蓮，不言離去，那年她二十九歲，距離正式出家，也只不過是三四年的光景。

# 第二章

# 慈濟的救人事業開始了

位於花蓮縣新城鄉康樂村的靜思精舍，是盛名遠播的「慈濟」發源地，四十年來的濟貧解困事蹟，恩澤廣被，使得這座建築散發著耀眼的萬丈光芒。證嚴法師的傳奇故事就寫在這裡……

證嚴法師受戒之後，原本發願一不做法師；二不做住持；三不收弟子（也不受在家人皈依）。但是，由於「功德會」的成立，參與者對證嚴法師犧牲無我的悲憫情懷深爲感動；因此紛紛要求剃度或皈依座下，法師爲了「功德會」的因緣，只好訂下破例接受皈依的兩項尺度：

一・凡皈依者，必須要做「慈濟功德會」的成員。

二・凡皈依者，必須實際負起「慈濟功德會」的社會救濟工作，而不能徒說空言。

只要接受這兩項條件，法師便爲他授皈依禮；一時之間，座下的白衣弟子急速增加，「慈濟功德會」的工作，也因而獲得大幅的成長。

## 救濟貧民，有始有終

「功德會」救濟的對象包括長期與急難救助；只要發現需要救濟的個案，就在每個月舉行的委員聯誼會中提報討論；若是臨時緊急個案，則由委員會召開臨時會議決定。「慈濟功德會」秉持「救人救到底」的原則，絕不半途而廢、有始無終；而該原則亦沿襲至今。

一九六六年四月初，開始了功德會的第一個長期救助的個案，對象是一位從大陸來台、八十六歲孤苦無依、不能行動的林老太太，慈濟每個月除了幫助她三百元生活費外，還請人代爲燒飯洗衣，照應她的生活起居，直到一九七〇年二月去世爲止。

第二個領受慈濟恩澤的是同年五月的「急難送醫」個案，慈濟負擔五千多元的旅費、伙食費及手術費，協助患青光眼的菜販盧女士到羅東五福醫院開刀；遺憾的是，盧女士卻在十一月因細故與先生口角而自殺；慈濟則另致送一千二百元慰問金及一床棉被，每個月並發給白米二斗，以安定苦主和五個女兒的生活；直到隔年六月，其夫收入好轉後，才停止援助。由此經驗，以後對於貧戶個案，慈濟每三個月複查一次，一方面給予精神上的安慰與關懷，另一方面也可視其生活狀況，而加減其補助。

推動慈濟的工作係採取「委員制」方式，凡是秉承佛陀「無緣大慈，同體大悲」之精神，能以「佛心爲己心，師志爲己志」，從事「濟貧教富」工作者，皆能加入委員的行列；「委員」爲神聖無酬勞的義務職，不分晝夜的爲「慈濟」付出無限的時間、金錢與體力。

他們參與的工作包括：

一・勸募善款，發揮慈悲喜捨，淨化人心的教富精神。

二・訪查低收入戶，來往旅費全部自理。

三・慰問急難災戶、病患。

早期的委員多屬家庭主婦，識字不多，僅是憑著一股信念，以極淺顯直接的言辭向人介紹慈濟說：「有位師父要救濟貧民，很偉大，沒有人能這樣做！」善款則是五元、十元的點滴累積，這些委員們靠的是兩條腿，不辭辛苦的各處奔走。這期間，有鼓勵、有溫暖；也有挫折和誤解的白眼。但當他們看到窮困的人因之獲救的欣喜，心中那份安慰與快樂委實無法形容。

這些可敬的慈濟人，他們主動地去發掘需要救助的對象，適時施予援手；四十年來，領受過慈濟德澤的貧戶不知凡幾，許多人即因心存這份感念，也自願加入慈濟的行列，再去幫助比他們更窮更苦的人。

慈濟「愛」的力量，如海潮般的向四面八方洶湧而來；而慈濟的會員亦由原先的家庭主婦，到如今的社會賢達，每個人都深受證嚴法師無私無我精神的感召，而全力奉獻自己的心力。對證嚴法師，他們由衷的表示：「這一切，該感謝的是師父，她不僅是救貧，同時也教富，是她老人家的慈悲，才讓我們這些人有福田可耕。」而且，他們也能深切的體認到：「師父的擔子這麼重，所以，那怕是些微的力量，都是慈濟需要的……」也就因爲這份共識，終於成就了遠近馳名的慈善志業。

## 出嫁要嫁妝，出家也需要護持

慈濟功德會剛成立時的地址，只是侷限在秀林鄉佳民村警察派出所後面不到二十坪空間的地藏殿（即普明寺）裡，除常住的出家人要在這裡做加工品之外，功德會也經常需要利用這個地方處理一些事務，加上每月發放救濟米，以及每月二十四日所舉辦的一次「藥師法會」（因爲，在平時，證嚴法師不爲任何人家趕「經懺」或「請託誦經」，所以參加「藥師法會」的人異常踴躍），狹小的空間實在不敷使用，因此解決功德會的場地問題，成了當務之急；爲此，證嚴法師第一次向俗家的母親提出了經濟支援的請求，而母親也以慈愛、寬大、諒解的胸懷表示：「女兒出嫁要嫁妝，出家當然也需要護持。」爲她解決了一時的困境。

就在一九六七年的秋天，功德會買下目前精舍所在地四千五百坪土地（距普明寺約二百公尺的距離），其中不足的款項，則以土地權狀向銀行辦理抵押貸款支付。

自此，這些常住的出家人除生活費外，還要償還銀行的貸款與利息，負擔加重了，工作也更爲勞苦——除在原有的五分旱地種植花生之外，另種植了一甲半的水稻，並且多接了一些織棉紗手套等手工；雖然生活如此清苦，但所募得之善款均係涓滴歸公，全數納入「濟貧基金」的專戶。而同年七月二十日創辦的《慈濟月刊》，除刊載有關會務報導之外，並刊載善款帳目——「誠正信實」爲慈濟一貫的工作態度。

一九六九年，慈濟功德會的會員日益增加，普明寺已不敷使用，這時證嚴法師的俗家母親又伸出了援手。這位人稱「師媽」的老人家，身材雖瘦小，但是中氣十足、行動俐落，她也是慈濟勸募委員之一，在豐原幫忙收善款，同時也參與訪貧的行列。由於年紀較大，證嚴法師擔心母親不堪負荷，有師兄、師姊開車時，才讓她參加。雖然女兒的志業推展順利且博得好評，自己又過得忙碌而充實，但是私底下師媽仍有些微的遺憾：「母女不再有共處的時間。」

在慈濟初萌芽時，證嚴法師尚能遵守出家的承諾，每年在母親生日時返回豐原小住三天，但隨著慈濟規模的擴展，證嚴法師日夜忙碌，四處奔波，天倫之樂只好犧牲了；不過師媽倒也想得開：「看一下就好，知道大家都平安就可以了。」

王沈月桂說，父母的愛千千萬萬，她相信女兒並不是違背她的心意，只是塵世緣分已盡；「她對我的部分，她都已盡心了，我沒有也無法向她請求什麼。將慈濟志業做到最好，對她而言，就是報答母親養育之恩最好的辦法。」如此的體諒與愛心著實令人感動。

天下父母心，當證嚴法師初到花蓮，在普明寺掛單時，曾在一座小木屋獨修六個月，王沈月桂從台中趕去，目睹小木屋的簡陋，忍不住心疼得哭出來；後來在慈濟功德會景況困窘之際，老母親於普明寺附近買了約四千五百坪的農地，隔兩年，又拿出了二十萬元，給功德會興建靜思精舍。從此慈濟功德會才算有了自己的「家」，成爲後來慈濟志業發展的根基，並成爲「慈濟功德」的象徵。也因這個緣由，王沈月桂老太太被慈濟人譽爲「慈濟之母」。

眼看著慈濟的成長，王老太太眞是滿心喜悅，她從不涉入慈濟內部事務，只和一般人一樣，當個快樂的慈濟人。她說，實在沒想到會有那麼多人投入寶貴的時間和金錢加入慈濟的行列，爲此，她覺得相當感恩。

# 第三章 織就緊密的菩薩網

證嚴法師不時的對這些「聞聲救苦」的慈濟人表達感恩之意，因為他們可謂是張起慈濟服務大網的最大功臣，「一眼觀時千眼觀，一手動時千手動」，他們總能在最快的時間內趕到苦難現場，與受苦眾生同在……

證嚴法師常教誨弟子，要將生命轉成慧命。人生的價值不在於活了多長，而在於為社會人間做了多少事。人畢竟不是動植物，對人類、社會乃至環境萬物應有一分責無旁貸、終極關懷的愛。

非洲醫學之父史懷哲曾言：「倘若歐洲人的幸福對非洲人的苦難，竟無絲毫幫助，那幸福必然是有缺陷的。」人活著終究不是個己的事情，在幸福的嚮往追求之外，應有更重要的意義。史懷哲所謂「幸福的缺陷」，原來是要靠服務他人才能獲致圓滿。俄國大文豪托爾斯泰在他的寓言故事裡，也不斷強調生命中最重要的事情，就是好好對待身邊的每一個人，因為這是「人」被送到世界上來唯一的目的。

法師說：「世上有二件事不能等：一是孝順，一是行善。不管路有多長，時間有多充裕，考慮的因素有多少，有些事是不能計畫、不能遲到的，馬上出發吧！給生命一個更好的承諾！」「我們不要認為，這世界這麼亂，我的力量這麼小。不要妄自菲薄，假如人人都能守好本分、做好該做的事，多數人奉獻大愛，不要只為私己，這個風氣帶動之後，力量就會很大。」

「愛，不計力量，就有無限力量。」證嚴法師如此說。

「生命有限，慧命永在！」她教大家要時時發願，何時去來不必掛念，時刻堅持這念虔誠的初發心才是最重要的！「明天」先到，還是「無常」先到，誰也無法預料。唯有把握當下，「做」就對了！

## 與醫院合作轉介個案家訪

慈濟慈善志業的堅實基礎，來自於各個角落願意犧牲奉獻、終生學習的志工。平時大家散布在各地，一旦遇到事情，卻能馬上組成一個工作團體。

一名委員志工的養成，除了接受培訓外，重要的是能夠在日常生活中，珍惜每個親身參與付出的機會。透過具體實踐，貢獻能力，同時，也從參與的過程中，汲取成爲一名成熟志工所需的養分。

委員之間的默契，主要出自於彼此共同辦理長期低收入戶的訪查、定期發放工作、各項急難賑災，以及一些慈濟團體對內、對外的各式活動。經過四十年來的演進累積，儘管慈濟志業的內涵，已遠超過慈善的範圍；然而，將「扶困濟貧」視爲一己分內之事，仍是每位慈濟委員的共識。

慈濟的濟貧分工合作，從昔日委員間藉由口耳相傳，進展至今天社工員與委員的彼此配合，相互補足，並逐步建立起完善的訪視記錄檔案；方式或許已有大幅的改變，不過大家仍是一本初衷——希望照顧戶能人助自助，並爲慈濟慈善史留下眞實動人的篇章。

爲因應社會資源的合理分配，同時亦爲了提供委員志工一個在社工專業理念中能持續性成長的空間，因此，慈濟全省各分支於一九九三年陸續成立了全省訪視組，自此，慈濟慈善志業即朝著更專業、更人性化的方向邁進。在生活水準普遍提高後，個案類型亦日趨複雜，再加上社會發展快速，以及城鄉距離的拉近等因素，使得以往單一的訪視組織架構已不敷大環境的需求。於是各區訪視組也因時因地制宜，會稍做調整，甚而衍生專責小組，以因應社會的需求。

大台北地區一向是醫療資源的集中地，區內大型醫院及醫學中心林立，相對的醫療訪視個案的比例亦相對日漸增加，因此與各大醫療院所的聯繫工作日益重要；有鑑於此，北區訪視組於一九九五年二月成立了「院訪股」，針對各醫療院所及單位轉介的醫療個案進行訪視評估，以期能透過資源整合的理念，共同協助個案。

在實際運作上，與醫院社服人員配合，是慈濟院訪股的一大特色；首先由各醫院社服人員將院內個案經過濾、評估後，將有需要的個案轉介給慈濟，再由院訪股進一步的做家訪及關懷工作，並將結果回報給院方。在雙方資訊結合下，不只是工作效率提高了，訪視品質也因而提升，最主要的還是眞正達到解決個案問題的目的。

醫院是生老病死的舞台，常進出其中的患者，不只是身體痛苦，精神上所遭受的折磨更是足以使人一蹶不振，甚而影響整個家庭。而院訪股給予案家的，不只是言語上的溫婉慰藉，最重要的是一分「啓發」，在他們沉溺於不幸的情境時，適時地介入，引導他們走出徬徨無助。

曾有一位家住板橋的男子，因瓦斯氣爆嚴重燒傷之後，即終日封閉自己，不願與人接觸，且與父親之間的關係亦是相當惡劣；在他住院期間，慈濟除給予經濟補助之外，院訪股還與醫院社工及醫護人員配合，對他表達深切的關懷。經過長期的互動，他逐漸感受到四周的眞誠，同時，也試著從院訪股的開導中，反省自己過往的生活及作爲，並願意以慈濟人爲學習的模範，積極地面對人生。

以往他自閉抑鬱的個性，經過一番心理轉折之後，變得豁達開朗起來了。他不但常應院方的要求，幫助輔導燒燙傷病人，和父親之間的關係亦完全改善了。就如他自己所說的：「我已經浴火重生了！」一個原本可能成爲社會負擔、社會問題的人，在適時與適切的開導啓發下，成爲一個能自立、自助的人，這可說是慈濟慈善工作最具體的落實。

除了長期照護外，慈濟人也將關懷的觸角延伸至其他團體機構，並不時爲一些孤苦殘疾的獨居老人清理住家、沐浴潔身，有的久臥病榻的患者，糞便污物布滿全身，慈濟的會員卻從不避臭味與污穢的爲其清洗，用「愛」來撫平貧病孤寂者心中的缺憾創傷，誠然是「難行能行，難忍能忍」的現代菩薩。

## 急難慰問，漸及越洋送暖

「寡居貧病老婦林曾，獲慈濟會長期救助」，這是一九六七年《慈濟月刊》創刊號的頭條新聞，也是慈濟關懷獨居老人的源始。在日趨高齡化的現代社會，老人問題逐漸成了社會關注的焦點。誠然，老人因社會功能退化，生活自理的能力多少受到限制，一旦獨居可能衍生更多問題。但必須認清的是，獨居的老人不見得都不健康，也未必沒有家人，只是某些因素，例如個性孤僻、家庭關係不佳、單身或離婚等，造成他們獨居的狀態。

除了對老人的關懷外，一九九七年底，慈濟北區人醫會開始與創世基金會一起關懷遊民。在國外，遊民被稱作「無家可歸者」（homeless）或是「街友」（street people）。

成爲遊民的原因很多，有的是心理因素；有些可能是不敢回家的受虐婦女與兒童；或是因爲職業傷害被迫退出勞動市場，無法付出房租只好露宿街頭；更甚者，是老人遭到棄養等問題。遊民的成因雖有其複雜的社會因素與家庭背景，然而每個人生命都是需要被尊重的，慈濟人醫會與創世基金會本著關懷的立場，期望協助遊民重返健康、正常的生活。

遊民居無定所，生病了也很少看醫生，結果小病成大病，甚至帶著法定傳染病四處遊走，威脅他人健康。因此由醫師志工組成的慈濟人醫會，每年會固定爲他們做疾病篩檢義診活動。

在慈濟慈善工作的濟助項目中，「災害急難濟助」一項，是針對種種不測之天災，以及人為之各種急難災禍等狀況，適時伸出援手，協助案主度過難關。

面對這類緊急案件，委員志工在接獲報案或自行發掘案件後，立即會同臨近案件地區的訪視組組員前往勘災；若遇大型災害，涵蓋地區廣闊，則出動委員組，由全體委員分攤勘視任務，訪視組則輔助評估調查之進行。經由實地勘災之後，根據實際災情，由委員當下採取「急難慰問」或是「全面賑災」的救助措施。

急難慰問，通常案件涉及範圍較小，案家身家財務雖受損害，然而經委員評估仍有餘力憑己之力、藉助親友之力，或經由賠償金，以及可從社會福利機構取得資源，維持一定的生活水平者，則由委員當場依據案家需要，採取提供食品、棉被、日用品、慰問金，或協助送醫、為亡者助念等緊急措施。

一般而言，經由傳播媒體報導的案例，同時集結社會資源，在金錢物資方面的濟助比較不虞匱乏；慈濟委員在接獲這類個案時，多半會將重點擺在即時給予案家精神支援與過渡期所需的協助；並掌握迅速原則，在受災者家屬尚未趕到前適時給予當事人一股安定的力量。

這項急難慰問工作，原則上以在地負責在地案件為主，然而，隨著慈濟工作在國際方面的普及化及本土工作深入化的腳步，所以也出現了「越洋送暖」的案例。

例如一九九四年三月間發生在中國大陸的「千島湖事件」及四月間發生在日本的「名古屋空難事件」，即是這類案例。這兩起意外災難並非在台灣境內發生，然而受難者均為台灣同胞，因此，慈濟除了找尋管道反應意見、擔任翻譯、協助認屍等這些具體措施之外，另還集合國內委員，成立

「緊急關懷小組」，一一走訪受難者家屬予以精神慰藉，並出席公祭。而「名古屋事件」的慰訪工作，慈濟功德會更是動員了日本、台北、台南、高雄、花蓮及台東等地的委員，自日本至台灣，以接力的方式完成了艱鉅的使命。

一九九八年九月底起，加勒比海和中美洲多國遭喬治、密契颶風強烈侵襲，使原本經濟狀況不佳的各國雪上加霜。經慈濟基金會多次深入多明尼加和宏都拉斯等國勘災，發現災後缺乏衣物，於是在提供醫療、消毒設備、民生物資的同時，緊急發動「賑濟中美洲，衣靠有情人」的募衣活動，才九天的時間，全省就募集到六個貨櫃的舊衣，比預期中整整多了一倍。

每一件衣物都經過志工們篩選、整燙、縫補，短短九天，回收、整理即告結束，慈濟賦予這些舊衣新的生命，它有捐衣者的心，並有慈濟人縫進的愛。藉由美國慈濟人的協助下，這些帶著台灣人民愛心的衣服以最短的時間，飄洋過海抵達中美洲宏都拉斯、瓜地馬拉、薩爾瓦多、尼加拉瓜及加勒比海的多明尼加、海地等颶風受災國，讓災民穿上這些衣服不但舒適，更能感受到暖暖的愛意。

## 最短時間達到最大效率

慈濟助人的原則是「不分種族、無論地域」。一九九五年十一月初，冷鋒過境台灣，氣溫驟降，慈濟台北分會由中山北路一所天主教堂的陳修女處，得知台北縣外國人收容所內，一些來自亞熱帶的外勞，由於禦寒衣被不敷使用，而寒冷難耐。於是慈濟花蓮本會立刻以專車運去棉被、墊被、冬季襯衫及長褲等，盼能稍許溫暖這些離鄉背井的異鄉客。

至於全面賑災的案件，則牽涉的範圍較廣闊，受災人數往往由數百人乃至成千上萬人，而身家財物的損失更是慘重，短期之內，受災者勢必無法回復正常生活水平，甚至有可能就此一蹶不振者，則由委員依案家受災程度，造冊區分濟助等級，再儘速辦理發放。

慈濟自一九六九年辦理首次全面賑災以來，所提供的賑濟方式，依慈濟功德會在當時所能擔負的程度，並考量當時的物價水平而有所調整；在物資方面，曾提供毛毯及棉被的發放；同時，另發放不同級數的賑濟金，並爲其中特別貧困者建蓋房屋；而慈濟亦經常會在這類大型災害過後，發掘出需要列入長期關懷的照顧戶。

一九九七年八月，溫妮颱風造成了台北縣汐止鎮林肯大郡八十戶五層樓公寓全毀、二十二戶半毀；當天接獲消息趕往現場的慈濟人多達百位，他們到達後立刻發給受災戶毯子、睡袋，以及供應現場熱食、冷食等，辛勤的穿梭其間，默默的關懷安撫家屬情緒，並往返基隆與台北縣的各醫院關懷傷者，展現出慈濟驚人的動員力量。

慈濟在林肯大郡長達七天的龐大支援行動中，總共動員了上千人次，發出四百多萬元的慰問金，以及大量的緊急民生用品，以解決受災戶的燃眉之需，安慰他們一顆顆驚魂未定的心。

從海上的船難到陸上的車禍，從各地頻傳的大火到化學工廠的爆炸事件，還有颱風水災及外籍勞工的衣食援助等，慈濟的救濟網絡可以說遍及了全省及離島地區。舉凡有需要的地方，無論是國內民眾或是日益增多的外籍人士，皆可見慈濟人的身影，這也是慈濟慈善工作的最大特色之一。

由於秉持馬上辦、集中辦、全效辦的原則，慈濟工作的效率非常高；自一九七七年起，每年皆獲政府頒獎表揚。

打開慈濟的歷史，就如同打開一部行善史；四十年來，慈濟基金會在證嚴法師的帶領下，於全省各地織就了一張緊密的菩薩網，隨時隨地聞聲救苦。

這幾年，台灣的災難事件頻傳，有颱風、洪水等天災，也有空難、瓦斯爆炸等人禍。當新聞媒體得知災難發生，趕赴現場時候，總能看見慈濟人已然投入了現場救災工作，與受災戶、救災單位同在一起。

這是因爲，爲使分秒必爭的災難救援工作，能在最短的時間內達到最大的效率，慈濟人與各區社工組密切配合，建立了一套既靈活又周延的處理流程；因此每逢災難發生時，慈濟總能在極短的時間內，迅速動員、組織，協助救災單位從事救援工作。

只見慈濟人深藍色的身影在災區穿梭忙碌，安慰受災戶驚魂未定的心情，甚至當場架起爐火，爲大家熬湯煮飯，以維持生存所必須的體力。

## 從付出中學習感恩

意外純屬事發突然，所以當事者很容易亂了方寸、慌了手腳，因此，災難發生的當時，對於受難者或其家屬而言，經濟上的援助通常只是一時的，對創痛的撫平、往後生活信心的重建，以及精神上的支持，才是最重要的。所以慈濟的關懷並不會因時間而沖淡，當災難事件已被世人逐漸遺忘了，媒體也不再大篇幅報導了，還有慈濟人仍繼續的關懷受災戶，照顧他們的身心所需。難怪常有人說：「還好台灣有慈濟。」

「人世之無常變化無法預知，尤其每有颱風、豪雨來襲，更令人擔心不知會造成什麼災情？」

證嚴法師提及，風雨交加之時總是提心吊膽，既擔心災民安危，也惦記著賑災的慈濟人是否平安，儘管心裡放心不下，但她還是得將心安住於冷靜沉著的狀態，勉眾必須處變不驚，並教示應變對策。

「大家心裡也有數，很可能這場大雨下來，又有得忙碌了。要切記一個重要的觀念——救人的人自己必須平安，才能好好去救人。當風雨猛烈，水正上漲時，大家的安全也同樣受到威脅，所以不可冒險直入災區，何況大家也未受過嚴格的救災訓練，此時也幫不了什麼忙。但要保持警覺，整裝待發，當風雨一停、危險消除，必定要趕快動員提供災民實際的需要。委員與慈誠隊要密切合作，委員負責煮食，慈誠隊負責將熱食送到災民手中，及時解除災民困境。」

不只是對災民的溫情膚慰，慈濟人在每次的救援行動中，自身也學習成長了很多。日本名古屋的空難救援行動，對當時參與的慈濟委員來說，便頗令人難忘。一位慈濟委員就有感而發的表示：「我們做了很多以往所不敢做的事。」在空難中，一具具被燒得焦黑的屍體，等著台灣趕到的親人來認領，但是屍體都已面目全非，無法辨識，家屬痛心焦急得大哭；有人依稀記得死去的親人裝有金牙，或是曾經動過腹部手術等，於是央求現場幫忙的慈濟人尋找，慈濟委員誦著佛經，將一具具連親人都不敢觸碰、發出陣陣刺鼻異味的焦屍翻開、扳開牙齒檢視……他們給了家屬最大的撫慰力量。

一九九八年二月的華航空難，飛機在即將降落桃園中正機場的一剎那失事；從《慈濟月刊》的報導才知，原來罹難者家屬中，竟然也有慈濟委員，她不但要強忍住喪媳（華航空服人員）的悲痛，安慰自己的家人，還要照顧到其他罹難者家屬，眞不知她是如何做到的？其中，還有白髮蒼蒼的慈濟老委員，幾年前也曾經因空難失去了兒子，如今在觸景傷情的狀況下，撫慰著別人的傷痛。

這群藍色身影的慈濟人，穿梭在一片淒風苦雨、殘骸遍野的墜機現場，強忍著心中的哀淒與震撼，安慰罹難者家屬悲愴的心靈。這些慈濟人可能一輩子也沒見過如此場面，也不忍見到這樣殘酷的事實，他們連日奔波，只因爲把罹難者家屬的心，當作自己的心，把罹難者當作自己的親人。由於心中悲憫使他們忘了駭怕，即使靜靜地，也許什麼都不說，但當罹難者家屬需要的時候，慈濟人一直都在他們身旁。

二〇〇二年五月二十五日，一架從桃園飛往香港的華航 CI611 班機，於下午三點二十八分在澎湖馬公外海墜毀，兩百二十五位乘客及機組人員不幸罹難。華航澎湖空難發生後，台灣、澎湖、香港等地慈濟志工立刻投入救災工作，在馬公空軍基地協助家屬辨認遺體、助念及供餐；只要家屬需要，志工就關懷陪伴到底。

證嚴法師不時的對這些「聞聲救苦」的慈濟人表達感恩之意，因爲他們可謂是張起慈濟服務大網的最大功臣，「一眼觀時千眼觀，一手動時千手動」，他們總能在最快的時間內趕到苦難現場，與受苦眾生同在。

在慈濟，每個人都願意抱持著「人傷我痛」的態度，在別人有需要的時候，即時、適時的伸出溫暖的雙手。在慈濟世界裡，「施」與「受」並沒有明顯的分界，慈濟人都習慣稱照顧戶爲「感恩戶」，因爲有他們，慈濟人得以從付出中學習感恩；同時，也希望因爲慈濟人的付出，能使得這些飽受貧苦折磨的照顧戶，能夠感受到社會人情的溫暖，爲心靈添注活力。

花蓮本會是慈濟的發祥地，隨著慈濟志業的積極推展，已在全省各地陸續成立了分會。「人」

是推動慈濟工作的最大資源，而「分會」的設置，使得該地區的會員有了歸屬感，凝聚了向心力，得以發揮千手千眼觀世音菩薩的力量。

慈濟除了致力於台灣的慈善工作外，一九九一年夏季，中國大陸發生百年罕見的大洪水時，慈濟本著「慈悲濟世」的胸懷，發起賑災活動，在短短半年的時間，籌募到了四億多元的賑災基金，濟助了六萬四千多名災民，奠定了慈濟走向國際救助的新里程。

# 第四章 慈濟的醫療志業

慈濟醫院：一九八六年啓用的花蓮慈濟醫院，在二〇〇二年七月升格，成為東台灣唯一的醫學中心。

骨髓捐贈：一九九三年成立的慈濟骨髓資料庫，二〇〇二年四月三十日，擴展成「慈濟骨髓幹細胞中心」，救治對象從血液疾病擴大到其他病症。

慈濟醫療網：籌建各地分院，守護民衆的平安健康。

慈濟義診團：包括台灣、美國、菲律賓、印尼、巴西、馬來西亞、越南、夏威夷等地都相繼設立，有計畫地把醫療帶到有需要的人身旁。

## 慈濟醫院

累積多年濟貧救病的經驗，證嚴法師深深地體會到「疾病是痛苦的根源、是貧窮的由來」，過去許多被救濟的個案，都是因爲生病無法適時得到妥善治療與照顧，以致由小病轉爲大病，終至耗盡積蓄，陷入貧困不拔的地步。而花東地區地處邊陲，醫療設備十分落後，一遇有重症病患，即須遠赴外地就醫，不但會耽誤診療救治時效（因而喪生者時有所聞），而且龐大的醫療費用亦非一般低收入大眾所能負擔。因此證嚴法師早於一九七二年九月十日即在花蓮市仁愛街成立了義診診所，每周二天下午聘請公立醫院醫師爲慈濟功德會的長期照顧戶免費診治，義診地點並擴及玉里和台東等地。

## 慈濟的活水源頭

這種連續、持久、沒有政府經費支援的「慈濟」工作，使得證嚴法師心力交瘁，雖然，她把一切獻給佛教、獻給社會人群，不化緣、不趕經懺，艱苦備嘗，但參與功德會的成員沒有一個人退卻，她的精神感動了社會上千萬的人群，這也深深地感動著她，但是她卻累病了！

一九七八年，證嚴法師發現自己罹患了心絞痛的疾病，這時她才四十二歲——正值功德會成立的第十三年。

過了一年，她的健康狀況非常差，一日發病好幾次，夜間就寢，也不知明日能否再醒來；有一天夜裡，胸口又是一陣急痛，而身上隨時準備的急救藥又正好找不到了，就這樣，在寮房中昏了過去，直到第二天清晨，大殿上完早課，她才在痛苦中醒來。這種病隨時隨地會使一個人猝然死亡，她的體力幾乎不允許她奮鬥下去了！

有人關心地問她：「師父，您在的時候有慈濟，您不在的時候怎麼辦？」證嚴法師愣住了，也開始認眞的深思這個問題，有一次開會時她就問花蓮的委員們：「我在的時候，大家這麼熱心，我往生之後，你們會怎麼做？」他們回答說：「師父，您做到什麼時候，我們就跟到什麼時候。」換句話說就是，將來證嚴法師不在了，大夥兒就不做了；這樣的回答讓證嚴法師相當的震撼，當時慈濟已經有將近兩千多戶的照顧戶，都是一些孤老無依或孤兒寡婦，她怎麼忍心讓他們在她往生後就失去依靠呢？於是證嚴法師開始思考如何讓她的生命成爲永生不滅的慧命。

當時功德會沒有基金，而精舍裡的出家人每天都要辛勞地做工維持最低的生活，眞是非常的艱苦；她感到這種工作，彷佛沒有源頭的水，有一天遲早會枯竭的。她於是想：必須爲功德會找到一種「水源」，使得這十三年來辛苦建立起來的慈濟工作不致中斷。

她心中醞釀了一個長遠的腹案：建立一個不需依靠「外援」、不必依靠她一個苦行比丘尼、能自己運轉的濟助機構，辦一座東部最大、最完善、設備最優良的醫院——佛教慈濟綜合醫院！

當證嚴法師在全省委員聯誼會上提出這個建院的構想與計畫時，委員們基於愛護她的身體，少數人表示擔心。直到當年夏天，她的師父印順長老來花蓮，她又再度重提此事，並且稟明：籌建醫院除了因爲功德會本身需要這樣一個機構，可以解決經濟枯竭的問題，不再需要外援之外，同時東部也實在是缺少一間完善的醫院，而且一般貧民病患在急病治好出院之後，又無法休養。功德會只能救一時，而不能救到底；因此需要一間醫院，可以有始有終的辦理「全部濟助作業」。

結果，深獲印順長老的贊同，但是委員們還是很擔心證嚴法師的身體，勸她說：「蓋醫院的負擔很重，您的身體無法承擔，會縮短生命，現在很多人需要您，您要把身體照顧好。」

證嚴開導他們：「一個水池如果光靠上方的水塔供水，一旦水塔沒水了，水池也就沒水了。所以，不如把花在建水塔的功夫及時間，用來挖水井，一直挖到有水爲止；有了活水源頭，那就不必煩惱沒水了。所以，我願意將三十年的壽命換成五年的時間，把醫院蓋成並推動它上軌道。」於是，當即展開了建院的籌備工作。

這件計畫在《慈濟月刊》上甫一提出，並經社會報刊發布之後，第一個響應的，是東海大學的陳教授，捐助了十五兩黃金！同時也獲得了社會各個階層的回響，以及政府各級人員的支持。不過，起初，在醫院用地的尋覓上，並不順利，先後勘查的土地，或因面積不夠、或因都市計畫變更不易，雖經多方面奔走努力，終未能竟功。

直到一九八〇年十月十九日，適逢蔣故總統經國先生到花蓮巡察，並有緣蒞臨靜思精舍訪問，總統對慈濟功德會十多年來辦理「濟貧救病」慈善事業的卓著績效備致嘉許，當他得知「精舍的出家人都自食其力，耕種農地，從事手工業加工，賺取生活費，對信徒奉獻的供養金，也都移作救濟金之用」時，讚歎地說：「你們眞了不起，爲社會做這麼多事，實在辛苦！」並勉勵他們：「繼續好好的做下去，對那些可憐的人，要當作自己人；對他們的痛苦，當作自己的痛苦，來幫助他們啊！」由於得到這位國家元首的關切垂注，終於使得懸宕不決的醫院建地問題得以撥雲見日。

在總統指示下，花蓮縣政府特地成立「慈濟綜合醫院用地取得專案小組」，協助進行查估、仲裁、協調的工作。並在各方首長及花蓮地方政府、士紳的多方協助下，證嚴法師終於覓得位於花蓮新火車站後面、未來大花蓮都市計畫的中心點、隸屬水利局的二萬多坪土地，於一九八四年四月二十四日，由林洋港部長與慈濟基金會主任委員印順長老，聯袂爲慈濟醫院主持動工大典。

## 為救眾生蓋醫院，涓滴匯聚，共享喜悅

醫院的總工程費約需八億元新台幣，這委實不是一筆小數目！在工程中，時有因募款困難而面臨停工之虞，但每每皆在千難萬險中撐過來了。

起初在籌建經費仍一無著落的時候，曾有一位日本的佛教徒，因爲花蓮是他的第二故鄉，而願意捐出二億美元給慈濟，同時亦想藉以回饋感謝先總統蔣公對日本的德政。兩億美元在當時的匯率是八十億台幣，這眞是令人眩目的一筆大數字！但是，卻爲證嚴法師所婉拒了。當時，大家都覺得眞是不可思議；而法師自有她獨特的看法：「爲救眾生而蓋醫院，眞正可貴的是每個人發願付出那顆心，涓涓滴滴，除了能將錢聚少成多之外，更可貴的是，同時也匯聚了千萬顆誠意可感的慈心；以宗教的因果而言——『種如是因，得如是果』；我是個農夫，我要好好的耕耘這塊土地，同時也希望我的同胞能自己來播種，而後共享收穫的喜悅。」在她那瘦削卻莊嚴的肩上，實有一分氣魄非凡的入世擔當，與不卑不亢的嶙峋風骨。

對任何急欲奉獻的人，她總是說：「慢慢來，你先多來了解一下慈濟在做些什麼，自己做的又是什麼，要做得一生都不後悔，才不會覺得被辜負了。」

畢竟，「慈濟醫院」絕不同於一般的「個人事業」，也不同於一位出家的比丘尼爲蓋一間寺院

向施主化緣；它是證嚴法師投於佛法之海後，從心靈深處所湧發的深慈、大悲、大願，要以個人的微弱呼聲，激發有緣人心上的良知，來一呼百應，眾志成城，改變東台灣人民的生存空間與生活品質，從一無所有，到建立這座花蓮歷史上最具規模的醫療設施；法師從一念慈心的湧現，到千萬人的慈心相印，眞有如月照千江，這種偉大心靈的共鳴，成爲了台灣社會自助人助的特殊景象。

整個建院工程歷經二年三個月，而於一九八六年八月十七日正式落成啓業——經過了七年的努力和千萬道侶慈心的呼喚下，「慈濟綜合醫院」終於以悲天憫人的面貌，巍峨矗立在醫療環境貧瘠的土地上，美麗而莊嚴。但證嚴法師還是繼續在挖掘活水的源頭。活水的源頭在哪裡?她說：「就是在人的心裡！」人性本善，人人心中都有愛，但許多人的愛是深深埋藏起來的；愛心最完美的表達就是付出，以智慧付出愛心，無形的愛就能化成有形的眞善美。

醫院，存在著人們生、老、病、死的循環，慈濟醫院從硬體結構到人力資源，皆因佛教「不爲自身求安樂，但願眾生得離苦」的精神凝聚而成。凡是瞻仰過它丰采的人，莫不驚嘆：「這麼堅實浩大的工程，眞是功德無量啊！」由於證嚴法師深知貧與病是不分的，因此，一直秉持著佛陀對眾生平等與慈愛精神而設的慈濟醫院，自然成爲眾多苦難心靈投靠的明燈。

在啓業初，慈濟綜合醫院即以設備新穎、醫資精良爲號召，並經教育部核准，與台大醫院建教合作。翌年，次第開放公、農、勞保，業務蒸蒸日上，並以「救人第一」爲宗旨，爲便利低收入戶之就醫，而訂下免繳住院保證金的創舉，曾經引起衛生主管機關的重視，要求全省各公私立醫院比照辦理。而醫院的慈母——證嚴法師則幾乎每天都會到院噓寒問暖，安慰病患，帶給病患和家屬無比的溫馨。

## 醫師獲得為醫者的尊嚴

由於病患急速增加，於是陸續添購設備並徵聘醫護人員；一九八七年十二月，正式動工興建二期醫療大樓。

慈濟綜合醫院不僅「醫病」，醫師在「醫病人」的同時，也付出了愛心和關懷。來此服務的醫師只問病人能不能獲救，而不用擔心病人有沒有醫療費（若是貧困無力負擔醫療費者，可報給社服室，轉請基金會調查後給予協助）。醫師們以救助病人爲本分，在這裡他們獲得了爲醫者的尊嚴。

一九八八年八月，一批批優秀的年輕醫師，自承受到證嚴法師興建慈濟綜合醫院的「決心」、院內同仁的「信心」及基金會委員們的「愛心」，這「三心」的感動，紛紛放棄了在台北唾手可得的名利，相率攜眷投入慈濟綜合醫院的行列；此舉當時在台灣造成了很大的震撼，而慈濟醫院的醫師陣容亦更形堅強了。一九九二年六月，經衛生署評鑑爲區域醫院暨教學醫院。

慈濟醫院非常感激啓業初期，台大醫院的全力支援，在進一步發展自己的特色時，又蒙榮民總醫院的青睞，表達了與慈濟合作的誠意，乃於一九九二年十二月十六日，彼此簽署建教合作，以加強醫療教育及醫事技術之合作。

慈濟醫院本著救人的原則，從不計投資報酬率，不斷的引進尖端精密儀器，並於一九八九年二月完成首例的開心手術，購進鈷六十放射治療機，成立了東部唯一的癌症治療中心，引進體外震波碎石機等，使病患獲得最好的醫療，立時之間，在全省有很多病患慕名而至。接著又陸續添購核磁共振造影掃描儀、心導管檢查儀、近接治療機、電腦化眼震檢查儀、新型乳房攝影、激發電位神經監視器、腹膜透析等各項必備的新式儀器。

「工欲善其事，必先利其器」，先進的醫療設備不但造福病患，免其東西奔波之苦，同時也讓每一科醫師得以在其專業領域中發揮得淋漓盡致，對提升東部地區的醫療水準，更有直接的助益。

在醫療專業領域上，慈濟醫院於一九九七年三月成立了核子醫學科。核子醫學除了能診斷出全身骨骼系統、骨質密度、心臟血管疾病及腦部退化等病變外，美國甚至已將之運用於基因工程上。

此外，心臟外科曾於一九九六年完成東部首例新式冠狀動脈繞道手術，以不靠體外循環，而在心臟正常跳動之下施行手術，讓一名七十歲心臟前壁血管完全塞住、以心導管和血管擴張術治療皆無效的病人，不再「心痛」！接著又在一九九七年先後為年齡高達九十及八十六歲的兩位老太太，進行這種冠狀動脈繞道手術，創下完成高齡手術的紀錄。「花蓮縣冠心病共同照顧模式」召集人林俊龍強調，冠心病病患開刀後並不代表完全治癒，還需基層醫師與醫院轉診的合作無間，加強衛教以減少再發率。慈濟醫院於一九九七年四月接受衛生署委辦「花蓮縣冠狀動脈心臟病共同照護計畫」，結合花蓮四所大型醫院、衛生局、醫師公會及基層醫療單位，進行病人篩檢、轉診，並舉辦病友聯誼活動，不但已形成完整的冠心病照顧網，且是全國性的示範，獲得衛生署相當的好評。

同時，該年五月間，慈濟醫院也完成了花東首例腎臟移植手術，並於年底成立肝臟移植小組，在器官移植手術上向前邁進了一大步。由於慈濟醫院特殊的佛教文化，加上證嚴法師不斷的奔走呼籲，使得許多病患都十分樂意捐出本身的器官，充分發揮了生命使用權，因此慈濟醫院一直以來已接受不少的臟器捐贈，同時本著救人為先的原則，在家屬的同意下，慈濟醫院亦將善心人士捐贈的器官轉贈給其他的醫院。

鑑於花東地區等候移植臟器的病患有日漸增加的趨勢，因此慈濟醫院派出一組專業人員，赴美實習器官移植技術，接受為期一年的專業訓練後，返院成立器官移植小組，並於一九九九年開放肝臟移植特別門診，為病患進行心、肺、肝、腎等四大器官的移植手術。

## 身體交給醫生，心交給佛菩薩

一位罹癌的慈濟會員，生前從容的填好了器官捐贈同意書，交代兒女在她身後把遺體捐給慈濟醫院，同時，還鼓勵其他病友：「把身體交給醫生，把心交給佛菩薩，身體壞了沒有關係，不用刻意勉強修補，將來死了，我就把遺體送給醫生研究；我要快去快回，換一個好軀殼再回來做慈濟人！」

另有一對在市集賣肉粽的夫婦會員，雖然他們所受的教育不多，但是卻十分認同證嚴法師大力倡導的器官捐贈觀念；一九九二年十月十日，他們二十歲的長女，因車禍被醫生宣布腦死，這突如其來的變故，令他們眞是肝腸寸斷，但仍在哀傷逾恆之際，做出了捐出愛女全身器官的決定，「既然別人無法救我的女兒，那就由我的女兒去救別人吧！」第二天，這位年輕的女孩子被送入手術室，摘取眼角膜、腎臟，分別捐贈給四個人，骨骼則存入骨骼銀行，依保守估計可供二十二個人使用。這對心懷大愛、深具智慧的父母，並且勇敢的面對大眾現身說法，希望以己身之例，讓器官捐贈的觀念能廣布人間，幫助需要器官移植的病患獲得重生。他們說：「師父說過，兒女只有懷在肚子裡時，才是屬於我們的，當他一呱呱落地，就是另一個個體了；我們是用祝福的心，讓女兒的器官發揮寶貴而崇高的功能，得以在他人身上延續。」當女兒被送入手術房之前，他們強抑悲慟的告訴她：「妳是慈濟的孩子，永遠都是，記得要快快回來，再做一個助人的慈濟人！」當他們看到受贈病患和家屬的歡欣雀躍時，椎心刺骨的喪女之痛，逐漸在慈濟喜捨的柔軟心念中消融平復。

一九九九年元月，一位二十五歲的空軍青年，因車禍造成腦死；因他生前曾簽署器官捐贈同意書，其母雖然心中難捨，但父親仍堅持圓滿兒子遺愛人間的心願，遂轉往慈濟醫院進行器官摘除和移植手術，順利捐出心臟、肝臟、腎臟、眼角膜及骨骼。多重器官摘除和移植手術過程繁瑣複雜，是一項高難度的考驗，這在台灣東部來說，尚屬首例；此次由四位在美國實習器官移植技術及接受一年專業外科訓練的醫師所組成的「器官移植小組」進行手術，總共耗時十六個小時。

同時，此次也進行了東台灣地區首度肝臟移植，受贈者是四十歲罹患肝癌的病患；此外，慈濟醫院亦自等待換腎的近五十位病人中，篩選兩名住在花蓮及高雄的尿毒症長期洗腎患者接受移植；另有兩位病患也已完成眼角膜移植，情形良好。而摘除後的心臟則是送往台北振興醫院移植；至於骨骼部分則存入慈濟醫院的骨骼銀行，預計能提供十多位骨骼損傷病人，進行骨骼移植。慈濟醫院表示這位志願捐贈者遺愛人間的善舉，造福了近二十位等待器官移植的病患；同時這次順利在院內完成的多項人體內臟器官捐贈與移植手術，也爲東台灣器官移植的技術作了一個最佳的驗證。

另外，慈濟醫院的「骨骼銀行」在一九九七年三月首度接受一名二十三歲車禍意外死亡的張先生的捐贈，由骨科醫師爲其取出完整的四肢骨，完成他遺愛人間的心願。慈濟醫院強調，骨骼移植的需求量相當大，然而捐贈來源始終有限，除感恩張先生的捐贈，能讓日後許多病人恢復骨骼再造功能外，同時亦更盼望國內骨骼捐贈風氣能早日打開，造福更多的患者，而這也將是慈濟日後努力的目標。

## 建立東部緊急醫療網

慈濟醫院亦致力將中醫及中醫藥理學科學化，並建構教育及研究結合的中醫體系，成果斐然。首先在電腦方面，啓用約一千萬字的中醫古籍資料系統，醫師可藉由此套系統查詢中醫古籍、病例、症狀、期刊、方劑及藥物等資料，方便診療與研究。一九九四年十一月二十一日中醫電腦系統全面上線，醫師可透過電腦查詢病人資料、開處方，並由電腦直接批價，病人就診完畢後，即可至藥局領藥，省卻許多排隊等候的時間。同時，慈濟醫院中醫科的醫師每個星期固定一個上午和一個下午，至花蓮監獄爲受刑人義診及針灸；並與基督教門諾醫院的醫師，共同到山區義診，若遇行動不便或老弱者，慈濟醫院還會派救護車接送他們，充分發揮「濟貧救難」的精神。慈濟醫院對中醫訂有長遠的理想，未來的發展不只是要注重療效，同時也自我期許兼具現代科技，使傳統中醫科學化。

隨著實際的需求，慈濟醫院又陸續開辦了各項特別門診，成立特殊醫療任務小組，藉由醫護人員的專長提供更專業的服務；如「青少年保健門診」、「急性疼痛治療小組」、「不孕症諮詢特別門診」及爲準爸媽舉辦「產房嬰兒房之旅」，還有「營養治療小組」幫助病患獲得充分適當、有助於身體復原的營養，爲病人的健康作最貼切的建議。

爲提升醫療的服務品質，慈濟醫院在一九九四年成立了東部第一所燙傷中心，以完善的醫療設施及專業的醫護人員，提供患者高品質的醫療服務。自啓用以來，已有效的降低東部地區嚴重燒燙傷病患的死亡率。燒燙傷病人除了生理的創傷之外，心理的陰影及因療程較久造成的沉重經濟負擔，都亟待解決，故除了醫治病患的傷口之外，慈濟醫院社服室同時也積極尋求社會資源，協助病患減輕經濟負擔，以全方位的照顧，讓患者不但病體早日康復，同時心靈亦得平安。此外，病患及其家屬在遭遇這樣的意外事故後，往往一時之間在心理上會無法調適，因此情緒的疏導，也是護理人員、社工及志工工作中相當重要的一環。同時社工人員也提供燒燙傷病友就業資訊等諮詢服務，並舉辦「燒燙傷病友座談會」，由痊癒出院的病友對正在接受治療的病患現身說法，分享治療與復健的心路歷程，給患者更貼切而實質的幫助。

爲使花東地區具備緊急處理大量傷病患的醫療救護及抵院前的緊急救護能力，以降低傷害，減少死亡，花蓮慈濟醫院於一九九四年設置了直升機停機坪，加入陸空聯合救難網的行列。

花蓮緊急醫療網曾於當年五月十三日經由警政署空中警察隊協助，護送一名日本觀光客至台大醫院就醫，這是花蓮緊急醫療網陸空聯合救難演習後，第一個處理的急症病人，該次行動深獲日本友人的讚許。接著，七月二十三日空中緊急醫療網再度發揮救命功能，在山難搜救大隊、空中警察與慈濟醫院緊急救護系統的密切合作下，順利地將一名跌落山谷的成功大學登山社同學救起，送往慈濟醫院急救，完成東部地區緊急醫療網首椿結合警政、醫療與民間搜救組織的山難救護工作。

爲因應東部地區緊急醫療救護所需，發揮全方位急診功能，慈濟醫院於一九九三年起全面擴充人員編制與設備功能。一天廿四小時，皆有專職的急診駐診醫師，讓需要緊急救護的意外傷患，得到更佳的生命保障。另外還設立外勤小組，配合直升機、救護車出勤；特別值得一提的是，這些初級急救員是從慈濟醫院的志工中培訓出來的，由慈濟醫院安排一連串初級急救員訓練課程，課程結束後並進行測試，通過的人由衛生局頒發合格證書，正式成爲外勤醫療小組的一員，配置到各責任醫院及一一九指揮中心，隨機、隨車出勤救護，在運送傷病患的過程中，及時提供急救護理，改變以往「救護車僅是醫療運送車」的印象。

此外並於急診室設置「檢傷小組」爲病患分類，讓病患能在約一個小時之內，完成診療及領藥程序。和多數醫院最大不同的是，慈濟醫院急診由專任的各科專科醫師值班應診，住院醫師居第二線，以輪值的方式排班，主治醫師負責指導，並且以愛心、耐心、細心、急切心和警戒心提醒自己，以使急診病患能獲得最快、最好的醫療及照顧。慈濟醫院急診的另一個特色，即是有許多志工，他們甚至排班排至晚間十二點，對於安撫病人和家屬情緒有很大的幫助，亦提高了醫療品質。

醫院中，除醫師在職責上發揮「救人第一」的使命與任務外，若遇到身心有困擾、沒有能力負擔醫藥費，或是孤苦無依的老人，都是社會服務的對象。

## 慈濟志工服務的人生觀

一九八六年十二月成立的一支「慈濟志工服務隊」，是慈濟醫院的另一大特色，熱心的志工足跡遍及服務台、門診、急診、病房、供應室、病歷室、廚房、庫房等各個部門；同時更將醫療照顧推廣至社區，使服務更貼近民眾，不但紓解了偏遠民眾醫療的難題，又更針對癌症、脊髓損傷及中風、糖尿病等慢性病患，提供居家護理、訪視和臨終關懷的服務。而且每個月還到仁愛之家及榮民之家等機構關懷老人。在寒暑假期間，社服室亦安排慈濟大專青年到慈濟醫院服務病患，讓他們從中體悟人生，珍惜生命。

證嚴法師叮嚀慈濟醫院同仁要建立「服務的人生觀」。她表示，希望大家都是「慈濟人」，而不只是「慈濟的人」。這兩者有何不同?「慈濟的人」是職工，是職業工作者，只是爲了賺取薪資而來工作，做起事來容易產生倦怠感；而「慈濟人」是志工，是抱持爲人群服務的志願而來工作。

走在人間慈濟的菩薩道上，其實並不輕鬆，不過證嚴法師卻說她日日都很歡喜，「這份歡喜就是一股力量。」而歡喜的泉源來自於「感恩」，「感恩」又來自於心中有愛。正如慈濟人常放在心中的一句話：「甘願做，歡喜受。」

證嚴法師曾經舉了一例，有位老阿公本來住在仁愛之家，仁愛之家每個月都會給他零用金，他省吃節用，慢慢累積成一筆錢，由仁愛之家爲他保管。後來他生病了，到慈濟醫院檢查，診斷結果是癌症末期，住進心蓮病房。志工天天去陪他，但是阿公很孤僻、不理人，滿腹的埋怨，一直覺得自己爲什麼這麼歹命?志工就請慈青去逗他開心，好不容易阿公笑了。

有一天，阿公歡喜地說：「我現在想通了，把錢放著不用做什麼呢?不如捐出來幫助人，我死後身體也可以捐出來，讓學生做解剖。」隔天他就請假回仁愛之家領錢，可是手續一時辦不妥，沒領到錢。阿公很生氣地回到慈濟醫院，把身邊僅剩的兩千元放在床邊櫃子上，打算把這些錢全部捐出去。但過些時候當他要拿錢去捐時，發現錢不見了，他很懊惱，好幾天不吃不喝，不跟人說話。

有一天下午，慈青、志工、醫師，連拐帶騙半強迫地用輪椅將阿公推到空中花園，志工們唱歌、比手語、跳舞，阿公都不看。一位陳醫師細心的探知詳情之後，趕緊到社服室自掏腰包捐出二千元，以阿公名義開收據，再跑回花園說：「阿公，您老了，記性不好，您已經捐過了，怎麼忘啦?我在病房抽屜裡發現一張二千元收據，這上面有您的名字。」阿公從此又變得很歡喜。

證嚴法師說：「醫師以眞誠的愛投入病人生命中，這就是人間活佛。慈濟醫院是充滿這麼多感人故事的地方，希望大家也能抱持真誠的愛投入工作。人生若能夠做到讓人肯定、讚歎、信任，就是人生最崇高的價值。」

慈濟醫院結合了慈濟人豐富的愛心資源，積極推展社區醫療，落實基層醫療服務，除了啓業前曾舉辦全面義診有七千多人受惠外，每年並配合院慶實施全面義診，更經常舉辦定期定點下鄉巡迴義診，對於需要再追蹤治療的貧胞，則發給義診券，而確實貧困無力就醫者，給予醫療補助。另外還成立了脊髓損傷聯誼會，鼓勵病人勇敢走出傷痛的陰影。而慈濟醫院以一天兩百個定點，推動高血壓疾病的防治追蹤的方式，亦獲得衛生署的高度肯定。一九九八年先後成立了「護理之家」及「肺結核病房」，以加強對老年人的日間照顧及肺結核疾病的防禦與治療。

## 加護病房透明的窗戶

一九九八年開辦的心蓮病房，最能展現慈濟「尊重生命」的理念。慈濟將安寧療護病房稱爲「心蓮病房」，意即雖身處如污泥之塵世，仍能將心照顧得很清淨，沒有生死、煩惱之掛礙，如蓮花之出污泥而不染。「心蓮病房」結合醫師、護士、社工及志工，用愛心對癌末病人進行全面關懷，幫助病人在愛的氣氛中，安然走完人生旅程。在醫療照護上，花蓮慈院心蓮病房除正統療法，並開創芳香治療、淋巴水腫（按摩）等另類療法，採中西醫合併治療以紓解癌末病人的疼痛，堪稱是全國首創的貼心照護方式，榮獲一九九九年國家生技暨醫療保健「醫療所各專科類品質獎」最高榮譽「品質金獎」，慈濟基金會也同時獲得「特別醫療貢獻獎」的殊榮。

二〇〇〇年七月並試辦「安寧療護會診小組」，由數名從事安寧療護的醫護人員到一般病房內，指導醫治末期患者的醫護人員如何協助患者減輕痛苦，解決末期患者特殊的需求，讓住在非安寧病房的末期病患也能接受安寧療護。二〇〇一年二月榮獲行政院衛生署評爲A級安寧緩和病房，在人員素質、醫療服務、病程紀錄及軟硬體項目評價頗佳；同時還獲衛生署委託撰寫「安寧療護治療指引」，分享安寧照護的心得及注意事項。

一位參訪過花蓮慈院心蓮病房的美國專家曾說，慈濟在癌末患者安寧照護方面，有些做法實已超過歐美；希望慈濟的臨終關懷，不只在台灣，更能在國際上做出榜樣。

慈濟的愛心不僅是照顧貧病老弱婦孺，同時基於每個生命都應該受到同樣的尊重，享有同等的權利，而不幸天生身智缺殘的兒童自亦不能例外。在台大醫院小兒神經科主治醫師王本榮，以及專程赴德深造、取得德國小兒神經專科醫師與腦波專科醫師資格的郭煌宗兩人的參與下，使這個心願得以實現！這個結合慈善與醫療志業的「兒童發展復健中心」，於一九九二年十一月獲得衛生署審查通過，該中心除了提供專業治療環境，使其能獨立自主外，並輔導病患家屬作心理建設，接納孩子，進一步而爲社會所接受。還設置了庇護工場及職訓農場，積極協助其自力更生。

二〇〇一年六月，花蓮慈濟醫院內科加護病房搬新家，新空間設計相當人性化，每張病床皆可見到窗外景色。加護病房主任楊治國表示，一般加護病房是採日光燈照明的密閉空間，許多病患住進加護病房兩三天之後，會產生時空錯亂的「禁閉症候群」，也就是所謂「加護病房症候群」。慈院內科加護病房透明的窗戶使患者可以知道白天或黑夜，大幅降低「加護病房症候群」的發生；且每兩張病床間配置一部電腦，不但連結了醫囑、護囑外，也連結了病床旁的生理監視器，傳送病患的血壓、心跳、脈搏、呼吸等生理訊號至電腦工作平台，協助醫護人員隨時了解病患狀況。

證嚴親臨新病房進行開鑰典禮，期許醫護人員善用貼心設施，陪伴重症病患度過病苦。她表示，加護病房守護生命分秒必爭，更有必要給病患一個舒適的空間。「一大早，病患能看到晨曦，傍晚可以看到夕陽，晚上還能見到天上的星星、月亮，這樣舒服的環境對病患會有很大的幫助，能讓他們看到生命未來的希望。」

經十餘年孜孜不息的努力，花蓮慈濟醫院獲得《天下雜誌》評爲「一九九七年台灣標竿企業聲望調查」中的第五十七大企業，並獲得「十大醫界排行榜」中的第六名，而在「企業公民責任」方面，則獲得排名第一的優異成績。

《慈濟醫學雜誌》則於一九九七年經國科會認證爲專業性醫學雜誌，同時亦獲得歐洲國家的認同，並於五、六月間，通過荷蘭科學雜誌（EMBASE EXCERPTA MEDICA）的認證，登上網路並列入檢索。二〇〇〇年並通過「ISO 9002 品質認證」，這些豐碩的成果可說是該院所有員工與志工，多年來辛苦努力的回饋。

另外，慈濟爲了服務台北分會的工作同仁及北區的委員、會員及長期照顧戶等，又在一九九二年十二月，在台北分會靜思堂成立了「慈濟醫院附設台北診療服務處」；而且也陸續在全省各處成立醫療網。

二〇〇二年七月，花蓮慈濟醫院升格爲醫學中心，成爲東台灣唯一的醫學中心。證嚴上人表示，這歡欣的一刻是全球慈濟人所期望的，「從地區醫院、區域教學醫院到現在的醫學中心，步步艱辛但步步踏實準確，感恩醫療同仁和志工菩薩用心的付出，分秒守護著、等待著搶救生命，這也是我們的使命。」

## 骨髓捐贈

在台灣，每年都有不少白血病及嚴重再生不良性貧血等血液病患，因爲找不到可以移植的骨髓，而在漫長的等待中，逐漸喪失生命。一九九三年九月，行政院衛生署召開專案會議，一致通過由慈濟事業基金會成立台灣地區首座「骨髓捐贈資料庫」，以救助需要骨髓移植的病人，爲這些遊走在生死邊緣的患者，提供一線希望。於是在同年底，慈濟基金會舉辦了大規模的「骨髓捐贈驗血活動」，在慈濟推出的感性文宣中指出：「這是一場專爲世間苦難蒼生爭取生存機會的活動，也是一場讓你、讓我再次發揮生命良能的盛會。」

該活動舉辦期間正値冷鋒過境，但捐髓民眾仍是熱情不減，許多人放下要務，一大早就去排隊等候，其中也不乏全家出動的；年齡最小的十歲呂小弟弟，在媽媽的同意下抽血，心意讓人感動；三歲的陳小妹妹，看著父母都在做檢驗，也要求參與，雖然父母都無異議，但護理人員顧及她年齡太小，而沒有同意，卻很欽佩她小小的善心；不少軍中官兵弟兄，在「捐髓救人」觀念的鼓勵下，集體前往參與。更有不少病患的家屬到場驗血希求捐輸，希望藉著自己的捐贈造福，爲家人求一個有緣人。

這項充滿無限愛心與暖意的捐贈骨髓活動，在短短的時間內，即獲得上萬人響應，如此熱烈的回響，眞是出乎意料！「台灣地區骨髓捐贈中心」的成立，在亞洲雖然起步較晚，但短短幾年卻迅速躍居爲全球最大的亞裔骨髓捐贈資料庫，大大提高了國內外血液疾病患者的配對成功率，爲他們帶來更多的生機。

## 救人一命，無損己身

慈濟骨髓捐贈中心於一九九三年十月成立，多年來已經由上萬場的宣導活動，號召了二十八萬名以上的志願捐髓者，爲華人數一數二、世界前幾名的骨髓資料庫。一九九七年並開始擁有國際水準的HLA實驗室；志願捐髓者的血樣經實驗室檢驗建檔，供來自全球的患者配對。

國際上有個「世界骨髓捐贈者組織」（Bone Marrow Donor Worldwide；簡稱BMDW），成立於一九八八年，據統計指出，至今已整合了全球三十九國、五十五個骨髓捐贈資料庫，以及二十一國、三十三個臍帶血捐贈資料庫等，總計約八百七十萬筆志願捐贈者資料。在這個全球捐輸愛心的網絡裡，慈濟是僅次於世界最大的美國、歐洲等骨髓資料庫外，十分可觀的一個。根據慈濟骨髓幹細胞中心的統計，慈濟骨髓資料庫截至二〇〇六年三月三十一日止，已累積了二十八萬兩千八百七十三筆的志願捐髓者資料，配對成功有一千零五十例，受髓者遍及二十三個國家；而於二〇〇二年四月成立的慈濟臍帶血庫，至今已收集了一萬三千多筆臍帶血。

大陸上海紅十字會開始進行骨髓資料收集的時間雖與台灣相差不久，但成果卻與台灣相去甚多，這使他們十分好奇慈濟是如何辦到的。因此特於一九九八年十一月至台灣慈濟骨髓捐贈資料中心參訪，上海紅十字會會長謝麗娟表示：「來此『取經』，就是爲了學習慈濟在宣導骨髓捐贈方面的經驗，希望藉由台灣經驗的分享讓上海人民更易接受骨髓捐贈的觀念。」

當時的骨髓中心主任李政道表示，骨髓捐贈首重觀念的宣導，由於慈濟一萬多位委員的持續努力，將「骨髓捐贈，無損己身」的觀念普遍在社會各個角落宣導；同時，透過已完成捐髓手術的志願捐髓者現身說法，也能導正社會大眾對「捐髓傷身」的錯誤觀念。而更重要的是，慈濟人在證嚴法師的號召下，落實了佛教「布施」的觀念，全體動員進行「骨髓捐贈，無損己身」的宣導，因此不管是宣導者或捐贈者，都是以救人、大愛的心回饋奉獻。

慈濟骨髓幹細胞中心成立十多年來，已在全省舉辦了不計其數的「骨髓捐贈驗血」活動，每次都報名踴躍，說明國人捐髓觀念已開；以前大家擔心抽骨髓就是抽龍骨水會造成癱瘓，現在透過醫界的專業教育，以及慈濟、媒體的大力呼籲，民眾已逐漸了解到：骨髓富含造血幹細胞，可以重複再生，所以捐髓「救人一命」，眞的是「無損己身」。響應志願捐髓的民眾，也愈來愈多。

有人不但挽袖驗血，還捐出變賣金飾所得的幾萬元，贊助骨髓捐贈中心。一位曾經被火紋身的劉先生，忍著幾度扎針的痛楚，堅決地要完成這項救人助人的行動，因爲他想彌補以前的糜爛人生。

這些充滿愛心的人士都是「一次扎針，兩分情」地成爲志願捐髓者及快樂的捐血人，有些人甚至連器官捐贈卡也一併簽了名。誠如年輕的王先生所言：「人死了還留皮嗎？什麼也沒有啊！趁著還能發揮作用的時候，就盡量做；再說，現在社會跟以往不同，不少人都已認同這個觀念，我的父母親知道我做的是一件好事，他們一定會同意、會高興的。」

另一位捐髓者楊小姐在一九九四年五月參加慈濟捐髓驗血活動，十月立即接到配對成功的通知，說美國有一名僅九歲的華裔病童急需她的骨髓。在家人的支持下，十一月二十四日她住院進行捐髓手術。捐出一千西西的骨髓液，由美國德州一名醫師來台接收，並立即返美爲病童植入，手術很成功，那孩子也恢復健康，「只是原來A型血型變成了和自己一樣的O型。」

楊小姐想到在遙遠國度裡有個孩子身上流著自己的血，「這是多麼奇妙的經驗！」由於術後復原情況良好，楊小姐成爲所有捐髓者的心理「導師」，除提醒捐贈者注意事項，並幫助有心捐髓的人，去除家人的疑慮或反對。她不僅樂在其中，連家人都一起投入。

另一個「髓緣」的故事，則發生在陳先生與蕭先生身上。三十二歲的陳先生於一九八八年服兵役時，由於軍中有人急需O型血，熱心的他立即挽袖捐血，不料這一捐才發現自己罹患「再生不良性貧血」，必須接受骨髓移植。原寄望自己的弟、妹能配對成功，捐骨髓給他，但結果卻令人失望，病情一度急轉直下。直到一九九四年八月，接到配對成功的消息並順利接受骨髓移植，經歷兩個月生死關頭的掙扎，如今一切正常。「捐髓者」四十多歲的蕭先生，對自己有機會救人更是感激，他表示，捐贈骨髓救人是改變他一生的起點，否則他可能仍胡塗度日。手術過後的一年，當活生生的陳先生站在他面前時，他的心情難以形容，比發大財還高興；發財可能只高興一天、一個月，但是救了人的喜悅，卻是天天、時時刻刻保存在心中，他更因此學會感恩，感謝父母讓他有健康的身體去救人，「這一生只要還有機會再配對成功，我一定再去捐髓。」而小他十歲、血型從O型變成和他同血型B型的陳先生，就成了他弟弟。因爲骨髓捐贈、受贈的機緣，陳家父母多了一個兒子，蕭先生則多了一個「手足」。

這只是眾多骨髓移植中的幾個例子，近年來，還有更多跨海捐髓的個案，透過慈濟骨髓資料中心，以捐髓的行動實踐中國人「四海之內皆兄弟」的大同世界。

## 不是親人勝親人

一九九八年五月，花蓮慈濟基金會台灣地區骨髓捐贈資料中心順利的完成了首例與丹麥的跨國捐髓手術，也是丹麥跨亞洲的第一例。受髓者是一名廿六歲的亞裔青年，患有慢性白血病，三年來不斷尋找合適的白血球抗原，輾轉透過丹麥與慈濟聯繫後，才在一九九八年三月找到了配對成功的捐贈者——一位廿歲的南台灣女性。這位年輕的捐髓者表示，她由此眞正的享受到了救人一命的喜悅；她回憶當初參加慈濟在南部舉辦的一場骨髓捐贈驗血活動時，因爲體型較爲肥胖，抽血不易，光是抽五十西西的鮮血，就連續扎了四針才成功，但是能有此因緣拯救異國患者的生命，一點小痛算不了什麼。

這次與丹麥的捐髓手術，是慈濟骨髓捐贈中心的第廿四例跨國捐髓手術。

這些接受台灣志願捐髓者愛心的受髓者，分布在全球各地；包括受髓者本人、家屬及醫師，往往在術後透過電話、傳眞與信件，向捐髓者與慈濟致上謝意。一袋袋救命的骨髓液，都是由慈濟骨髓捐贈中心工作人員不辭千里親自送到受髓者身邊，因此備受當地媒體、醫療單位重視，也感動了許多人。

由於抽出的骨髓必須在二十四小時內植入受髓者體內，送髓人員待骨髓液自病患的體內抽出、處理完畢後，務必在二十四小時內送達目的地。然而世事難測，片刻的耽誤都有可能會延誤骨髓送達受髓者身邊的最佳時機，因此送髓人員每次都是戰戰兢兢完成這項任務。特別是一九九八年十一月二十七日，由慈濟骨髓捐贈中心主任李政道博士親自送髓至杭州的慈濟第五例大陸捐髓手術，更演出千鈞一髮的「杭州送髓記」，在機場關閉、火車延誤、高速公路嚴重塞車等種種難關考驗下，由許多善心人士默默付出協助護航，居然與原訂時間相同抵達杭州，順利將台灣捐髓者的骨髓液植入大陸受髓者體內。兩周後，受髓者、家屬以及浙江醫科大學附屬第一醫院的醫師與院長都致函給李政道博士，表達對慈濟的由衷感激。

一九九九年元月十五日，慈濟進行第一百例非親屬捐髓手術，一袋寶貴的骨髓液渡海送往大陸浙江，植入一名罹患慢性白血病的十三歲少女體內。次日，大陸及香港媒體都報導了這則感人消息，而南韓的多家報紙也轉載，認為這是「超越思想理念的義舉」，值得讚揚與效法。大陸中央電視台一名女主播並深有所感地對李政道博士表示：「慈濟已在兩岸搭起一座愛的橋樑。」

三十歲的賴先生，七年前一場車禍，讓他成為顏面傷殘者。車禍前，他曾熱心的捐過十次血，沒想到車禍別人輸給他的血，超過他捐出的好幾倍。「車禍過後，人生看得更開，也更能坦然面對事實。也許上天讓我活下來，就是為了要救另一個人。」他成為慈濟骨髓捐贈中心第一百六十四位捐髓者，而家人對他捐骨髓也很支持，「沒關係，因為他身上流的也是別人的血。」接受他骨髓的是遠在大陸四川成都，原本功課優異、身體強健，曾榮獲四川省初中生物理競賽第二名，但因白血病而使生命面臨隕落危機的十六歲少年。他寫了一封信，託李政道博士轉交給「救命恩人賴叔叔」：「你和我本來不相識，卻把最寶貴的東西給了我。這是有些親人也辦不到的，眞是『不是親人勝親人』。您的精神，是我一輩子學習的榜樣，我要永遠像您一樣，盡力幫助別人。」

二〇〇一年六月十三日，海峽兩岸民眾透過兩岸三地五家電視台長達二十小時的同步直播，目睹了「用愛接力、搶救生命」的感人過程。台灣一名二十六歲的青年，捐出了寶貴的骨髓，在慈濟志工千里迢迢的護送下，十三個小時後，終於安全抵達風雨交加的蘇州，讓一名罹患急性白血病的二十二歲大陸女孩陳霞重燃生命之火。

捐贈者透過志工將一串自己珍藏的佛珠轉贈給陳霞，獻上衷心的祝福。陳霞之母也委由慈濟志工轉交其女要送給捐髓者鄭先生的隨身心愛玉珮及信件：「您給了我第二生命，我無以回報……祝福您一生平安。」對來自大陸的感恩與讚佩，證嚴法師謙虛的表示：「慈濟從事骨髓捐贈的任務，唯有一個字——愛；對於大陸能給予機會，讓我們前往送髓，尤應懷抱感恩心。」

慈濟人徐先生、邵女士夫妻，是慈濟第一對牽手相「髓」的捐髓同修，也是全台第二對捐髓夫妻檔，兩人「髓」緣大愛的故事在媒體報導，頗令人感動。其實捐髓因緣可遇不可求，因爲配對相符的機率只有十萬分之一，可是夫妻倆卻一前一後得到，委實妙不可言。一九九四年慈濟正在全力推動骨髓捐贈，當時兩人就呼朋引伴去慈濟驗血，響應成爲志願捐髓的一員。二〇〇〇年，徐先生意外接到慈濟骨髓關懷小組的電話，告訴他與日本一位患者 HLA 配對相符。就在滿心期待捐髓之日，誰知最後一關全身健康檢查，發現他有輕微的地中海貧血，捐髓夢頓時成空。但是很快的，幸運之神再度叩門，這次是邵女士接到慈濟骨髓關懷小組的電話，說她與南韓一位男孩患者 HLA 配對相符，於是邵女士在二〇〇一年一月九日，成爲慈濟第二百四十一例捐髓者。也因爲她捐髓後身體變得更健康，自然成爲「骨髓驗血活動」的最佳代言人，以自身經驗現身說法，傳達「捐髓救人，無損己身」的好處。沒想到，捐髓因緣三度降臨，二〇〇二年二月，之前與捐髓擦身而過的徐先生，再次接到慈濟電話。這次爲了捐髓成功，他開始注意保養身體；同年十一月十四日，他終於如願以償，成爲第四百八十九例捐髓者。證嚴法師說：「夫妻同修是人生最大的福報。」徐先生與邵女士有緣相「髓」，兩人感恩可以分享愛的眞諦，對人生意義也有更深一層的體認。

一般說來，骨髓捐贈同種族機率較高，可是慈濟也完成不同種族配對上的例子。有位林小姐是護士，同時配對上兩位不同種族的人——一在日本、一在美國。她本想兩位都捐，可是只能選擇其一，她覺得黃種人要在慈濟骨髓庫找到其他適合捐贈者可能比較容易，因此最後選擇捐給美國那位小孩。而美國小孩的父母在來台灣時，剛好碰到捐髓驗血活動，因爲感恩而想回饋，夫妻倆都加入了志願捐髓者行列。

## 慈善之島，愛無國界

多年來，有關骨髓捐贈，發生太多感人的故事，證嚴法師希望能編輯成書，帶動更多人的愛心與感恩心。「但盼各國人士能藉以明白，台灣骨髓捐贈是多少人愛的付出所成就，如此我們就能以眞誠的愛搭起橋樑，教世人互愛、感恩，共造愛與善的循環。」

慈濟骨髓捐贈中心自一九九三年十月由衛生署委託成立至今，已成爲亞洲知名的骨髓捐贈中心，亦是全球數一數二的華人骨髓資料庫。隨著跨國捐髓手術的增加，許多海外人士已知道有一個華人骨髓庫就在台灣的慈濟骨髓捐贈中心，此處可說是華人血液疾病患者尋求配對的重生希望來源；世界各地的受髓者也紛紛表示希望當面向捐髓者表達謝意，因此，慈濟基金會於一九九五年母親節起，每年爲捐受髓者在花蓮靜思堂舉辦「捐受髓相見歡」，圓滿了受髓者與家屬的心願，也向社會大眾傳達骨髓捐贈的意義與觀念；受髓者經歷病苦煎熬、接受骨髓移植，在最期待的這個時刻，與捐髓者緊緊擁抱、互道感恩，這也正見證了「愛無國界」。

在慈濟人熱心推動下，已使國際醫學界尊稱台灣為「慈善之島」，李政道博士說：「如果沒有慈濟人幫忙，匯集這麼多善心人士的骨髓資料，光靠我們這些博士，實在很難在幾年間建立起這麼龐大的骨髓資料庫，發揮救人的功能。」人生只有一次，但對於重獲健康的血液疾病患者來說，生命等於重新來過，只是，第二次的人生比第一次更加得來不易。慈濟人有感而發的說：「骨髓捐贈可以說是救命的工作，自然要持續下去，讓更多的人受惠，讓『尊重生命』的觀念深植在每個人的心中。」

台灣骨髓移植史自一九八三年底迄今，已有二十多年歷史；自一九九三年，慈濟毅然接下召募志願捐髓者的重擔，義無反顧地投入大量人力與物力資源，並積極走向國際化，每周、每月都有血液疾病患者因為配對成功，而重燃生存的希望。

就目前慈濟骨髓庫的存量而言，也希望透過推廣少數族群的志願捐髓活動，豐富捐髓庫的骨髓種類。同時，骨髓捐贈中心也一改過去舉辦大型捐髓驗血活動，而以不超過一百人的小型驗血活動為常態，希望讓民眾今天發心，今天就可以參與，不必因為冗長的隊伍，而消磨了初發的善心；當然，另一個重要的原因，則是慈濟醫院「HLA 免疫基因實驗室」的成立。

一九九七年十一月正式啟用的「HLA 免疫基因實驗室」，由在國際上享有「血清之父」美譽的李政道博士主持。引進世界最精密的分子生物學 DNA 分型檢定法，使得捐、受髓雙方免疫基因準確率，因而提升至百分之九十九。目前只有美國加州大學洛杉磯分校（UCLA）實驗室以及羅氏實驗室的規模可以比擬，成為國際三大實驗室之一。已吸引不少海外專家前來學習研究。同時慈濟醫院在洛杉磯亦設有小型 HLA 實驗室做為連線，藉此與醫學發達的主流地區保持良好的互動關係。

慈濟醫院希望「HLA免疫基因實驗室」的成立，能有助於骨髓庫在「質」方面的提升，此外，也盼望創造一個能提供醫學各界研究使用的環境，同時透過更精準的儀器，對人類的遷徙演進能有更進一步的認識。

之後又成立了與骨髓捐贈相輔相成的「慈濟臍帶血庫」；雖然幾十年內血液疾病患者的救治途徑還是以骨髓捐贈爲主，但是由於「臍帶血」幹細胞移植排斥作用低，移植成功率相當於親屬間骨髓移植，因此慈濟醫院計畫未來以「骨髓」移植與「臍帶血」幹細胞移植並行，協助血液疾病患者重建造血細胞。

不過臍帶血庫所需的冷凍成本相當龐大，這對患者而言是一筆相當大的經濟負擔。然而，可以肯定的是，無論骨髓移植或是臍帶血移植法，都是希望能讓病患獲得更多的生機，並非彼此代替，而是相輔相成。

二〇〇二年四月三十日，慈濟骨髓捐贈中心擴展成「慈濟骨髓幹細胞中心」，持續加強骨髓資料功能，並發展幹細胞研究、基因治療等技術，救治對象從血液疾病擴大到其他病症。

蒞臨揭牌的證嚴上人表示，二〇〇〇年志願捐髓者突破二十萬，一路走來，是眾人發揮大愛的成果，除感恩全球慈濟人的護持，並期待骨髓幹細胞中心透過現有醫療資源發展各種臨床研究，提升醫療品質，挽救更多病患的生命。

時任慈濟骨髓幹細胞中心主任的葉金川也表示，捐髓配對成功案例中，有三分之一是捐至海外國家，這是台灣人愛心堆累的成果。

## 慈濟醫療網

早年，證嚴法師率領功德會的委員展開環島貧戶複查時，在嘉南沿海村落發現：當地的居民多爲老弱婦孺，村中壯丁大半外出謀生，待在家裡的多爲纏綿病榻的患者，靠著妻女剖蚵仔的微薄收入勉強餬口。生病了沒有錢醫治，而且村子裡也實在找不到一個像樣的診所，要看病就得到幾十里外的鎮上才有醫院，這種落後的情形，眞是超乎想像，而患者悽慘的遭遇，更是讓人不忍。於是，「在各個偏遠村落普設醫療站」的構想，便在證嚴法師的心底萌芽。

花蓮慈濟醫院啓業後，由全省各地轉送的個案當中，也發現有因地處偏遠而延誤診治的情形發生，因而更加深了證嚴法師規畫分院及醫療網的決心，希望能因此達到拔除一切眾生病苦的目標。同時對那些因受慈濟精神感召而放棄高薪名利、自願前往慈濟醫院服務的優秀醫師們，證嚴覺得對他們有一份責任，而分院的設置，正好讓這些醫師將來有到各個分院抒展抱負的機會；如此，可使醫學院之教學資源及各醫療網之臨床服務、研究、教學等相輔相成。果眞能在全省偏遠的鄉鎭分置診療站，不但可使沿海或山區貧困民眾獲得醫療照顧，必要時也可轉回就近的分院做更進一步的治療。這般組織周密、完善的慈濟醫療網，可以說爲全省的病患提供了最周到親切的醫療服務。

### 大林慈院：守護生命的磐石

花蓮地形狹長，南來北往耗時，搶救生命不及，爲服務花蓮都會區以外的民眾，一九九九年三月十五日於南花蓮設立玉里分院。玉里分院使醫療下鄉，便民求診；同時結合現代醫材，由總院派調主治醫師問診，嘉惠居民。

小而美的玉里分院每日流動服務志工約十人，開辦內科、外科、婦產科、小兒科、骨科、泌尿科、牙科等門診，提供二十四小時急診觀察床，並有原住民護士爲語言翻譯橋樑，貼心的提供「預防、醫療、復健」一元化醫療服務，且積極投入社區營造健康，爲東部偏遠地區醫療網示範中心。

二〇〇〇年三月十五日，玉里分院屆滿周年之際，關山分院也正式開幕。關山分院位於高車速肇事頻傳的台九線旁，初期以地區特殊醫療需求爲規畫重點，是重大傷患的急症處理中心，且是東部以外科創傷爲重點的醫療網示範中心，並受衛生署委託成立「社區健康營造中心」，成爲當地居民、社區部落、獨居老人的生命護衛所，與玉里分院合作十分密切，相互支援。

自此，整個花東縱谷的慈濟醫療網於焉形成，民眾的健康更有保障。慈濟醫院在東部篳路藍縷奠基發展，非以營利爲目的，而以人間菩薩的悲憫施醫施藥，關懷的觸角不斷延伸到山海之間的各個角落。接著同年八月，在中央山脈另一邊的大林醫院也正式開幕了！

嘉義大林慈濟醫院於二〇〇〇年八月十三日正式落成啓業，以服務醫療資源分布不均的雲嘉地區。啓業不到一年時間，便通過健保專案認定，升級爲區域醫院，已成爲嘉北地區的後送醫院。它也積極走入社區，與社區民眾有良好的互動與關懷。

說起大林慈濟醫院，早在一九九〇年，嘉義的縣長、議長、鎮長及慈濟委員，再三到花蓮，向證嚴法師表示大林地區醫療很欠缺，民眾看病極爲不便。證嚴法師本著「哪裡欠缺醫療，慈濟就有義務去彌補」的理念，於是決定進行建院計畫。但土地的尋覓與取得實是困難重重，花了五年的時間，終於辦妥手續，慈濟人立刻組成建築委員會規畫建設工程。三年十個月之後，二○○○年八月十三日，大林慈濟醫院終於啓用了。

當證嚴法師將「守護生命的磐石」字面嵌入大門入口地上的慈濟圖徽中央時，許多在場的慈濟人都流下喜悅和感動的眼淚。這是慈濟醫療志業新的里程碑，從台灣東部發展到同樣是醫療資源短缺的雲嘉地區，日後將守護更多的健康和生命，這分心願和行動力將如磐石般堅固，屹立不搖。

證嚴法師充滿感恩的表示，這座醫院是獲得跨國界、跨宗教、跨社會階層之無數善士解囊相助而成的；「不管是大企業家出錢出力、奉獻智慧，或是做小生意、擺路邊攤的人，克勤克儉，心心念念就是存錢給我蓋醫院；還有做小工、爲人幫佣、撿破銅爛鐵的人，從天亮做到深夜，即使只能奉獻一塊磚、一包水泥，再怎麼辛苦都心甘情願。前幾天有一位八十七歲的老菩薩，拿出一張一百萬元的支票給我，說：『師父！我雖然駝背，但我還在撿垃圾，做資源回收。』還有許多老人、小孩也都是省下錢給我……眞的是大恩無言說！眼前這所醫院的每一吋牆壁、每一根柱子、每一片土地上，都是無數人愛與智慧的結合，可說是『以愛爲梁，智慧爲牆』。大林慈院寸寸分分都是用愛鋪起來的，充滿了每個人的期待——期待一個完善的醫療設施及愛的人文關懷眞正實現。希望所有同仁能合心、和氣、協力，用愛編織這一片醫療文化，眞正做爲『守護生命的磐石』！」

大林醫院經歷十年的企畫與建造，爲了籌措龐大的經費，在海內外舉辦數十場大、小義賣園遊會或拍賣會；國內外慈濟志工、演藝界、企業界人士，甚至療養院病友及海外華僑，連遠在泰北山區的老兵也都愛心不落人後的爭相響應，還有九二一地震後，趕製大量紙蓮義賣捐助慈濟九二一希望工程的一群七八十歲的阿公阿嬤，在醫院啓業前半個月又再度捐出了兩百萬元的義賣所得，他們並表示還要繼續紙蓮的製作，支援即將動工的台中潭子醫療園區。

這許許多多爲慈濟志業出錢出力的感人事蹟，可謂不勝枚舉。兩個大男人自願掃廁所捐款的故事，就曾引起注目。當時高雄楠梓地政事務所的兩名員工陳先生及葉先生，得知慈濟正爲大林醫院籌募建院基金，剛好公司大樓清潔廁所的歐巴桑辭職，兩人就向主管毛遂自薦掃廁所，希望將所得捐給慈濟作建院基金。主管不敢置信，但兩人展現了絕不半途而廢的決心。就這樣，兩人開始掃廁所，數年來如一日，並在整棟大樓推動資源回收及垃圾分類，將所得一一拿去捐助慈濟。這件事後來傳爲美談，還引來媒體報導。慈濟志工那分行善助人的願心，爲人間注入多少美好的希望。

## 病人，是醫師心中永遠的牽掛

大林醫院啓業前，當募樹的消息一發布，各界紛紛響應，送去了一批批的植栽。隨著建物逐漸落成，全省志工又立刻動員打掃院區。而爲了啓業，全省慈濟人、醫護人員和地方鄉親，日夜聯手趕工，鋪出七十二萬塊連鎖地磚的情景，更是令人動容。如今，這所凝聚四方善念愛心的「大林慈院」，已成爲嘉南平原上「愛的地標」，標示著泯除城鄉差距的人文關懷，也象徵回歸草根、照護生命的良醫精神。

院內最顯著的特色是，每日值班的志工多達百位；志工中又多的是夫妻檔、父子檔、兄弟檔，甚至姑嫂、叔姪檔，他們來自各行各業，有大專生、家庭主婦、店家老闆、上班族、銀髮族，也有因病而希望抓住助人機會的人。

不只醫院內有「流動服務台」似的志工，醫院還貼心的每天開出交通車，巡迴偏遠的鄉鎮村里，載送農漁村中的婦女和老人前往就醫。大林慈院秉持慈濟入世服務的「一家親」精神，亦得到了令人激勵的回響。有善心人士就傾其所有積蓄，捐贈了救護車和醫療巡迴車。還有一對年逾八旬的老夫妻，在建院期間，從雲林大埤騎著摩托車兩度到醫院表示，要捐出一輛能接送病人的交通車。

眞誠服務的人文精神，是大林醫院另一個要表現的特色。慈濟刊物報導了一則小故事：一位新進同仁到慈濟大林醫院應徵那天，曾向一位正在臨時辦公室旁打掃廁所的高壯男人問路，對方笑容可掬地回答他說院長在，等一下會過去和他見面；他在院長室等候，掃廁所的男子走進來，親切的說：「請來這裡坐，院長就是我。」他嚇了一跳，簡直不敢置信，沒想到那就是院長林俊龍，竟能如此自在的放下身段掃廁所。

因爲肯定慈濟對台灣及國際社會的奉獻，旅美二十五年的心臟內科醫師林俊龍，毅然在事業高峰，放棄洛杉磯北嶺醫學中心院長職務，接受證嚴法師邀請，投身慈濟醫療志業。大林醫院擁有最完善的硬體和優秀的軟體，他願意在這裡繼續發揮專業良能。

現任大林醫院副院長簡守信，早在花蓮慈濟醫院兩周年慶時，就從台大醫院加入了慈濟的醫療志業；歷經多年歲月洗禮，自許是個「慈濟人」的簡守信，再度因爲使命感的驅使，接下慈濟大林草創期繁複的醫療重責；一方面也是一圓年輕時代的夢想，對杏林春暖有種崇敬與嚮往，他希望借重慈濟人文的涵養，將多數醫師著重「治病」的現象，導向關懷「病人的感受」。「病人，是我們心中永遠的牽掛。希望每個人都願意以『志業的心』做『專業的事』，以病人的利益作考量。」

另一位前大林醫院副院長黃佳經，以一位基督徒且是教會「長老」的身分，投身慈濟醫療志業，也頗令人好奇。黃佳經記得一九九八年到花蓮拜訪證嚴法師時，她對他說，宗教間應彼此尊重，只要不是迷信，正信宗教間的目標大都是一致的。於是黃佳經以馬偕醫院行政副院長二十多年的豐富資歷退休，到慈濟基金會擔任醫療志業發展處主任。以在慈濟服務兩年的經驗，黃佳經希望與大林醫院同仁建立的共識是，學習慈濟志工「搶著做事」的精神，爲了病人的需要而願意多付出，如此一來，這所標榜「大愛」的醫院，才能眞正被塑造出來。

大林慈濟醫院啓業不到一年的時間，在醫院管理、醫療品質、教學研究及感染控制等方面，均達一定水準，五月通過健保局專案認定，正式由地區醫院升格爲區域醫院。首創「癌症病人身心靈康復中心」；結合院內腫瘤、耳鼻喉、中醫、身心醫學及內、外科醫師，提供癌症患者詳細病情及醫療資訊，並教導從認識本身的體質及食物屬性開始，循序漸進，由飲食、運動、心靈禪修、音樂各方面及芳香、能量等另類療法，調整體質提高自身免疫能力。康復中心負責人、中醫科主治醫師藍英明指出：「人體本身的免疫系統就是對抗疾病最好的藥，癌症病患可選擇西醫持續追蹤病情，但在身心靈方面的康復，可藉助非正統醫學方式獲得改善。」

二〇〇二年八月八日並成立雲嘉醫療界首創的「肝病防治中心」，整合肝膽腸胃內科、一般外科、放射腫瘤各科醫師，使用先進檢驗儀器及治療技術，並以「個案管理」系統協助定期追蹤，提供民眾肝病防治及醫療整體性照顧。

## 新店慈院：微創醫療為特色

繼慈濟醫學中心、花蓮玉里分院、台東關山分院、嘉義大林醫院後，第五家醫院——慈濟新店綜合醫院，於二〇〇〇年六月十日舉行動土典禮，二〇〇五年五月八日落成啓用。這也是北部地區的第一個慈濟醫院，慈濟建設全省大愛醫療網的目標又向前邁進了一大步。

證嚴法師感謝三十一位讓售土地的地主，他們在慈濟志工近五年的懇談下低價售地，其中十一人還各捐百萬元建院基金。她期望新店慈濟醫院以醫學中心的規模與品質為目標，以「愛」爲出發點，秉持「醫生、護士、醫技人員、行政人員、志工」五位一體的醫療照護，爲北部鄉親服務。

慈濟新店醫院是由已連續八年獲美國醫院設計首獎 **NBBJ** 醫療建築團隊設計，此設計案一九九九年十月榮獲美國建築師學會、《現代醫療》雜誌共同評選爲年度最佳醫院建築獎，該獎是全美醫院建築界的最高榮譽。

新店慈濟醫院的成立，秉持的仍是慈濟醫療發祥地花蓮總院創建的精神，延續「群體醫療」的一貫理念，結合各科的共識，以謀求對病人最好的治療方式。在《慈濟月刊》對新店慈院啓業誌慶所作的專題報導中，深刻傳達了仁心仁術的慈濟醫情。其中，新店慈院曹昌堯醫師就指出，新店慈院的特色即是三「ㄨㄟˊ」醫療——微塵人生、微創醫療、以病爲師。讓傷口最小、風險最低、傷害最少、恢復最快，是「微創醫療」的特色，這是世界醫學發展潮流。「微創醫療的本質，其實就是『以人爲本』、『以病爲師』！因爲從患者的角度考量，醫師才會開創新的技術。」曹昌堯說，國內已有不少醫師具備這樣的技術，新店慈院網羅相關人才，整合起來可以發揮更大的功能。

除了人才齊備，新店慈院對自己硬體規畫的齊全也引以爲傲。《慈濟月刊》專文提到，「以手術房爲例，採用『整合性醫療影像系統』，有內視鏡專用的大型懸吊式液晶螢幕，執行手術的醫師可透過大而清晰的液晶螢幕看到器官實境；加上慈院已推行『病歷無紙、X光無片』的醫療影像儲存傳輸系統（PACS），醫師能同時在螢幕上看到先前檢查的影像檔案，輔助手術進行。」

花蓮總院院長林欣榮義不容辭投入新店慈院的啓業事宜，他在《慈濟月刊》專訪中表示，「上人一再指示——最困難的、被放棄的、最弱勢的、孤苦的個案，就是慈濟醫院要努力的。」多年來，在國際慈濟人醫會的安排下，幾起跨海至花蓮醫治的重大特殊棘手的困難個案，在慈濟醫院手上，都有圓滿成功的結果。像是二〇〇三年，醫療團隊爲一對菲律賓連體女嬰成功進行分割手術；二〇〇四年，一位顏面腫瘤長得比頭還大的印尼男童諾文狄，經由十科會診，切除腫瘤、重建容顏。還有新加坡群醫束手無策的潘氏兄妹，因罹患遺傳性腦神經系統退化疾病，四肢嚴重扭曲無法行走、說話，終年處於全身痛楚狀態，都由父母輪流抱著照顧，經慈濟醫院組成神經醫療團隊，在病人的大腦蒼白球處植入晶片，爲其復健，兄妹倆的病情有了轉機，已能學習走路；他們返回新加坡時，還在當地引起轟動，媒體更是爭相報導。

所以，慈濟醫院不僅要治病，還要研究找出致病的原因。目前慈濟有個「合心基因實驗室」，專門研究基因、蛋白質和細胞。「一般人的認知應該是『核心』才對；但上人說，我們的團隊是『合心合力』，所以定名爲『合心』才更恰當。」林欣榮接受《慈濟月刊》專訪時說明。檢驗患者的基因、細胞蛋白質是否產生突變，正是目前全世界尖端科技的目標，「這種都是研究單位例如中研院在做的事，其他醫院很少見。」而新店慈院傳承慈濟醫療的理念，「期望未來幾年，能從地區醫院升格爲區域醫院，再成爲區域的教學醫院；而當臨床、教學、研究都達到一定的水準時，希望升格爲醫學中心，爲醫界及社會大眾作出更大奉獻。」

新店慈院的啓業，開啓了慈濟醫療志業的新扉頁，也希望再立下一個愛的醫療人文典範。

## 台中園區：規畫醫療園區及靜思堂

二〇〇二年四月十四日「台中慈濟志業園區」正式動工；這座涵蓋慈濟四大志業的園區，要把累積了四十年的慈濟經驗與成果和中部民眾分享；園區建設從原先設計的護理之家起步，目的是爲了配合新世紀結構，使「老有所終、廢疾者皆有所養」，不但撫慰患者、家屬，也將以「協助病人回歸家庭」作爲目標。

「台中慈濟志業園區」占地四十九公頃餘，原規畫分爲兩大部分，一是醫療園區，包括護理之家、醫學中心等；一是志業園區的靜思堂。

自花蓮慈濟醫院成立後，慈濟即規畫全國性的大愛醫療網，希望未來每個縣都有慈濟醫院。除了綜合醫院，慈濟也一心籌設全院專科的兒童復健中心，目前，有新店醫院、嘉義大林醫院、花蓮慈濟醫院附屬的兒復中心外，未來慈濟台中潭子醫院也將設有兒童發展復健中心。日後希望藉由各定點兒復中心的設立，並透過與全省各地醫療機構的建教合作，形成有效的醫療聯絡網，普及照護全省每一位障礙兒童。同時也將努力設立更多專科醫院，可預見的是，慈濟醫療網必會逐步擴大。

花蓮慈濟醫院歷經四年多努力，目前包括玉里、關山、大林等分院在內，醫院已全面使用「PACS」（Picture Archiving & Communication System）醫療影像擷取與傳輸系統，這種將X光等醫療影像轉換爲數位化電子訊號，透過網路傳輸創造「無片化」的環保醫療環境，同時增加遠距醫療的可行性。PACS系統使醫護人員在花蓮慈院就可讀到大林慈院的資料，對患者的會診及轉診提供了一個良好的環境，醫療影像資訊化一直是衛生署極力推動的政策，可有效解決目前全省偏遠、離島地區醫療資源缺乏的窘境；醫護人員只需攜帶一台筆記型電腦，哪怕是深入山巔水湄，只要有一條電話線，「行動診所」即可成立。

以往病患照X光，約需十五分鐘時間才能看到片子，然而採用PACS系統後，當病患照完X光尚未回到診間，醫師已透過電腦螢幕看到結果。

慈濟醫療志業以尊重生命、大愛廣被的理念出發，希望做到視病猶親，用心愛護患者。慈濟醫療網最終要推動的是社區醫學。要把醫療的照顧眞正落實於社區，病人才能受到良好的照顧。爲達到此理想，慈濟推動人醫會組織，讓社區醫師加入，將來慈濟全省醫療網形成，台北、台中、大林、高雄、台東、新竹到處都有的時候，這些開業醫師就可以有喘息、行善的機會，跟慈濟一起到偏遠地區義診、國際賑災，同時慈濟的醫師亦可支援照顧其社區病人，使開業醫師隨著慈濟慈善國際化的腳步，落實菩薩無處不在的理想。

曾有人問證嚴法師，是建醫院的功德大呢？還是救助孤兒的功德大呢？她回答：「都大！」因爲每個人都是父母所生，父母無法養育他們，使之變成孤兒，不外有兩種原因：一是父母病故或意外死亡，二是因病而家境困難無法養育他們；意外死亡是猝不及防，但殘病卻是可以防範的，慈濟醫院就是要濟貧救病。如有設備好、醫術好的醫院，就可以救病人，復健生命，如此，這個家就可得救，就不致家散人亡，使孩子變成孤兒了。

慈濟醫院是慈濟工作的志業，每一位慈濟人都投注了自己的一分心力，把自己的精神慧命，永遠流傳人間，不斷發揮救人的功能。證嚴法師認爲醫院是大家的，是每一位善心人士的愛心所建立起來的，即使數十年之後，我們的身體從這世間消失了，但幾百年、幾千年後，這些醫院將仍然屹立於世間，延續這分愛，流傳永恆的生命。

## 慈濟義診團

慈濟人在各地從事慈善救濟工作，看到最多的就是貧病導致的困境；而醫療是解決貧病問題的方法之一。於是花蓮慈濟醫院成立了，接著美國慈濟義診中心成立了、海外各地慈濟人組織的義診隊成立了、全球慈濟人醫會也成立了！

追溯慈濟的義診，最早是一九七二年在花蓮市仁愛街的義診診所，當時全靠花蓮醫院及當地診所的醫護人員和慈濟志工幫忙；及至花蓮慈濟醫院成立之後，院裡的醫師、護士及藥劑師都自願每個月到精舍爲照顧戶診療，直至全民健保實施才終止。現在隨著全球慈濟慈善工作不斷推展，居住在世界各地的慈濟人發現在貧苦或發生災難的地方都有醫療欠缺的問題，於是有了美國慈濟義診中心的成立，並打破傳統門診模式，走向戶外。接下來菲律賓、印尼、巴西等國也組成了義診隊，有計畫地將醫療帶到需要的人身旁。

### 美國慈濟義診中心跨國服務

一般人總以爲美國是富庶的國家，社會福利制度完善，但就慈濟義診中心所在的聖蓋博谷區（San Gabriel Valley）而言，百分之七十五的新移民沒有醫療保險、沒有工作收入，加上沒有交通工具和語言文化的隔閡，是美國醫療網路的一個死角。

爲提供低收入病患及時、有效且免費的醫療服務，慈濟於一九九三年十一月一日在洛杉磯阿罕布拉市（Alhambra）成立了義診中心，爲全美第一家由亞裔華人創辦的義診中心。針對不同族裔、沒有保險的貧困民眾，提供西醫、牙醫、中醫等的義診服務，也定期舉辦骨髓捐贈驗血活動、預防保健宣導、癌症健康檢查和感冒預防注射等；一九九五年七月，義診中心首次跨出中心爲艾爾蒙地市（El Monte）低收入家庭義診；並在一位熱心志工提報下，同年十月更前往北加州聖荷西萬佛聖城，長期爲僧眾、學生和居士提供醫療服務；十二月前往墨西哥匹匹拉（Pipila）貧民區爲居民健康檢查；一九九八年二月開始，又配合慈濟國際賑災的腳步，跨國前往祕魯爲水患災民義診，並提供醫藥援助予遭受天災或內戰侵擾的阿富汗、塞內加爾等國家……將關懷的腳步漸漸向世界各地需要醫療援助的地方靠近。

美國義診中心成立以來，無論是門診或各地出診，都獲得當地居民和政府單位的讚揚與肯定，有些航空公司知道慈濟的善行義舉，會特別在票價上給予優惠。義診中心所在地阿罕布拉市政府，曾頒獎表揚慈濟義診中心的善行義舉；一九九八年義診中心榮獲聖蓋博醫院基金會頒發「社區服務績優團體獎」，這是該項獎頒發四年來，首次由亞裔且是佛教團體獲得。同時，由於義診中心的帶動，使得慈濟在美國各地支會、聯絡處在醫療志業上也都有良好的發展，如紐約分會與艾姆赫斯特醫院合作成立艾姆赫斯特醫院健康門診中心，爲貧困、無保險的華裔老人免費健檢服務；德州分會和北加州分會，提供流行感冒疫苗給免疫力較弱的老人和孩子等。

義診中心經費支援雖有限，但未來計畫朝向醫療服務多元化邁進，同時，除了將服務範圍擴展到紐約、德州，支援當地醫療服務外，亦將網羅更多專業人士加入出診行列，並加強志工的語言和專業素養，以期在出診時發揮最大的效益，帶給病患最大的福利。「給人歡喜是天使，解決苦難是菩薩」，拂曉時分，人們猶在甜美的睡夢中，洛杉磯慈濟人早已精神抖擻地齊聚義診中心門口，清點好一箱箱儀器、藥品等，準備出發前往貧困地區為眾生施醫施藥。

## 菲律賓義診團用愛化解仇恨

至於菲律賓義診團的成立，證嚴法師說，在多年前，當菲律賓和印尼的華僑人士來花蓮時，向她提及當地常有華人遭綁架、搶劫。她對他們說：「為什麼華人在僑居地會有被綁架、勒索的情形發生？為什麼被害對象都是華人呢？追究原因，最主要的可能是華人不懂得付出。華人很勤快、腦筋好，在世界各地都很會賺錢，但是卻很少回饋當地社會。」

她鼓勵菲律賓的慈濟人，要用愛化解仇恨——頭頂別人的天，腳踩別人的地，又用當地的勞工、取當地的資源，在賺錢的同時，應該做回饋的工作、關心當地的人民；遇有任何天災、急難，更應該及時提供協助。

聽她這麼說，那幾位菲律賓慈濟人回到僑居地後，馬上很認真地展開行動。雖然人數不多，但愛的行動可是很感動人的。馬尼拉崇仁醫院外科主治醫師柯先生的母親，深愛慈濟，投入志工工作體會貧病之苦多年；她鼓勵孩子計畫籌備義診工作，並獲得呂副院長的首肯，願意共同把義診團體組織起來，在愛的呼喚下，讓好多人加入了菲律賓義診團。

在貧富懸殊的菲律賓，醫療資源相對分配不均，多數以農漁維生的鄉下居民，往往因為缺乏良醫，只好眼睜睜地任由病魔摧殘。四十一歲的漁夫太太，義診時被診斷出罹患末期子宮癌，她吶喊：「我還有六個孩子需要我，請救救我！我一定要活下去……」儘管受限於義診的醫療設施無法治癒她的病症，但醫護人員仍將她轉診至附近醫院，並負擔所有醫療費用。前菲律賓分會執行長林小正說：「藉由一次次的義診經驗，許多令人難以忘懷的個案讓我們更加堅定信念——無論多辛苦，義診絕對要繼續辦下去。」

菲律賓慈濟人醫會義診，一次比一次周延；慈濟人無私的大愛，在每一次義診中表露無遺，同時也深受菲律賓當地民眾的肯定與感佩；而藉由這樣愛心種子的撒播，更啓發了菲律賓當地人民的愛心。頭兩年，每一次義診，都必須依賴呂醫師的人脈邀請當地醫師來參加義診服務，但現在卻不同，每次報名要參加義診的醫護人員至少都有七八十位以上，有時候還得請他們延後到下次義診再參加。

「只要幾個小時就可以解決病患數十年的痛苦，甚至可以改變一個人的一生，有什麼比這更值得的呢？」基於這樣的信念，促使繼菲律賓義診團之後，巴西、印尼、馬來西亞、越南等地亦先後成立了義診隊伍，在義診現場，一對對企盼的眼神正似遙望著一個重生的希望，事實上，義診服務不僅直接使貧病者受惠，同時也間接拉近華人與當地人民的友善關係，他們從起初的懷疑，到感動、肯定、支持乃至全力配合，善的循環遂從一個小點逐步展開。

在印尼，一個簡單的手術花費，一般民眾可能都付不起，遑論窮得三餐不繼的貧民。根據慈濟義診團隨行紀錄志工觀察，當地農民平均每月所得在六千至八千印尼盾之間（約台幣二十四至三十二元），看一次小感冒的錢，就要花去一個月薪水的六分之一，小病根本看不起，更何況是大病？因此，在義診現場觸目所及，貧民的病症千奇百怪，特別是腫瘤，有像巨石長在背上、像雞蛋哽在喉頭、像乒乓球裝在眼睛裡……著實令人不可思議，但是當地人早就司空見慣。慈濟人醫會的義診服務，彷彿是他們等待多年的救星到來。自一九九五年，印尼慈濟人陸續舉辦了大大小小的義診，嘉惠了許多貧病者。慈濟義診醫師說，雖然每次義診總要歷盡千辛萬苦，但是看到當地很多人都願意投入、付出，尤其是幫助貧民解除病苦，所有的辛勞都一掃而空，縱使眼前橫亙著再多的磨難，他們都願意承擔。

## 「國際慈濟人醫會」嘉惠全球貧病患者

陳正誠是國際慈濟人醫會的主要催生者。當時擔任夏威夷史壯伯醫院心臟科主任的他，有感於大多數國際慈善組織在進行醫療救援時，均以提供藥品或醫療器材爲主，具體實施醫療者屈指可數；同時台灣、菲律賓、美國洛杉磯等地慈濟人均有義診經驗，卻無機會交流。因此，在與范濟榮、賴濟勝醫師討論後，主張由慈濟花蓮本會統籌，將分散世界各地的慈濟醫護志工組織起來，有計畫地到貧困或急難地區救助病苦。

這個構想在一九九八年二月提出後，即得到美國、台灣等地的醫師們的響應；同年十月，證嚴法師正式命名爲「國際慈濟人醫會」（TIMA）。

這個有組織、有系統的全球醫療服務網——「國際慈濟人醫會」，配合慈濟國際賑災的腳步，在受災受難的國家進行急難救援的同時，亦帶來醫療的服務，以落實慈濟「大愛無國界」的理念，展現來自台灣的善意與活力。

代表台灣醫療團參加一九九九年三月印尼第一次義診的大林慈院副院長簡守信醫師坦言：「義診使我們有機會擦拭那塵封已久的心靈；兔唇手術所修補的不只是病人臉上的裂痕，其實我們更想彌補的是醫師和病人之間的互信關係。」當他們與來自印尼、菲律賓、夏威夷醫療團的醫師們合作診療時，才發現：「原來海外義診關懷行動，讓醫護人員的心更柔軟，對自己的工作職務更有一份使命感。」

陳正誠主任表示：「義診規模大小不是最重要的，只要一個人因而得救，整個義診就有價值了。」他對整合全球醫療志工表達初步構想：「我希望先將東南亞的醫療人力整合後，下一個目標就是中南美洲，讓美國的醫療志工就近支援墨西哥、宏都拉斯等地的義診。」同時針對台灣慈濟人醫會，也提出想法：「可以將台灣的醫療外銷——讓台灣的醫師具有國際執照，在國際上受到肯定；同時也將所有科別的醫師資料製成檔案，將來需要義診時，可以有更多人來發揮功能。」

如此不斷用心規畫人醫會願景的陳正誠，這股發心和行動力何在？他說：「有了這分共同的信念，大家坐下來不用多講，就曉得怎麼做了，這是最重要的。所以並不是參與的人愈多愈好，而是大家合心與認同，才是最重要的。」

二〇〇〇年九月，成立兩年多的國際慈濟人醫會，首度在台灣舉行年會，來自全球十二個國家的醫護與行政志工千里迢迢回到慈濟發源地參訪。有人表示，此次回來才知慈濟規模之大，不知要在僑居地做多久，才能像花蓮志業一樣龐大？證嚴法師說，只要把握因緣，一顆小小的種子也會有成就大樹的一天。對己要從內心做到誠正信實，對人則要相信每個人都有愛心，打開心量去容納別人；如此在僑居地推動慈濟，就會具足很大的力量。

二〇〇四年，「國際慈濟人醫會」榮獲第十四屆「中華民國醫療奉獻獎」，評審主任委員靳曾珍麗表示：「慈濟志工跨越宗教、種族、國界的藩籬，將大愛精神深入世界每個角落。」

固定義診、宅配醫療、結合慈善、轉診後送，「國際慈濟人醫會」無私的精神與行動，深獲世人肯定。自從一九九八年成立後，如今分布在全球十個國家，成員已超過兩千人。在台灣、東南亞、美洲、非洲、大洋洲……只要哪裡有需要，慈濟人醫會的腳步就前進到哪裡。那些付不起醫藥費的窮困人家，地處偏遠、醫療資源缺乏的村落，遊走都市邊緣、乏人關懷的街友……都是慈濟人醫會照顧的對象。多年來，從爲貧病的大人小孩做基本的醫病施藥，到裝假牙、配眼鏡、裝義肢等，人醫會的義診善行，已在全球嘉惠了逾五十萬的貧病患者。

第五章

# 孜孜不倦辦教育

## ——從幼稚園到博士班

為延續佛陀的精神，並讓慈濟的志業綿延久長，證嚴法師認為，唯有從教育著手，才是根本之計。

## 慈濟護專——一九九九年八月改制為慈濟技術學院

慈濟四大志業之一的教育事業，係由慈濟護專的設立，邁開第一步。它的創辦，不僅爲彌補台灣護理人才的普遍缺乏，更重要的是以佛陀的慈悲教育，培育出具有「聞聲救苦」菩薩心地的優秀護理人員，並可藉著護專所提供的就學、就業機會，間接解決日益嚴重的社會問題。

在這些理念與期許下成型的「慈濟護理專科學校」，於一九八九年九月十七日，正式創校開學。一九九九年八月改制爲慈濟技術學院。

成立之初，先後設立了二年制日、夜間部及五年制日間部，並分別招收普通班和在職進修班的學生；而相隔約三公里、聲譽卓著的慈濟綜合醫院，則是學生們最佳的實習環境，同時該院並提供學生公費就學，除學雜費、住宿費、膳食費全免外，每月另發給三千元零用金，俾使學生能專心向學、無後顧之憂，此乃全國私立學校的創舉。

慈濟護專的設立開啓了教育志業的新里程，其優先解決東部地區護理人力不足及造就優秀且富愛心之現代護理人才的創校宗旨，以及以觀世音菩薩「人傷我痛」之白衣大士精神爲主的教育目標，也在這十多年的時間裡漸次落實與展現。

由於護專不只照顧身體健康方面的專業教育，同時，更要有敏銳的心靈與高度無我的關懷和付出，因而慈濟護專開設了慈濟人文課，並規畫了一系列人文教育課程，包括茶道、花道、禪修、音樂、舞蹈、戲劇、中國書畫欣賞、人生哲學、手語等。

至於在人文活動方面，例如響應慈濟基金會的慈善活動，包括一九九一年響應大陸賑災，與花蓮地區慈濟委員會合辦「用愛心擋嚴冬」大陸賑災義賣園遊會；後又響應援助衣索匹亞、外蒙賑災活動，舉辦「飢餓體驗營」——透過連續廿小時不吃飯睡覺的體驗，感受飢餓與匱乏的痛苦，進而希望學子生起惜福與感恩心，而能對世間苦難有更眞實的感受和悲憫之情。

學校又於一九九二年設置了「慈濟服務隊」，以實踐「慈悲喜捨」的校訓，體現佛陀「無緣大慈、同體大悲」的精神；學生們以服務助人爲工作，以使自身成長爲要義，辦理各項文化巡禮活動，並協助校園及社區環境之清潔美化；同時，對社區的年老貧困病患作訪視照顧，並推廣社區衛生保健常識及環保觀念，以落實服務人群、犧牲奉獻的工作。

慈濟護專宛如一個大家庭，爲讓每個離鄉背井前來求學的學子能享受到如在家中般的照顧與安慰，證嚴法師以高瞻遠矚的眼光，於創校之始便成立一個「懿德母姊會」，於資深委員中，遴選智德兼備者任之，期能以智慧和愛心，陪伴孩子一起成長。每月一次的母女相聚，通過心得分享、手語教學、烹飪、手工藝、尋根之旅等活動，凝聚感情，在潛移默化中引導孩子發揮潛在的良知良能；同時，人文室亦安排一系列的懿德母姊輔導訓練課程，使懿德母姊得以愛與專業結合的方向來輔導孩子。

一九九九年慈濟技術學院改制後，男同學人數也逐漸增加，原先以女性慈濟委員爲主的「懿德母姊會」，二〇〇〇年開始也邀請慈誠隊師兄加入關懷學子的行列，並改名爲「慈誠懿德會」，簡稱「慈懿會」。這項慈濟人文教育的特點，使得慈濟技術學院成爲教育部的重點觀摩學校。

「照顧東部地區原住民少女，解決其就學就業問題」爲慈濟護專的創校宗旨之一，唯在聯招的門檻限制下，始終難以落實這樣的願望。一九九六年，教育部配合省府政策，核准慈濟護專招收五年制「原住民免費生」五十名，這可說正符合證嚴法師當初創辦慈濟護專的原意。

「原住民免費生」招收對象爲國中畢業、年齡廿五歲以下的原住民女生，就學期間由慈濟基金會提供全額獎學金外，每個月並發給零用金三千元；畢業後，由學校輔導返回原住地的醫療機構服務或自行就業。遠從高雄縣三民鄉就讀的一位劉同學，從小就常陪祖母看病，看到老一輩的族人就醫時和醫護人員常因語言上的隔閡，而需要透過翻譯的困窘，她心想：「如果將來我能做一個護士，就可以用原住民的語言和老人家溝通了，那該多好！」而今，慈濟護專實現了她願望的第一步。

慈濟護專特別爲原住民免費生成立一個「原住民服務社」，並基於尊重他們的信仰，開辦類似教會團契的天主教「磐石社」；更在證嚴法師的叮嚀指示下，將原住民母語列入教學課程，同時每年編列預算蒐購原住民文物，計畫設立「原住民文物陳列室」，作永久的原住民文物展覽。

慈濟護專對原住民學生從文化關懷著手，起因於佛教大愛的信念和人親土親的關懷，給予這五十名原住民免費生更多的人文精神教育及文化尊重，建立起他們的自信心，讓整個原住民族群在這群新生代的努力耕耘下，有更光明的遠景與未來。

慈濟爲我國護理教育寫下嶄新的一頁；歷年來，從慈濟畢業的護理人才，分布在全國各醫療院所服務，她們將慈濟的精神發揚光大，學校也覺得與有榮焉。證嚴法師曾提及慈濟醫院一位護士的感人故事：有位男士因肝病突發緊急送醫，在救護車上數度休克，護士便數次以口對口人工呼吸並吸出穢物急救，男士康復後，對此非常感恩。這位護士也曾爲了讓慈濟護專剛畢業的學妹們能做好通鼻胃管的技術，自己躺在病床上，讓學妹一一為她通鼻胃管。她說：「當我下定決心從事護理工作時，就決定必定要不捨自己地去救助別人。」證嚴法師感動的表示，愛人的人，永遠是被愛的。人生最痛苦的是生病，而醫師和護士為病苦眾生付出，不論患者是何病症，總是全心全力去照顧，這就是無私無染的清淨大愛！

## 慈濟醫學院——二〇〇〇年八月改名為「慈濟大學」

證嚴法師鑑於「名醫易得，良醫難求」，在當前的教育體制下，醫學生只著重治病，而忽略了對病人的整體關懷。於是，她又興起了辦一所醫學院的構想，期望以慈悲喜捨的精神，培育出兼具淵博學識、精湛醫技與悲天憫人、視病猶親，且有「哪裡需要我，我就去哪裡」的良醫人才。

花蓮山明水秀風景優美，有自然的清新，而無人為的污染，眞所謂「地靈人傑」，是培育一流人才的搖籃；於是「慈濟醫學院」在一九九二年三月二十八日正式動工興建，一九九四年，慈濟醫學院首度加入大學聯招，即獲得年輕學子的青睞，躋身第三類組十大排名之列。

一九九八年八月擴展為「慈濟醫學暨人文社會學院」；二〇〇〇年八月改名為「慈濟大學」，設有醫學院、生命科學院、人文社會學院、教育傳播學院等四個學院，十二個學系、十七個研究所。二〇〇〇年九月慈濟大學附屬中學、實驗國民小學創校開學；翌年慈濟小學附設幼稚園也成立，落實了慈濟一心希望的「完全教育」。慈濟大學不但是台灣東部地區第一所最高學府，同時也是全國唯一由佛教界創辦的醫學院。在身教方面，由慈濟委員、慈誠隊員組成的「慈誠懿德會」，作爲學生們的生活導師與發揮良能之人格典範的導引，並設立由教授們所組成的班導師制度。

「慈誠懿德會」是在專業教育之外，爲輔助學生「人格薰陶」與「生活教育」而設立的組織；這些慈誠爸爸、懿德媽媽，均具備了正確的人生觀及正信的宗教情懷，平均每八位學生有一位爸爸、兩位媽媽。這些爸爸有執業醫師、企業家、建築師、程式設計師、音樂工作者或是教育工作者；媽媽們有的是醫師娘、有的是自己有學醫的孩子、有人學的是社會學與藥劑學，有人擅長花道，也有企業家夫人等等，不談他們個人的職業與專長，這些「爸爸」、「媽媽」們，都有一顆柔軟體貼的心，願意聆聽這些離鄉「孩子」的心聲與困惑，同時也願意與他們分享自己從生命歷練中所獲取的智慧。

放眼全省的校園，在大學仍設有愛心爸爸、愛心媽媽制度，並由校方和家長共同輔助學生成長的，恐怕只有慈濟大學和慈濟技術學院了，而這正是慈濟辦校獨有的特色之一。由此也可見證嚴法師辦教育的苦心。

慈濟大學人性教學的特色，連國外僑生都爲之心動。在二〇〇五年九月印尼棉蘭失事班機中，死裡逃生的印尼僑生張同學，正是慈濟大學傳播系新生，當時她搭機要來台辦理新生報到，飛機自棉蘭起飛後不久即發生空難墜毀，總共有一百四十九人喪生。張同學奇蹟獲救，經過半年醫院復建，二〇〇六年終於如願踏進慈濟大學校園，受到熱烈歡迎。失事當時，將她從飛機殘骸中救出來的，也是慈濟人。原本她還擔心錯過新生入學，不過校方獲知後，請其安心養傷，待康復後再繼續學業。張同學在醫院治療期間，慈濟志工一路關心陪伴。「一年前，我在台灣僑大先修班就讀，結業後毅然決定報考慈大，因爲慈濟校風淳樸，還有與眾不同的『懿德媽媽』。負笈海外難免孤單，但我相信懿德媽媽會像母親般呵護我。」《慈濟月刊》記錄了張同學的心聲。經歷這場災難，張同學要來台灣讀書的意願堅定不變，「而且我想做慈濟醫院的志工。」慈濟人的影響，又讓一顆慈濟種子萌芽。

## 原住民生物科技人才培育計畫

爲提高臨床護理服務品質，並提供在職護理人員進修管道，一九九六年仍是慈濟醫學院的慈濟大學，開始獨立招收五十名「二年制護理系在職班」學生。這是繼台北護理學院之後，全台灣第二所授予大學學位的二年制護理系；對東部的護理工作人員來說，實是莫大的福音。慈濟醫院的很多護理人員由西部來到慈濟服務，然後結婚、生子，落地生根，雖有心繼續進修以提升臨床服務品質，但卻礙於工作或是家庭等因素難以如願；而慈濟醫學院幫他們開啓了一扇可以兼顧臨床工作與在職進修的大門。就像一位護理人員所說的：「在慈濟，護理的路會愈走愈廣。」

接著一九九七年設立護理學系；同年成立運動員藥物檢驗中心，是目前全台唯一的藥檢中心，在承擔各項重要競賽的運動員藥檢工作之餘，邁向國際化是未來發展的重要目標。

國際奧林匹克醫藥委員會主席派崔克・夏馬雪於二〇〇一年三月訪問慈大藥檢中心表示，慈大藥檢中心儀器完備、人員工作態度謹慎，取得國際奧委會的認證應非難事。

一九九八年設立社會工作學研究所、教育研究所、生命科學系、原住民健康研究所、毒理學研究所；八月經教育部核准改名爲「私立慈濟醫學暨人文社會學院」。一九九九年設立分子生物及細胞生物研究所、遺傳學研究所、神經科學研究所、人類研究所。二〇〇〇年五月教育部同意改名爲

「慈濟大學」，同年設立宗教與文化研究所、社會工作學系。

而先一步於一九九九年八月改制爲慈濟技術學院的慈濟護理專科學校，仍附設專科部。原醫事類的相關科系，則併入大學，使學生的學習資源更豐富，實習更便利。而慈濟技術學院校園，除原有的幼兒保育科系外，另發展培養慈濟四大志業所需要的專業人才，以及以美學爲主的類科，以開創不同特色的學習園區。

慈濟對原住民的關懷照顧及人才培育，繼慈濟技術學院之後，慈濟大學也有具體落實。自慈濟技術學院一九八九年創校後，便由慈濟基金會全額負擔家境清寒的原住民少女就學、生活經費，且提供畢業生至花蓮慈濟醫院就業的機會，至今已培育出五百多位原住民護理人員回饋鄉里；近年來，更致力於原住民文化傳揚，因此獲教育部選定爲首次原住民重點觀摩學校。同時，慈濟大學一九九七年成立「原住民生物科技人才培育計畫」，預計連續十年提供全額獎學金培養原住民籍的博、碩士人才，從事有關生物、遺傳、健康等方面研究，並將所學貢獻給台灣原住民社會。此獎學金對原住民高科技人才之養成，發揮重要的安身、安心作用。

二〇〇〇年十一月美國柏克萊大學與慈濟大學簽訂學術交流合作協定，親自來台簽署的柏大校長 Robert M. Berdalh 表示，慈濟十分重視人文教育，培育出的學生必定優秀而有內涵；再者，因慈濟在世界各地從事慈善救援，美名廣被，因此他們選擇和慈濟大學合作，並深感榮耀。

柏克萊大學校長及副校長曾於一九九九年十一月來台訪問，參觀花蓮慈濟志業體；當時他們對慈濟在九二一大地震後迅速確實的救災行動，留下深刻印象，也對證嚴法師不分國籍、種族、宗教的行善精神，大表敬佩。

## 捨身菩薩，大體捐贈

慈濟大學自一九九五年開始推動大體捐贈，供大三與大七解剖課程使用。根據慈濟資料，在一九九五年二月林女士主動捐贈遺體後，至今已經有一萬七千多人簽署大體同意書，志願身後捐贈大體，打破國人「入土為安」的觀念，也創下台灣醫療史的里程碑。曾經，台灣的醫學教育有過四十幾位醫學生共用一具大體老師的窘境，不過在慈濟大學推動大體捐贈後，慈大的醫學生平均四個人可以使用一位大體老師，甚至在民國九十一年，首創急凍模擬手術，大體老師不只在醫學系三年級的課堂上以身示教，更以自己的身軀，作為臨床醫師練習的對象。

自證嚴法師開始呼籲「遺體捐贈」，迄今慈濟醫院每月平均有一位往生者捐出遺體提供病理解剖，院方於一九九九年元月舉辦「一百例病理解剖感恩會」，答謝捐贈者無私奉獻和家屬的體諒包容，增進醫護人員對疾病的了解與處置，造福未來無數患者。當天多位捐贈家屬受邀與會，也有百餘位解剖學學生前往見習臨床醫師進行病理解剖。第一百例病理解剖捐贈者吳先生的表弟楊先生致辭時表示：「很高興，表哥今天一下子就成了一百二十位學生的老師！」

前花蓮慈院院長曾文賓表示，非醫學中心的醫院不一定都設有病理解剖單位，而慈濟醫院擁有專設的病理解剖單位及分析醫師，根據解剖切片作研究性的分析判讀。從一九九〇年九月開始第一例病理解剖，到一九九九年元月共完成一百例。曾院長強調，除了設備優勢條件外，更要感恩病患和家屬對院方的信任，願意捐贈遺體供作病理解剖。

對於「十年內創一百例的紀錄」，慈濟基金會林碧玉副總執行長表示，這係源自對證嚴法師所說「人生沒有所有權，只有使用權」的感動，以及慈濟醫院良好的醫病關係。如果醫師在照顧病人時能夠視病如親，那麼在此一良好醫病關係下，也會影響病人考慮在往生後捐出遺體供醫院作病理研究，或給慈濟大學進行教學大體解剖。

病理解剖除了讓醫護人員增進病理知識及對疾病有更深一層的了解外，更能避免在醫技研發途中走冤枉路。病理解剖屬醫學研究領域，與遺體解剖全面的人體結構了解不同，其目的在於透過遺體局部解剖的取樣分析，驗證臨床醫師診判病情的準確度；這點對解剖學科的學生而言，是相當寶貴的實習教材，學生以觀看臨床醫師已經做好的切片，結合理論與實務進行學習。

曾有一位學生表示：「打從大體解剖課一開始，『生命的意義到底是什麼？』這個問題一直縈繞在我心中，讓我不斷地去反覆推敲、思索。在參與捨身菩薩的清洗工作時，我的內心第一次有很強烈的衝擊：『他們原本也和我們一樣，是會跑會跳會說話的人啊！此時卻冷冰冰地橫躺在那，生命的價值何在？』當我拿起解剖器具，要劃下第一刀時，卻遲疑了——要是將他的身體割壞了，那怎麼對得起他；旋即又想到另一位捨身菩薩曾說過一句話：『我寧願你們在我身上劃錯千刀萬刀，也不願見你們在有病痛的人身上劃錯任何一刀。』剎那間，我感受到：在捨身菩薩冰冷的肉身下，竟有一顆永不沉寂的火熱的心，一直散發著延續不墜的生命力。原來，在往生之後，也能將生命綻放地如此光彩。今後，我將滿心歡喜，因為我從所有捨身菩薩身上獲得開示，那就是『生命的尊嚴，在於讓每一張病容重展笑顏；生命的意義，在於讓每一顆受苦的心靈離苦而得樂。』」

大體老師林先生在得知罹患肝癌後，堅持不開刀、不作化療，希望將遺體捐出，成為學生的教材。他的妻子表示，雖然依照丈夫遺志將他的遺體捐贈出來，心中還是百般不捨；但她看到學生認眞、虛心求教的模樣，很高興先生做了這樣的決定。

一般而言，許多醫學院都面臨大體來源不足的困擾，甚至有兩百個學生共用一具大體的窘境，可是在慈濟大學是每四個學生就有一具教學大體供實習，這可能是全世界醫學院最好的比例。所以很多人都感到訝異：爲什麼慈濟在台灣如此忌諱的風氣下，居然能比西方國家得到更多捐贈的遺體？答案無它，主要在於慈濟對生命尊嚴的徹底重視。

## 為「無言的大體解剖老師」入殮

慈濟大學在對遺體的處理上特別用心，特別採用歐美最新引進的「Coting」噴乾方式處理：先是做一般的防腐處理，將遺體清洗乾淨後，經由血管灌注化學藥劑到器官組織中，不需經浸泡福馬林的過程，直接以儀器噴上類似PVC的化學噴劑，將整個遺體噴灑一層如蠶繭一樣的薄膜，以隔絕空氣防止腐敗；然後，將遺體放在攝氏15.6度的儲藏室中保存，待上解剖課時再取出使用。所以，在慈濟大學的遺體，完全不會有浸在福馬林池中浮腫的樣子，實驗室中也不會到處充斥著刺鼻的福馬林的味道；慈濟大學的這種高科技的應用，使人能在死後仍然受到良好的尊重。

更令人感動的是，當年慈濟大學解剖學科，爲了採用這種高科技的保存遺體方法，特地到美國奧樂岡大學醫學院參觀，才了解到爲遺體噴灑化學藥劑時，需要將遺體吊在半空中，才能全身噴灑均勻；證嚴法師覺得這樣的方式，對遺體不夠尊重，因此，就請慈濟大學在解剖學科的噴房裡，特別設計了一種床架，使遺體在噴灑的過程中可以平躺，而不用吊在半空中。

同時，爲了對這些奉獻遺體來教導學生的「人」，表達適當的尊重，慈濟大學更用心良苦的在每一個教學遺體解剖檯旁邊，放置捐贈者個人生前的照片與簡單的傳記，以深刻的提醒學生，這些教學遺體也是一個曾經有過生命的人，由此教育學生尊重教學遺體並珍惜解剖實習的機會，好好努力學習。

慈濟大學的師生都稱呼教學遺體爲「大體老師」，而慈濟人也都稱他們是「大德」或者「捨身菩薩」。在學期結束時每個學生都要寫一封給「大體老師」的信，報告他們在這位老師的身上學習的心得，然後，再一針一線的將解剖後的軀體縫合恢復原狀；如此，在學生的心理上，毫無疑問地可以加深他們對教學遺體及生命的尊重。之後，再用白布將軀體扎實的包裹起來，最後再爲教學遺體穿上潔淨的長衫，並在家屬面前由該組的四位同學親手將這位「無言的大體解剖老師」入殮，並放入一封信和一束花；而教學遺體就在學生的感恩、崇敬與祝福中火化。

這些教學遺體火化以後，骨灰都是放入一個以慈濟靜思堂外觀爲模型、相當精緻的骨灰罈中，然後安奉在慈濟大學解剖學科的大捨堂。在那裡，唸佛機一天廿四小時不停地朗誦著肅穆的佛號，讓人心中眞是有一種說不出的感動。面對如此一個對生命這般尊重的環境，讓人深切體會出慈濟大學的學生何以會有如此得天獨厚的教學資源了。

在爲大體老師舉行的感恩及追思典禮上，當同學們一一回憶與大體老師相處的心情時，家屬也忍不住落淚，除了是對家人的思念外，十分感謝校方貼心地安排他們與學生會面，更感動於學生對大體老師的尊重與體貼。大體老師蘇先生的女兒表示：「感恩慈濟對每一具大體的尊重，使我們得以安心。」大體老師吳先生的女兒也表示：「我們不再悲傷難過了，而會懷抱著快樂的心情來思念他。」證嚴法師也再三感恩大體老師教育天下英才的用心，那分捨身成就醫學教育的菩薩精神，十分令人敬重與感動，生命雖然盡了，慧命卻能長存。對一般人來說，生離死別苦不堪言，因爲執著生死，所以放不下；大體老師以大愛捨身，這種豁達、超越、解脫的心境，正意謂著對生死的透徹了悟。今生的病痛，已安然解脫，往生後又能造就良醫，無私的奉獻眞正是功德無量。

## 大體模擬手術教學

對於這些難得的教學資源，證嚴法師表示，只要其他醫學院校有需要，在家屬同意的前提下，慈濟都願意提供轉贈。在「遺體轉贈申請書」中特別強調，其他各醫學院校必須依照慈濟大學「尊敬生命、恭敬遺體」的態度去對待大體老師，並透過實地參觀大體處理室、儲藏室、標本室、大捨堂及解剖實習室，期望各校也能參考這樣的處理態度。證嚴法師希望參與其事的所有工作人員都要以恭敬心對待捐贈者，並叮嚀「遺體捐贈聯絡網關懷小組」，不論大體老師的家屬身在何處，都要前往關懷。

此外，慈濟大學醫學系七年級學生於二〇〇二年五月二十七日至三十日進行全台首創的「大體模擬手術教學」，藉由捐贈的遺體實際模擬開刀，學習包括氣管造口、中央靜脈導管、胸腔內管、子宮切除等技術，是進入外科臨床的第一步。

以往的醫學教育並沒有提供「大體模擬手術教學」，實習醫師沒有實際操刀的機會；這項教學可讓慈大醫學系學生在畢業前就有學習開刀的機會，值得肯定。

走進慈濟世界捐贈大體的故事裡，每一則讀來都令人動容。《慈濟月刊》曾經記錄了許多感人的事蹟。九十三歲病逝的顏老先生，是慈濟大學遺體捐贈者最年長的。生前他決定過身後要捐出遺體，供醫學生解剖之用，這樣的想法，在十多年前保守的漁村裡，並不被認同，子孫也因此蒙上「不孝」的責難。他的孫子，也是慈濟志工，便十分欽佩祖父的開明觀念，他說祖父為他們印證了一個道理——人生在世，留個好名聲就夠了，其他沒什麼好計較！

一位尹老太太，二十年前從一本書中了解到，解剖大體對醫師養成階段的重要性。她想人死了埋在土裡也是爛掉，如果還能做最後的貢獻，何樂而不為？後來看到《慈濟月刊》和大愛電視台對遺體捐贈的介紹，親自跑了一趟花蓮，更加下定決心，沒想到她的老伴也與她有志一同。尹老先生過世，遺體要被送走那天，他的子女萬般不捨，兒子甚至激動的一直喊媽，希望能把遺體收回。尹老太太了解子女的心情；可是她教自己不能心軟退縮，如果把先生的遺體收回來了，將來子女也會把她的收回，那她捐贈大體的心願平白落空，豈不遺憾？

慈濟醫院一位陳姓護理人員之所以選擇在心蓮病房（即安寧病房）服務，與她因癌病逝捐贈遺體的父親有關。四年前，當她父親決定住進安寧病房，希望保留完整的身體捐作病理解剖時，她一度天人交戰。陳先生比女兒早一年進花蓮慈濟醫院工作，白天是總務室的職工，晚上則是志工，父女同事六年。每年健康檢查都沒問題的陳先生，發現罹癌時已很嚴重，直到往生前一周，抽血指數才顯現肝功能異常，所以他認為自己應該是個值得研究的醫學課題，希望將來不要再有病患跟他的遭遇一樣；也希望家人能支持他捐遺體的決定。

病中的父親還買了一輛廂型車送女兒，催促她去考駕照。女兒不解。父親告訴她，希望她將來有空可以載病人到處走走，因為轎車椅子太軟，有腹水或行動不便的病人坐起來不舒服，廂型車比較好。原來當志工的父親常載送病人，特別有分體貼的用心。

陳先生也對女兒說過，在心蓮病房的照顧才是最完善的，「你要踏進來才會知道，也才能了解心蓮團隊對爸爸做的一切。如果不放心，就進來學吧！」所以，父親走後，她選擇進入心蓮病房學習，要將父親教給她做人處事的智慧，用於對待每一個生命的照顧與陪伴。

## 從幼稚園到博士班——慈濟的「完全教育」

一九九八年六月醫學院首屆畢業典禮上，證嚴法師曾言：「慈濟的教育是無所求的，只希望爲社會多培育一些好人才，爲人群奉獻愛與關懷。」短短三句話，道出慈濟辦學理念。然而，只建設醫學院、護理學院還不夠，應該往下扎根，從幼稚園開始，乃至未來的博士班，慈濟要辦的是「完全教育」。譬如種樹，要從小樹苗開始種起，根才能扎得深，和土壤密合在一起，如此樹長多高，根就能延伸多長，整株樹才能穩固；否則，直接移植大樹，勢必會傷到樹根。同樣地，教育也要從小開始，一階段一階段地向上培育，讓孩子養成生活規矩，從「內心環境」教育起；心理環境教育得好，以後到社會的大環境中，就不會脫序。這就是慈濟規畫「從托兒所到研究所」完整學程的根本理念。

證嚴法師說，教育是希望的工程，學校是慧命的搖籃；必須以道德文化爲基礎，用愛的教育來守護慧命的磐石，用心編織一個愛的搖籃，讓學生的慧命在愛的滋潤下茁壯。

## 慈濟中小學，重視生活教育

為了落實慈濟教育志業向下扎根的理念，慈濟繼一九八九年創辦慈濟護專（已於一九九九年改制爲慈濟技術學院）、一九九四年創辦醫學院（已於二〇〇〇年正式改名爲慈濟大學）後，歷經多時籌備，首屆慈濟大學附屬中學（分國中部與高中部）及慈濟大學實驗國民小學，於二〇〇〇年九月正式創校開學。慈濟小學附設幼稚園隨即亦於次年開始招生。

秉承證嚴法師「宗教就是人生的宗旨、生活的教育」理念，慈濟中小學非常重視生活教育。小學著重於打穩小朋友生活規範的基礎；中學著重於培養學生生活能力，教導學生處理家事及應對進退。中學生一律住校（花蓮本地學生可選擇通學），在行住坐臥之間實踐生活教育。

靜思語教學是中小學一貫的課程重點，自幼稚園即開始教導孩童靜思語，它不是深奧難懂的道理，而是從生活小故事來作教育啓發。

幼稚園還設有探索教室，讓孩子從實驗的操作中了解自然的科學結果與變化過程；如紙張的回收、製作，並且參與景觀的觀察與維護，藉此教育孩子們資源的有限度使用、造物的不易與惜物愛物的觀念。

中小學科學館更是包羅萬象，上至探討宇宙天體奧祕的天文台、星象館，小至身體構造，吸收健康新知的健康教育教室，一應俱全。此外，邀請地區植栽經驗豐富的耆老，作社區與學校結合的教學，讓受到尊重的地方長輩樂於將技藝傳授，而小朋友們也了解如何去尊重長輩、如何求教學習事物。

慈濟中小學教育的特色就是慈濟人文教育。而代表慈濟人文精神的佛堂、茶道教室及花道教室，是慈濟中小學與國內其他中小學最大的不同點；佛堂代表人與自己的反省；茶道意味人與社會的交流；花道則是人與自然的對話。

另外，在社區服務方面，小學將社會服務列入課程，中學則是實施「六十小時無學分服務護照」。中學獎學金的申請，要求至少十八小時的服務。服務項目包括醫院志工、社區服務與校內服務等等。藉服務教育，讓學生學習關心周遭一切。

輔導方面，仍延續慈濟教育特色，規畫亦師亦友的慈誠懿德會，扮演關懷著、傾聽者、輔導者的角色，同時，校方也安排慈濟大學生於晚自修時輔導中小學同學課業。

慈濟中小學也非常注重鍛鍊學生的體能。校方除要求所有中學生於畢業時都要游過五十公尺外，同時希望培養每個學生至少一項陪他過一輩子的生涯運動。而為了發展學生多元化的興趣，慈大附中為學生規畫了二十個社團，讓學生了解自己的性向並學習與人相處合作的道理。

慈濟中小學位於花蓮市西郊，毗鄰慈濟技術學院，與慈濟大學及慈濟靜思堂遙相呼應，連成一個完整的慈濟學園，為慈濟完全教育藍圖增添嶄新的一頁。對於「教育完全化」，證嚴法師開示道：「教育完全化者，全程也、全面也、全人也。全程者，環環相扣，節節相連，循序漸進，學程一貫也。全面者，由小至大，由淺至深，由專而博，器識之恢弘與時並進也。全人者，學術兼修，內外兼重，身心均安，務期成其光風霽月之磊落人格與躬履實踐之篤厚君子也。」

## 慈濟教聯會，以大愛引航

全人教育不僅是專業教育，更重要的是啓發人的良能，使每一個人不論在哪個專業領域，都用一顆關照社會與人群的愛心，發揮他的功能，讓社會健康地運轉。全程教育是從零歲到三十歲的學程兼備，包括托嬰中心、托兒所、幼稚園、小學、國中、高中、大學、碩士班、博士班。而在美侖溪畔、中央山脈腳下，慈濟教育學園四五十公頃土地連成一片，從托兒所到研究所都有了。

「完全教育」表面上是指從小學至大學教育機構的連貫設立，更重要的意義在於提供下一代良善的教育環境，不只是知識的學習，還有養成人與人之間互相尊重與關懷的生命情操。慈濟教育最終希望展現的是人與人之間眞誠的尊重、感恩、大愛與關懷。

由教師們組成的「慈濟教師聯誼會」，十年間已帶動兩萬三千多名老師，於各級學校積極推廣證嚴法師語錄的「靜思語」教學。

慈濟教聯會老師編輯的《大愛引航》書籍，出版以來深獲好評，許多國小老師作爲輔助教材，所以接著又出版了十數冊，證嚴法師甚感欣慰。教育是百年大計，是人類教育所寄，所以她對老師們的期許與要求更甚常人，對老師們開示時總是流露殷切的叮嚀：「慈濟教育的目標不離『愛』，老師們必須先誠懇表達眞摯的愛，學生才能有所感動。大片田地只有一個農夫做會累垮，必須有很多農夫一起耕耘，才能耕出一大片良田。所以，期望大家以眞誠的心接引其他老師投入大愛的教育，則教育的廣大福田指日可待。」

肇始於台灣的靜思語教學，而今已跨海越洋，例如美國、加拿大、英國、澳洲及荷蘭等地的人文學校亦從事靜思語教學。有位數次到海外介紹靜思語教學的老師說，見到當地老師由有心到全心投入，政府單位也從肯定進而全力推動，實在令人欣慰！

在台灣本地，靜思語教學也已走出校園，進入社區，開辦了寓教於樂的課程，招收對象有孩童及老年人。另外，大愛電視台也有此類教學節目，希望讓更多有心淨化社會的老師，了解如何在學校課程中融入靜思語教學。

證嚴法師曾談及，慈濟教育志業的「有形教育」與「無形教育」：「有形教育就如慈濟的完全教育，具有『向下扎根，往上茂盛』的特性，希望在慈濟教育搖籃的陪伴下，孩子們一路長大、茁壯，不只成長知識，更重要的是成長慧命。」至於「無形教育」，上人期待慈濟人能以身作則，透過人格無形的感化，使人人的心靈得到淨化。「爲了後代子孫，爲了未來的希望，我們要用心、合力，共同來成就！」

證嚴法師在《慈濟月刊》（二〇〇四年十月）的一篇演講，對「生命教育」有深刻的詮釋。她認爲，現代人思想脫軌、輕視生命的現象，令人擔憂，如何幫助年輕一代轉迷思爲愼思，學會「管理生命」，關鍵在於「生命教育」。當生命與生命交會，看見苦難，悲心啓發，智慧之苗自然萌芽。用生命眞實故事來教育生命，就是實實在在的「生命教育」。

她提到，常聽一些父母嘆道：「只要孩子不讓人操心就好。將來是不是會養我，都不要緊……」父母只求孩子平安，不敢奢求他們善盡人子本分。然而，孝順是人的根本，若不教育孩子知恩感恩，懂得管理生命、管理情緒，孩子的人生可能會逐漸偏向，差之毫釐、失之千里，又如何能期待他的人生獲得平安呢？她以馬來西亞吉隆坡青年梁先生爲例，他十五歲時罹患「僵直性脊椎炎」，情況日益惡化，二十歲起無法再走路，從此臥床十多年。「忍受著治療與疾病之痛，他很樂觀地說，因爲得了這種病，才有與眾不同的經歷；他也很幽默地說，自己從小到大都不愛念書，現在躺在床上天天讀書看報，不出門即知天下事。人生雖然無常，但梁先生以病爲師、轉念以對，因此海闊天空；他堅信『明天永遠會更好』，無論受了多少磨難，他都很珍惜這個身軀，因爲這是父母賜予的；他也從不喊痛，以免父母聽了傷心。這樣一個眞實的生命故事，充分彰顯出生命的價值，實在是現代年輕人很好的學習典範，是最好的生命教育。」

## 讓生命與生命相遇

證嚴法師說，面對複雜的社會百態，如何幫助下一代產生足夠的力量，擁有心靈免疫力？關鍵就在「教育」，從家庭到學校帶動「生命教育」，才能導迷思爲愼思，讓年輕人走向正確的人生軌道。

「教育要從小開始。家庭是人們受教的第一步，父母要以身作則，作爲孩子的模範；學校老師要善用智慧，啓發孩子心中的悲憫之苗，讓他們看見不同的人生樣貌——體會到在暗角裡原來還有貧窮、殘障、生病的苦難人，需要我們付出關懷。

「慈濟小學的孩子們，關懷在花蓮慈濟醫院接受分割手術成功的菲律賓雙胞胎莉亞和瑞秋，因而成立了『慈幼社』，每天在撲滿中存入零錢，作爲這對姊妹未來的教育基金、營養品費用。除了照顧國外的孩子，慈小學生也關懷台灣貧病困苦的孩子。他們和住在禪光育幼院的大哥哥、大姊姊們相約定期見面，帶禮物去分享，和他們玩成一片。也到貧困人家關懷，看到居住環境髒亂惡臭、小朋友沒有床鋪睡……慈小學生於是動手刷洗家具和餐具，年紀雖小卻做得有模有樣。當一片烏黑的牆壁，經過一雙雙小手通力合作展現亮麗，彷彿也讓人看到慈小學生心中的大愛，爲社會帶來光明希望。

「這些『生命與生命相遇』的眞實故事，就是最深刻的『生命教育』。當孩子面對社會百態發出疑問時，我們要用這些『生命與生命相遇』的眞實故事給予啓發，培養他們的悲憫心及智慧之苗；從知福中培養感恩，從惜福中培養關懷，從造福中培養智慧，才能走上人生的康莊大道，讓眞善美在世間循環。

「生命教育，就是要教育孩子懂得尊重別人，也尊重自己的生命；了解人與天地萬物，是休戚相關的『生命共同體』。」

# 第六章 國際賑災不落人後

在宗教、慈善與修行的精神引領下，一九八九年，慈濟愛心的種子首度漂洋過海，在世界第一強國——美國，落地生根，使「台灣的慈濟」邁向「世界的慈濟」。歷經篳路藍縷的開拓，如今全球五大洲，都有慈濟愛的足跡……

曾有人問：「慈濟人爲什麼要千里迢迢親自到災區發放？」在花蓮慈濟醫院服務多年的曹醫師說：「賑災，其實是來災區取『心經』──重新找回自己的『悲心』。我想這也是激發志工們無窮力量的來源吧！」「慈濟提供機會讓我們去賑災義診，與其說是去『服務』，不如說是去『感受』和『學習』。」曹醫師說，志工個個搶著做事，透過服務淨化自己。慈濟人修的是「生活禪」。

一九四〇年代的台灣，面臨戰後的蕭條、貧窮，那時代的人，吃著美國援助的麵粉，穿著麵粉袋做成的衣服，衣背上還可見印著30公斤、50公斤的字樣；生活的艱困與接受幫助的心酸，眞是令人點滴在心頭。一九八〇年代的台灣，歷經「經濟奇蹟」，成爲工商發達經濟繁榮、生活富裕、外匯存底高居世界第二位的「寶島」。

## 讓愛成為住在台灣這片土地上的人的驕傲

走過苦難，歷經貧困，今日的台灣，儼然已和安定富裕畫上了等號。可是放眼國際，在一些長期爭戰、天災不斷的國度裡，哀鴻遍野，饑饉連年。値此之際，卻有一群人開始將對那袋麵粉的感激，轉換成袋袋的大米、穀種、棉衣被或是煤炭；他們帶著這些物資，走過苦難的國度、越過山嶺、涉過水湄，踏在龜裂的大地，曝曬在攝氏四十度的烈陽下，立於零下十四度的大雪紛飛中……他們匯集了人們的愛，跨越國界，跨越族群，送到世界上每一個苦難的角落，親手交給在生活中掙扎的災民難胞。那群人，就是──慈濟人。慈濟，以大愛走入國際社會，回饋國際社會，恪盡國際公民一分子的責任；慈濟，讓「愛」成爲住在台灣這片土地上中國人的驕傲。

證嚴法師說：「大家的愛心，給了我許多力量，我也要把這愛散播給每一位需要的人。慈濟人在台灣要積極淨化人心、祥和社會，社會所需要的，我們都要很用心的投入；同時更要為普天下的眾生付出，哪個地方有困難，我們都應該去救助，這就是聞聲救苦的菩薩精神。希望每個人都能做救人的人，不要一直想著讓別人救，因為能救別人才是福。」

因此她常提醒慈濟人一個觀念：「幫助別人時一定要把持謙遜的感恩心，因為若沒有對方示現苦難，我們又怎能知道自己多幸福，又怎能有機會去付出呢？『但願眾生得離苦，不為自己求安樂』，付出的同時就是在造福；看到別人脫離痛苦，就感到歡喜，這叫做智慧。只要我們多為別人付出，就多一分歡喜，這就是福慧雙修。」所以慈濟人無論到哪裡從事救濟工作，一定都要抱持著無所求、誠懇的感恩心。同時也由於他們發自內心的誠懇與微笑，即使是語言不通，也能讓所有的人感受得到這愛的語言所散播的馨香、尊重與關懷。

慈濟的救災理念一向是本著「尊重生命」為出發點，面對遭受苦難的地方，只要是能力所及，皆盡心去做；對於本土的慈善工作，慈濟不曾一日間斷，證嚴法師一再表示：「台灣本土絕對是慈濟志業的第一順位；至於台灣以外的天下眾生，慈濟則是隨緣盡力結善緣。」

在宗教、慈善與修行的精神的引領下，一九八九年，慈濟愛心的種子首度漂洋過海，在世界第一強國——美國，落地生根，使「台灣的慈濟」邁向「世界的慈濟」。歷經篳路藍縷的開拓，如今全球五大洲，都有慈濟愛的足跡。

一九九一年對慈濟來說是別具意義的一年，當時在國內的慈善、醫療、教育、文化等工作都在積極穩健的推展中，而國外的據點已有美、加、日、新、馬等國，慈濟的大愛正逐漸向海外延伸擴散；寶島上經濟富裕，民眾的愛心如湧。就在此時，南亞的孟加拉遭大水侵襲，慈濟美國分會聞訊發起募款，並將消息報知台灣本會，證嚴法師呼籲台灣的兒童每人每天節省一個麵包錢，在短短的一個月內即募得十五萬七千餘美元，轉交美國紅十字會，協助孟加拉災後重建，也爲慈濟的國際救援拉開了序幕。

同年夏季，大陸華中、華東地區遭遇世紀大澇害，慈濟人走入街頭巷尾全面發動救災，獲得來自各角落熱烈的支持，甚至小孩子、監獄受刑人與低收入老人都踴躍參與，寫下無數感人的記錄。那股浩浩蕩蕩、沛然莫之能禦的大愛力量，叩開了重重深鎖的迷霧、化解了兩岸四十年的隔閡，終能以「直接、重點、尊重」的原則，由慈濟人將物資和關懷直接送達受災最嚴重的安徽全椒、江蘇興化和河南固始、息縣。慈濟人用無所求的大愛精神，堅固了兩岸民眾的友誼。

慈濟的海外救援，經過一九九一年大陸賑災的運作試煉，不僅確立了一個可行的模式，且證實台灣人愛心豐沛，有能力對海外作愛心的輸出。大陸賑災過後，慈濟利用賑災剩餘款項成立「國際急難救助基金」。不分國籍、種族、信仰、地域，只要力量所能及，只要是眼睛看得到、腳走得到的地方，都願伸出援手。而慈濟人每次出外賑災，都不談政治、不刻意傳教、不宣傳，個人自行負擔旅費，期使勸募來的善款，涓滴無漏用於災民身上。

## 普天之下，沒有我不愛的人

對每一次要前往異邦賑災的團員，證嚴法師總是諄諄囑咐著：「希望大家扮好和平大使的角色，專心、用心、細心的去傳遞愛與感恩，圓滿這分因緣。」而慈濟人也從不負師父所望，屢屢跋山涉水在各地災區展現慈濟的精神。世間無常，世界各地天災人禍不斷，多少的百姓被迫逃離自己的家園，顛沛流離，人命螻蟻，多少家破人亡、天倫夢斷的慘劇不斷的在發生著，而這每一雙悽惶無助的眼神，每每都牽引著慈濟的悲情；隨著訪問團的一次次遠征歸來，皆代表著慈濟的賑災工作畫上「圓緣」的句點，但，這並不是結束！它象徵的是另一段好緣的開始。當慈濟人快樂的哼起「普天之下，沒有我不愛的人；普天之下，沒有我不能相信的人；普天之下，沒有我不能原諒的人」時，相信在遙遠的非洲、歐洲、美洲、大洋洲、亞洲或是大陸的某一個角落，也一定會有人輕聲唱和的。

證嚴法師常勸勉海外慈濟人，「取諸當地，回饋當地」，若要融入當地社會，必須不斷回饋與付出，才有可能贏得在地人的友誼與尊重。於是，海外慈濟人就像觀世音菩薩的應化身一般，隨類化現，應當地需要給予必要的援助。「匯聚當地愛的力量，紓解當地的匱乏」，這是海外慈濟「就地取材」的原則；而愛的行動也是因地制宜，視各國社會福利制度的健全與否而有所不同。

由於文化的差異及國情的不同，在異鄉做慈濟工作的甘苦，眞是一言難盡。爲了堅持將濟助物資親手交給最需要的人，慈濟人個個都是將自己的安危置之度外。但當他們風塵僕僕的前往重災區勘災時，卻被災民懷疑是地主要來取回土地；當他們苦心爲貧民舉辦大型義診，卻被誤認是去傳教；而當熱心慈濟人將熱騰騰的食物送到災區時，卻被懷疑下了毒……這一切的一切，慈濟人都是「甘願做、歡喜受」，只求「天下無災無難」。值得安慰的是，慈濟人的眞誠與用心不僅將愛傳遞給災民，同時也贏得了各國政府以及民間機構的肯定。

從一九九一年開始，慈濟由大愛走進國際社會，展開國際賑災工作，而這一路走來並不輕鬆。曾有慈濟人有感而發的道出了這段艱辛歷程：「曾經，我們徘徊在阻隔了四十多年的意識形態圍牆前，苦苦地傳達一分清淨無染的心念；曾經，我們被『犀牛終結者』、『貪婪之島』的陋名所累，險被阻斷與國際救援組織攜手合作的機會；曾經，我們因爲沒有具體的邦交關係，而讓待援的對方遲疑不已；然而，我們從不曾因此放棄過『直接、重點、尊重』的救災原則。曾經，我們從被援助者轉爲自助者，而進而成爲救援者的過程中，遭受到來自本土的質疑與壓力；曾經，我們在跨出門檻，推出一系列前所未有的救援行動時，承受到此肇因於不同觀念的批評；曾經，我們因爲肩上的擔頭加重了，在奔忙於長街陋巷當下，無暇再與眾人細細分享一己的心得，使得人們誤會我們減少了對本土的關心；似乎，這些也都是必經的過程，我們從來也不曾因爲誤解，而耽誤了該我們去承擔的使命；曾經，我們在達成救援的基本協議後，卻受阻於彼此辦事績效的差異，一顆急切送援的心飽嘗了如坐針氈的滋味；曾經，我們擬定了分配發放的行程，卻礙於對方政局不定，屢屢更改既定的時日；曾經，我們甘冒四伏的危險，自願前往那已無法紀、無政府無道理可說的殺戮國度，妻小在家中膽顫心驚；曾經，我們在海外展開工作，家中生變故，是靠著家鄉的師兄姊們鼎力照應家務，而繼續完成任務；曾經，在天寒地凍的國度，一碟鹽、一碟糖，是我們佐食的配菜；曾經，爲了簽定一紙建屋契約，孤零零地留守到年節前夕；曾經——哪怕有再多『曾經』，全都因爲出自發心甘願，而顯得理所當然。」

國際賑災是慈濟尊重生命的行動之一，只要聽得到、看得到、腳走得到、能力做得到的就去做。這是宗教家的精神，也是所有慈濟人的本分；同時希望讓國際人士知道，台灣人的愛是和物質的富有共同成長的。超越意識形態，透過人道關懷，不僅幫助了受難的人們，也開啓了人性中本具的大愛。「無緣大慈，同體大悲」是一種無涯無際、無始無終、無遠弗屆的長情大愛，慈濟人以此理念發揮尊重生命、肯定人性的精神，希望爲長夜漫漫的娑婆世界，開啓無量的光明，爲辛酸煎熬的苦難眾生，照亮永恆幸福的道路！

我們可以從不少媒體報導以及慈濟本身的記錄資料，看見慈濟國際賑災的身影，是如此清晰而深刻動人；他們的腳步艱辛但堅定，他們的撫慰及時而溫馨。細數慈濟前進全球的救援行動，慈濟的榮耀實至名歸。

## 美國

在眾多善心人士的齊心耕耘下，如今美國各分會正朝向慈善、醫療、教育、文化四大志業均衡發展的目標邁進，也使得慈濟的腳步在美國已有五十多個據點。

不過，當初慈濟在海外的發展，亦是經過一段篳路藍縷的階段；從一九八二年，一對充滿愛心的夫婦首度將慈濟的種子帶到美國本土開始，當時成長得並不順利，始終停留在一對一的宣傳方式，發展空間極其有限；直到一九八九年，正值慈濟跨入教育志業的新領域，在海外的華人報紙多有報導，經由媒體的傳播，知道慈濟的人愈來愈多了；適時，青年企業家思賢居士發心在華人雲集的洛杉磯購下百餘坪的場地，成立了「美國分會靜思堂」，終於凝聚海外華人的力量，除在當地募得建設基金匯回花蓮總會外，並另募得濟貧善款，無分宗教、種族，充分的回饋當地社會。

在美國從事的慈濟工作固然不離「濟貧教富」的宗旨，然因地制宜，濟助的對象更趨多樣化，包括援助台灣及大陸留學生的急難救助、對無家可歸的流浪漢辦理冬令救濟，以及送溫暖給印第安人保護區、黑人社區和婦女收容所等。隨著聯絡點的紛紛成立及會務規模的日漸擴大，也帶動著慈濟志業的推展。

九一一事件發生前，慈濟在美國華人社會默默的行善工作，並未引起太大的注意，因爲它在美國社會被視爲非主流的社團。但是經過九一一投入救災、患難相助的日子，連紐約市消防隊員看到藍衣白褲的慈濟人，都不禁感動的稱讚一聲：「美麗的藍衣天使！」

記錄慈濟全球大愛行腳的文化工作者，對九一一之後，美國慈濟人日夜匪懈地投入救災賑濟的偉大身影，有深刻的報導。

## 進駐曼哈頓成立九一一關懷站

在紐約世貿倒下的那一天，全球上千個社會團體湧入救災；而紐約市所有的賑災救援部署唯「紅十字會」與「救世軍」馬首是瞻，慈濟美國志工欲加入救災行列卻不得其門而入，但慈濟人不怕挫折，憑著會員的一張牙醫師執照，成功闖關，在第一時間進入災區，眼見烈火燒灼後的世貿廢墟炙熱如人間煉獄，日夜搶救死傷與清理鋼筋石塊的救難人員，以及等待援助的垂危傷患，在在需要水的補充，可是紅十字會把能在曼哈頓找到的乾淨飲水全部送到廢墟，打開後的水瓶沒有趕快喝完，不一會兒就在高溫下烤得滾燙，再不久就蒸發了。就因爲一水難求，所以慈濟志工毅然挑起找水送水的重責大任。有人打電話給皇后區、長島的朋友，大家到處買水，再十萬火急的送進災區。

九一一之後的三個多月裡，慈濟美國志工在救世軍荷莉女士的支持下，進駐曼哈頓下城九十四號碼頭，在「家庭扶助中心」爲不同族裔的受難者家屬服務，這是慈濟的第一個九一一關懷站。慈濟人協助受災戶登記補助資料，並派人在紅十字會擔任翻譯，把一張張支票親自送入罹難者家屬手中，即使是黑人區也不曾卻步。

這些行動，讓許多還沒聽過慈濟的紐約人，對這個來自台灣的佛教團體都覺得不可思議，也打開了慈濟在紐約的廣大知名度。

因爲在第九十四號碼頭的經驗，慈濟美國分會在新澤西設立了第二個關懷站，緊接著在紐約華埠設立了第三個關懷站。

慈濟人的愛心關懷並不計較名分，但駐紐約的台北濟文處處長夏立言卻感慨的說：「慈濟這些年所做的事，絕對值得提名諾貝爾和平獎，慈濟人沒想要去做國際宣傳，實在很可惜。」

九一一發生後，來自全球的社會團體不計其數，在紐約第九十四號碼頭的賑災組織裡，慈濟是第三大慈善機構，而能像慈濟這樣與紅十字會、救世軍一直堅持到最後的，也只有慈濟這個唯一的外國人慈善團體。慈濟的救援大愛行動，因此博得紐約市民的青睞及認同。

長期的慈善服務及參與九一一救災的支援表現，使得美國慈濟志工深獲肯定，也有更多機會加入社區救援系統。慈濟的報導指出，像是洛杉磯聖蓋博谷區紅十字會負責人唐惠樂，便邀請慈濟加入由洛杉磯市政府、紅十字會、救世軍、世界展望會等三十多個慈善組織組成的「洛城緊急災難中心網路」，未來承擔醫療及慰問支援重責。慈濟是「洛城緊急災難中心網路」中唯一的佛教團體，也是唯一的亞裔組織，南加州慈濟志工和災難中心成員每個月定期聚會，針對社區內各種大小型災難處理模式進行研討，同時也根據社區需求，設計作業規範，作爲成員基本分工應變的參考手冊。

九一一事件滿周年時，美西區紅十字會於南加州舉行悼念會，並表彰九一一事件發生期間各界人士參與救災、支援的英勇作爲，慈濟也是美國社區民眾提名表揚的「九一一英雄」之一。

## 凝聚全球慈濟愛，合心力援紐奧良

二〇〇五年八月廿九日登陸美國的卡崔娜颶風，是美國百年來遭遇最慘重的風災，強風暴雨襲捲墨西哥灣沿岸，重創密西西比、路易斯安那、阿拉巴馬等三州。路易斯安那州的紐奧良市尤其受創嚴重，潰堤使得百分之八十區域，包括兩座機場遭水淹沒；部分地區也因天然瓦斯外洩引發火災，缺水缺電，橋毀路斷，死傷慘重，被迫棄城，並進入戒嚴狀態。一個月後，九月二十四日的莉塔颶風，更將受災區域擴及德州。

根據慈濟的大事記，美國慈濟人在卡崔娜風災後第一時間，因災區封鎖無法進入，便針對撤退安置在德州境內的數萬老弱及低收入戶等災民，進行人道援助，並調派全美人醫會成員到災民收容所進行義診，同時展開「凝聚全球慈濟愛．合心力援紐奧良」的全球募款行動；慈濟分布在世界各國的分、支會與聯絡點，陸續展開街頭募款及義賣等活動。

繼卡崔娜之後，莉塔颶風造成的災害，以德州波蒙特（Beaumont）及鄰近的亞瑟港（Port Arthur）、沙賓渡口（Sabine Pass）最嚴重；特別是停電狀況嚴重，影響供水、衛生下水道等基礎運作。因此慈濟志工在災後三天緊急採購兩百個發電機送往波蒙特，協助警局等公務單位展開救援工作。

慈濟志工並感於同樣是受災戶的警消人員，在災後顧不得家園重建，不眠不休投入救援工作，決定補助一千三百九十三戶警消家庭，每戶「慈濟現值卡」美金三百元與一個醫藥包，十月十五日在傑弗遜郡（Jefferson County）舉行發放。

傑弗遜郡行政長官卡爾（Carl Griffith）有感而發的說：「莉塔來襲後的第一天，當慈濟來問有什麼可以幫忙的，我實在很感動；在聯邦及州政府採取行動前，慈濟先來了……我會永遠記得你們對所有公僕及家屬們的尊重與關懷。」

值得一提的是，在這次發放時提供的「慈濟現值卡」，爲慈濟首度與銀行合作發行，卡面書有「台灣佛教慈濟基金會」及「A gift of love from Tzu Chi」（來自慈濟愛的禮物）等字樣，爲慈濟首次在大型賑災時使用，民眾可憑卡在與該家銀行往來的任何商店購買生活物資，面額分一百美元及二百美元。

在災後立即展開救援行動的慈濟志工，持續兩個月發放現金支票、物資兌換卡、生活用品或米糧，服務區域達十二州；初估兩個月已幫助了一萬七千多戶颶風受災家庭，也提供床墊、床單、毛毯、家庭醫療包、白米、礦泉水等物資，援助總金額逾三百萬美元。

慈濟在美國的急難救助，遠的還包括一九九三年七月的西部密西西比河水災及十月的南加州大火等，慈濟亦曾派出大批志工奔赴救災現場，全力提供援助；一九九四年初，美國加州遭逢恐怖大地震，慈濟基金會立刻撥了五十萬美元的善款，協助那些被其他救濟機構所忽略的地震受災城市——聖塔克拉里達山谷的貧困地震災戶。該市政府官員說：「眞是太好了，這實在是一個令人難以置信的機構，他們在全球募捐，然後送給有需要的人。」這項愛心的實質關懷，同時也惠及了西爾瑪和聖塔莫尼卡兩地的災民。

## 在僻遠之地留下助人的足跡

一九九六年歲末，北加州遭遇暴雨肆虐，聖荷西志工火速前往救助，爲災民發放救濟品，接著又在次年初，二度至災區捐贈一萬二千元和大批禦寒衣物與救濟品；另外，一九九七年五月奧斯汀北部發生龍捲風，大片房屋被毀，並有二十七人不幸喪生，慈濟志工更是充分發揮「跑在最前面」的理念，前往災區發放飲料、食物、日用品和慰問金。

二〇〇一年六月，熱帶型風暴「艾莉森」接連數日重創德州休士頓，暴雨引發嚴重水患，造成三十餘人死亡、兩萬戶房屋受損，估計損失達十億美元。德州東南部二十八縣皆爲受災區，休士頓的八間醫院甚至因此而暫時關閉。當地電視媒體報導慈濟德州分會五十餘位志工協助赫門醫院清理環境的消息後，已在災區設置二十六處緊急避難所的紅十字會立即向慈濟人請求協助。慈濟志工連續一周幾乎每天動員三十人次，配合紅十字會挨家挨戶發放總計達八千份的食物，並攜帶價值兩萬美元的飲水、食物，前往受災慘重的休士頓東北市郊發放。

二〇〇二年四月二十八日，超級龍捲風夾帶豪雨，襲擊馬里蘭州南部的查爾斯郡、喬治王子郡及凱爾佛特郡，造成五人死亡、一百多人輕重傷，以及三百多戶民房毀損，是馬里蘭有史以來災情最嚴重的一次風災。翌日，華府慈濟志工立刻前往受災最嚴重的查爾斯郡普拉塔鎭勘災，並與當地社會服務處合作，於郡政府救災中心設立據點，發放每戶三百美元的急難救助金。

美國印地安那州中部二〇〇二年九月二十二日下午受到龍捲風襲擊，一百七十四戶嚴重損毀，一百二十五人受傷。慈濟志工翌日清晨即赴城東邊和南邊兩地勘災，連續兩日發放急難救助金與應急民生物資。

二〇〇三年十月，美國加州發生有史以來最嚴重的山林大火，從十月二十一日開始延燒的南加州山林大火，蔓延範圍南起聖地牙哥，北至洛杉磯；共奪去二十多條人命、一百七十多人受傷、三千六百棟房屋燒毀、十萬人被迫緊急撤離家園。聖地牙哥（San Diego）、聖伯納汀諾（San Bernardino）、凡杜拉（Ventura）、洛杉磯（Los Angeles）四縣災情嚴重，布希總統宣布爲重大災區，由聯邦緊急事務機構（Federal Emergency Management Agency；簡稱 FEMA）統籌救災相關事宜。

據統計，四縣火災區塊至少有十處，火勢延燒共約三十萬公頃土地，超過台北縣市土地總面積；動員了將近一萬三千名消防隊員救災。

隨著南加州各災區政府及民間收容所、服務中心陸續設立，慈濟志工立即參與服務；除支援盥洗用品、毛毯、枕頭及飲用水、冰塊、麵包等民生物資，也駐站發放急難慰問金。

慈濟在南加州山林大火的發放點，除了聖地牙哥的朱利安鎮、羅瑪納（Ramona）、鮑威（Poway）、桑堤（Santee）、奎司特（Crest）、艾爾潘（Alpine）、山谷中心（Valley Center），還有聖伯納汀諾、凡杜拉的嘎嘛里歐（Camarillo），以及洛杉磯的克來爾門（Claremont）等城鎮。

根據慈濟記錄，位在洛杉磯東邊的重災區聖伯納汀諾，在一處舊機場設有火災綜合服務中心（Fire Emergency Local Assistance Center；簡稱 FELAC），包括聯邦、州府和市府等相關農業、財稅、失業、證件、保險、賠償等設置綜合服務櫃台；設立初期，慈濟是唯一的民間慈善組織。

火災綜合服務中心負責人喬妮絲（Chanese）說，慈濟志工動員的速度與貼心，對當地民眾而言是很重要的安定力量，許多災民都肯定慈濟志工的熱忱、謙虛、友善、紀律、盡力等服務態度，這也是最令他們感動之處。

此次救災行動，是美國慈濟志工在二〇〇一年九一一事件後再一次的大規模動員。發放工作延續近二十天。慈濟的援助行動引起了美國各大媒體的關注，爭相報導慈濟善行。在災區路邊到處可以看見掛著布條，寫著「God bless all of you !」（上帝祝福大家）或是「We shall return!」（我們會再回來）等大型鼓勵標語。然而，就在海拔一千五百英呎山上的奎司特小鎮，一幅大面看板上卻是這樣寫著——「Thank You Tzu Chi Foundation from Crest」（奎司特感謝慈濟基金會）……這樣的畫面，由慈濟文字與攝影工作者帶到讀者眼前，看了不由得讓人生出一種難以言喻的感動，慈濟行善救人的足跡，即使是僻遠之地都能看到。

二〇〇三年的這場美國南加州山林大火，慈濟志工以一個華人民間慈善組織的身分，能夠獲准進入收容中心關懷發放，與美國慈濟志工長期在社區付出，以及對九一一事件受難民眾的救助，深獲紅十字會、救世軍等慈善組織的肯定有直接關係。慈濟的報導指出，慈濟在九一一的救助表現，使洛杉磯慈濟義診中心獲邀加入由南加州市政府、紅十字會、救世軍、世界展望會等數十個慈善機構組成的「洛杉磯緊急支援網」（Emergency Networking Los Angeles，簡稱：ENLA），成爲該網絡中唯一的佛教、亞裔慈善組織。也因此在此次大火災難中，得以獲准參與賑災。

同樣的，二〇〇五年八月的卡崔娜風災，在災民安置初期，因爲美國的急難救助系統與動員能力很強，由代表政府的聯邦緊急事務管理署與非政府的紅十字會，並肩扛起救援事務，一時並不太需要民間慈善團體的介入。慈濟在美國從事慈善、醫療服務已逾十五年，一向以慈善服務直接迅速著稱，屢獲地方政府與救援機構認同。例如德州休士頓的愛莉森（Allison）颶風，當紅十字會邀請慈濟支援時，慈濟志工以迅速的動員與整齊的形象出現，讓人印象深刻。九一一事件、南加州森林大火等大型災難，慈濟志工立即投入服務災民的精神，也早已獲得肯定。所以卡崔娜釀災後，慈濟志工與聯邦緊急事務管理署及紅十字會頻繁協調，終獲信賴而獲准進入收容中心設立服務中心，提供災民服務。距離休士頓近兩小時車程的波蒙特（Beaumont）收容中心，是第一個批准慈濟進入發放的災民收容中心。在緊急救難工作告一段落後，慈濟又接著展開中長期的援助計畫。這就是慈濟人赴湯蹈火的賑災行動。

## 庇護關懷海外遊子與旅人

另外，這些年來，在美國驚傳不少台灣旅客、留學生發生意外事件，每當慈濟人獲知消息，即使冒著風雪或頂著烈日，也都立刻趕往現場協助，除致贈慰問金外，同時也陪伴罹難家屬辨認遺骸、協助語言翻譯、料理後事，以及給予家屬情緒上的支持等，甚至在傷者或家屬返台時，知會台灣慈濟人接續關懷工作。

還有，部分志工更會在學校新學期的開始，展開新生關懷工作，以紓解華裔留學生的離鄉之苦，從接機、尋找住宿、購物、學業輔導等，都使得當地學子深深地感受到慈濟的大愛。慈濟人付出的溫暖愛心，庇護了海外遊子與旅人，使得異鄉行旅不再孤獨。

在長期關懷方面，美國慈濟志工默默的做了很多事。老人院探訪已成爲全美各地固定的活動，而一些地區更是依老人的特殊需要，開展多層次服務。同時，各地慈濟志工也陸續將長期關懷的觸角伸向獄中人犯、腦性痲痺兒、智障兒及受虐兒等，常利用假日，帶著大批食物前往兒童中心，與缺乏家庭溫暖的孩子們共度歡樂時光。此外，洛杉磯慈濟華人學校體念智障兒父母的苦境，特爲華裔智障兒童家庭舉辦聯歡活動，並推出愛心娃娃存錢筒領養活動，爲殘障兒募款，這個活動並普及至休士頓、新澤西、紐約等處的人文學校，讓各地小菩薩的愛心，幫助殘障兒步上康復之路。而聖路易市的慈濟人更與當地病童和他們的兄弟姊妹同歡，共享溫馨的「慈濟中國日」，這也顯示了愛心是不分地域的。另外，其他一些新成立的各聯絡點，也都是不落人後的紛紛與當地民眾廣結善緣。接著，慈濟青少年團相繼成立，起初，僅限於舉辦一些聯誼、座談等活動，但隨著慈濟志業的擴大，他們亦開始跟著長輩一起去探訪老人院、參與募款義賣等，充分展現出第二代慈濟人的悲憫愛心。

至於環保和社區志工，也逐漸在全美推展。如掃街、清潔環境、清除城市塗鴉、蒸氣洗街等。而洛杉磯喜瑞都市的慈濟志工，自一九九五年即展開資源回收工作，現在人文學校、義診中心以及靜思堂也受其精神感召，都會固定將回收品分類後，交予在喜瑞的志工處理。

慈濟在美國的醫療志業，亦做得非常完善。一九九三年十一月一日，慈濟在海外的第一家醫療服務機構，同時這也是美國第一家由亞裔華人創辦的醫療中心——美國佛教慈濟義診中心正式成立。這個集十方愛心人士的心力和襄助，經過十個月籌建的義診中心，主要是爲社區貧困病患提供免費門診醫療，診治對象不分年齡、種族、宗教，尤其強調的是尊重每一個人的生活尊嚴。義診中心內所有的經費均是由社會愛心人士支持資助，因此在善款的使用上，十分嚴謹；而對於各方善士的捐輸，美國分會也將捐款者芳名，銘記於義診中心內的榮譽牆和其他紀念標誌上，以彰揚其愛心與奉獻的精神。

南加州雖有許多義診醫療機構，但同時提供諮詢、診斷與取藥服務的，大概只有慈濟義診中心。義診中心平日除有中醫、西醫、牙醫門診外，每年並針對骨髓捐贈、感冒預防注射、癌症檢查諮詢、一般醫療義診等主題，舉辦社區健康日活動。二〇〇〇年四月更成立癌症病友會，定期邀請癌症患者、家屬、醫護與社工人員交換日常生活照料、治療方式與親友相處調適等課題，讓彼此互尋有效的支持。義診中心結合當地有心的醫師、護士、行政等志工，統稱爲南加州慈濟人醫會。從診間走進貧窮社區，甚至提供祕魯、塞內加爾、科索沃、中南美洲及薩爾瓦多等地醫療援助。目前，每月約有一百多人參與志願服務。曾有病患說：「義診中心讓我印象最深刻的，是醫師和志工們柔和的眼神與耐心的態度；更重要的是，他們不會因爲我貧困而看不起我。」社區人士都讚許這座榮獲多項績優社區服務獎的義診中心「是被遺忘、唾棄病患的最後一線希望……」

## 各地分會與聯絡處紛紛成立

二〇〇一年三月十日，慈濟美國德州分會舉辦十周年慶祝會，邀請當年草創德州分會的元老分享一路走來的心得；因爲這群人的努力，才促成了奧斯汀、達拉斯、康福、阿靈頓、佛羅里達州邁阿密、奧蘭多和喬治亞州亞特蘭大等各地慈濟聯絡處逐一成立，讓慈濟志業散布得更廣、更遠。

德州分會靜思堂是海外慈濟據點中，第一所仿照花蓮本會靜思堂所建造的會所，寬敞而莊嚴；並設有慈濟人文學校達拉斯、休士頓分校。

一九九六年成立的夏威夷分會，已召募的志工包括日本、韓國、菲律賓僑民及日漸增加的美籍志工，一同從事敬老院關懷、提供街友熱食、募集罐頭捐贈食物銀行、義診、急難救助等服務。夏威夷州議會參議員Rod Tam二〇〇一年四月在州議會中，還特別向議會同仁介紹慈濟志業並頒獎表揚到薩爾瓦多賑災的慈濟志工。議會一致通過將每年的五月六日訂爲夏威夷的「慈濟日」，以表達對慈濟人回饋社會的敬意。

慈濟匹茲堡聯絡處新會所則於二〇〇二年七月二十一日啓用，期許能爲他人做更多事、服務更多人。位於美國東北部賓州的匹茲堡爲內陸老城市，華人不多、民風淳樸；十多年前，在志工黃梅香的推動下展開慈濟志業。當地有許多知名大學，吸引不少亞洲留學生在此深造，長年來，志工協助學生們適應異鄉求學生活，發送新生禮物袋、舉辦迎新茶會，提供保險、租屋等生活資訊；此外，也辦理舊物回收活動，讓新生抵達後，能先有些家庭用品可用。

二〇〇四年六月四日，美國加州奧克蘭市市長布朗（Jerry Brown）宣布當天爲「奧克蘭慈濟日」，感謝慈濟志工自一九九八年以來，持續對社區付出關懷。慈濟在奧克蘭市提供的服務包括：關懷學前兒童與協助照顧特殊兒童、低收入社區學校兒童贈書活動、提供家庭急難救助、老人院探訪、供應街友熱食及冬令發放、定期感冒疫苗預防注射及健康諮詢、個案居家關懷、監獄探訪、資源回收及每月定期掃街活動等。

在教育方面，先後在洛杉磯、紐約、德州、夏威夷、新澤西及加州成立人文學校、分校，「靜思語教學」爲其最大特色，並實施生活教學、舉辦讓智障兒一起參與的園遊會或是資源回收義賣等活動，讓這些小朋友即使在舒適的環境中，也能有更深的體會。教育志業在美國的另一項大成就，是慈濟清寒獎學金的擴大發放遍及全美，希望藉由這樣的實際幫助，在校園中深耕慈濟大愛的種子。

慈濟美國總會為幫助家庭經濟能力較弱的學童養成閱讀習慣，二〇〇〇年起在南加州發起贈書計畫，至今已送出超過三十五萬本課外讀物。二〇〇四年北加州慈濟志工也首次舉辦大規模贈書，有二十二所公立小學入選，共有一萬兩千兩百位學童獲贈。

之所以發起贈書活動，主要是根據當時美國教育局網路上一千四百多所小學的資料顯示，其中有百分之十的學校屬於「赤貧學校」；這些以少數族裔學生為主的學校中，有高達百分之九十的貧窮學生符合免費營養午餐的申請標準。由於家庭經濟能力有限，再加上學校經費不足，這些學生閱讀課外讀物的機會有限，學習能力與發展機會也較差。當初慈濟人多次探訪，從一百四十多所「赤貧學校」中篩選出目標，再請各校列出適合學生閱讀的書籍，交由慈濟南加州分會統籌採購致贈。

出版商 Lark Crumpler 女士表示：「先前我對『慈濟』很陌生，甚至懷疑：我是否要花時間在這群出版界的外行人身上？但與慈濟志工互動後，他們無所求的付出，讓我對佛教徒改觀。」為協助更多學童擁有閱讀機會，該公司並給予半價優惠。一位校長表示，之前他們以為慈濟想藉贈書到校園傳教，曾拒絕了這分好意；現在他們很感恩慈濟人不放棄給他們機會，讓學生也享有讀好書的權利。一位學區總監說：「慈濟志工只付出、不求回報的精神，給了家庭及社區一股安定、祥和的力量！」他們對慈濟跨族裔、宗教與文化的社區大愛印象深刻。慈濟南加州分會表示，孩子是未來社會的希望，贈書活動只是慈濟與學區合作關係的開始，「慈濟的資源也許有限，不過愛是無限的」，希望透過彼此的合作，提供更好的教育品質與社區服務，嘉惠更多學子。

美國雖是世界最先進的國家，但它同時也反映出繁華文明背後的競爭壓力，每個人的腳步都隨著大都會的脈動而奔忙，尤其是近年不斷湧入的華僑移民，從調適到融入，在謀生的路上，備嘗無力與空虛；其中有不少的華僑，就是仰賴著宗教的安慰來排解心中的愁緒。爲此，美國慈濟志工在北美、世華、華美三家電視台，播放「證嚴法師靜思語」節目，同時，亦在各地美加和華僑華語電台播放「慈濟世界」節目，許多華僑藉此認識了慈濟世界，也藉此了解證嚴法師慈悲濟世的理念，並同時覓得了心靈的依恃，而讓更多旅居異地的人與慈濟結緣；一九九一年創刊的美國《慈濟世界月刊》，是僑胞們的最佳精神食糧。

另外茶會、周年慶及愛心義賣等文化系列活動，亦使得越來越多的西方人士了解慈濟，還有各分會增設的各種營隊，如西班牙文、美容、美姿、太極導引及茶道班等，也吸引了眾多社區朋友熱烈參與，進而成爲慈濟人。由於慈濟人不時的推動和耕耘，慈濟的文化志業在美國這個多元化種族的社會，已開出燦爛的花果。

由於慈濟在美國的會務發展很快速，爲了達成資源共享、人力互補的整合功能，二〇〇一年成立的「慈濟美國總會」，由曹惟宗擔任第一任執行長；這個凝聚數萬美國慈濟人的新愛心團隊，要讓慈濟播撒在美國的種子，長成果實纍纍的大樹。相信持續踩著慈濟步伐勇敢邁進的美國慈濟人，在這個海外最大據點的美國，一定能夠發揮它最大的功效，帶給世界清新與美麗。

## 加拿大

雖然經濟不景氣，台灣移民不斷回流，但加拿大慈濟人在這個地廣人稀的國家，仍是一步一腳印，穩扎穩打的將慈濟大愛散播在這片土地上。早期在加拿大的慈濟志工，除了每週定期前往溫哥華市區的一家私人安老院，爲華裔老人烹煮中式餐飲、餵食老人、陪老人聊天之外，並不定期的前往其他各老人院服務。爲了擴大濟助層面，讓更多需要幫助的人皆能受惠，在溫哥華的慈濟人早於一九九二年七月起，每個月固定捐出四千元加幣，請食物銀行代購新鮮的蔬果，再由分會的志工負責發放給四百個貧困家庭；志工們並且協助「輪椅上的餐盒」慈善機構，分送便當給孤苦無依或行動不便的人。

此外，也將關懷的觸角延伸到愛滋病患者身上，溫哥華的愛滋病協會，是由政府資助的機構，末期病人因爲免疫系統破壞，必須靠藥物及特別的食物供給營養；然而政府的資助有限，於是慈濟加拿大分會從一九九四年三月份起，每月資助愛滋病協會食品供應站加幣一千元。而對各地所舉辦的各項愛心募款活動，慈濟人更是熱心的參與。一九九四年六月，當慈濟人得知溫哥華紅十字會血庫的存量急遽下降，於是立刻和溫哥華紅十字會聯合發起捐血活動；展現新移民在享用當地資源的同時，也發揮回饋社區的愛心行動。

在經濟不景氣的衝擊下，連年增加的醫療費用已經成爲加拿大政府的沉重負擔，加拿大完善的醫療制度已經亮起了紅燈。加拿大慈濟人爲回饋當地社會，決定以六百萬加幣在溫哥華成立「慈濟傳統醫學中心」，推展中國傳統醫療，像推拿、針灸等，與西醫互補短長，不僅可降低政府財政支出，同時也提供病人多一種選擇。慈濟加拿大分會原本計畫分六年的時間籌募這六百萬元加幣，來興建「慈濟傳統醫學中心」，沒想到僅在一九九六年六月舉行的大型愛心募款餐會就已籌到了兩百九十萬元加幣，使「慈濟傳統醫學中心」得以在十月二十一日順利開幕啓用。當地華僑豐富的愛鼓舞了慈濟人的心田，同時也為海外華人再開創了一頁輝煌的史蹟。

北美地區目前雖有多所醫療機構從事傳統療法的研究，而卑詩省兒童醫院卻是唯一以兒童為主的單位，研究傳統療法如何輔助西醫現有療程，提升整體療效。加拿大分會一九九六年開始五年內分期撥交五十萬元經費，資助卑詩省兒童醫院輔助醫療研究中心，從事兒童長期病症傳統療法的研究，並捐款加幣十三萬五千元，贊助救世軍籌建列治文臨終關懷病房，這是列治文地區第一間照顧臨終病患的醫院。

近年來，卑詩省需要洗腎的人數每年增加一成四，以聖保羅醫院為例，該院需長期洗腎的病患高達五萬多人，而每位病患每週洗腎三次，為尋找適當的注射位置，護理人員都大傷腦筋，病患也必須忍受極大的痛苦。於是，加拿大分會在二〇〇〇年致贈溫哥華聖保羅醫院五萬加幣，購買一台可攜式超音波檢測機，提供該院洗腎中心用於偵測洗腎病患之適當注射位置；聖保羅醫院特頒感謝狀。該院表示，期盼購買這台儀器已達四年之久，目前是加拿大西部地區僅有的一部；對病患而言，這部超音波檢測機大大減低他們的痛苦，因此他們相當感謝慈濟人的愛心。

由於溫哥華城市廣闊，社區與社區之間的距離非常遙遠，慈濟志工到分會參與活動相當費時，所以不如與社區結合，就近在社區推展慈濟的志業工作。於是設立了社區志工站，志工們就近熱心參與募款、長期關懷老人院、兒童醫院、認養街道、定期捐贈食物銀行、服務街頭遊民與流浪青少年等。社區志工站的設立，使加拿大的會務推動得以透過這些據點，由點而線而面的擴散。

慈濟在加國教育志業的推展上，為了幫助貧困的優秀青年得以繼續攻讀大學，而於一九九三年九月與卑斯大學正式簽約，每年提供五萬加幣，設立「慈濟清寒獎學金」；在卑大，這是當時唯一針對清寒學生而設的獎學金。

一九九七年可說是慈濟在加拿大教育志業大豐收的一年，除了協助溫哥華圖書館兒童閱覽部購置藏書架、資助溫哥華聾啞學校、協助溫哥華市學區貧困兒童參與課外活動和學習才藝之外，多倫多與溫哥華的人文學校同時創校、開學，更是加拿大華人的一大福音，家長和學生都反應熱烈，這也加強了主辦者的信心。目前人文學校的招收對象不以慈濟會員的子女爲限，大多數是台灣移民的下一代，教育內容有「靜思語教學」，生活教育上則由慈濟志工和家長擔任，希望透過愛的學習，讓親子同時得到成長。

由於溫哥華多爲香港移民，除英語外，廣東話是使用最普遍的語言，故慈濟分會特開班教授廣東話，同時亦舉辦國畫班，使之接受文化薰陶；身處異邦的華人，在心裡上難免會有各種不同的苦處無以宣洩，因此慈濟更朝著對新移民的心理建設及關懷老人兩方面，加強輔導。

在美加社會福利高度發展的國家，一直存在著許多街頭遊民的問題，因此慈濟加拿大分會與救世軍合作，每個月定期煮食一次中式熱食予街頭遊民享用；而爲符合加拿大政府的衛生標準，所以分會特地開辦食物安全講座，讓會員學習，以期拿到加拿大政府的合格證書，達到衛生煮食的目的。另外，分會也常舉辦急救訓練，不僅可以幫助家中老人，同時也可以處理在不同場合發生的不同狀況。

加拿大雖是一個擁有健全社會福利制度的國家，但仍有被遺忘的蒼生。慈濟人本著「只要有需要，即適時伸出援手」的精神，隨時散播愛的種子，這種襟懷亦提升了華人在當地的形象。一九九四年六月，卑斯省總督林思齊博士特別邀請慈濟加拿大分會的九十多位志工至總督府作客，讚賞志工們投入社會服務的熱忱，樹立了華人的新形象。對慈濟人來講，這眞是莫大的肯定與鼓勵。

## 南美洲

至於南美洲國家，由於大部分都是經濟蕭條、貧富懸殊的地區，爲顧及貧者眾多、無法長期普遍濟助，故慈濟人在當地推動兼重「慈善、教育與醫療」的重點濟助，以發揮實質的效果。

慈濟**巴西**聯絡處一九九二年成立，當地慈濟人秉持著佛心及師志在這片土地上努力耕耘，在醫療義診方面首先綻放出成果，除持續每個月定期的下鄉巡迴義診，爲病患拔除病苦外，並不時在一些特定地點，爲需要的人做醫療服務。這些長期投入醫療義診工作的醫師，他們的奉獻精神委實令人敬佩。

在急難救助方面，一九九七年八月間，莫拉斯內的瑪莉亞西雷利斯街有五十二戶遭火焚燬，慈濟人緊急募集民生物品，適時解決災民的困難。其他諸如補助當地孤兒院日用品、陪老人過節聊天、設立慈濟人文教室等，使得這個原來以盛產咖啡豆聞名的地方，又多了一種耕作物，那就是——大愛的種子。

至於距離台灣最遙遠的**阿根廷**聯絡處，則是早巴西聯絡處五十天，於一九九二年六月七日成立。阿根廷的醫療福利制度雖相當完善，就醫診療完全免費，然而因爲經濟蕭條，政府負擔沉重，醫療預算不足，公立醫院非但無力添購新的醫療設備，連舊有設備的維修都成困難。慈濟人曾在一九九四年得知潘納醫院迫切需要急救呼吸儀器後，立即列爲緊急個案，致贈急救醫療設備予該院。近幾年來，阿根廷的物價偏高、失業率上升，中下階級百姓生活難以維持，尤其是貧民區的學童，更因無力購買鞋子，致觸犯學校「未穿鞋子不得到校」的規定，面臨輟學之虞；慈濟聯絡處經過多次了解後，對布宜諾斯艾利斯省 San Martin 區的六百五十位貧童發放新球鞋，解決了這些孩子們上學的困擾。

二〇〇〇年七月阿根廷北部屬熱帶地區的福爾摩沙省，原本最高溫可達攝氏五十度的天氣，突然連續七天降至零下八度。慈濟位於布宜諾斯艾利斯的阿根廷聯絡處，立刻向僑界勸募禦寒衣物，奔馳一千四百公里前往白湖鎮發放，這也是阿根廷聯絡處首度將濟貧範圍擴展到原住民。這些原住民非常感恩慈濟人將愛送到原住民區，望著渾身泥濘、疲憊不堪，但仍謙卑微笑的慈濟志工，原住民感慨地表示，慈濟是第一個主動關懷他們的團體。此後，志工又於十二月再度前往發放，讓歷經寒害與貧困的原住民，於新年前領得物資度日。

另外，慈濟人亦積極投入居家關懷及定期慰訪老人院、孤兒院、智障青年收容所等，並資助貧困小學獎學金及文具用品等。阿根廷慈濟聯絡處的志工儘管不多，但發揮的力量卻很大。

論及鄰近巴西、阿根廷這兩大國的**巴拉圭**，因聖嬰現象造成多處嚴重水患，慈濟人隨即發揮聞聲救苦的精神進入災區勘災。而巴拉圭的慈濟志業也在當地慈濟有心人的推動之下，已先後完成了多處托兒之家、養老院及孤兒院等的濟助發放；同時在文化方面，每周日早上爲六至十二歲孩子所開闢的兒童版畫時間，以及十二歲以上的素描課程，也使得孩子們能有正當的學習活動。

二〇〇〇年二月，巴拉圭慈濟人組成「慈濟克難發放車隊」，首度前往四個印地安部落進行關懷活動，發放醫療、民生物資並提供失學兒童文具用品；印地安村的孩子們從未有過書包，為此孩子們歡欣鼓舞，在場的慈濟志工也都分享了那一分歡愉。在那裡，只有高中生才能使用水泥地教室，其他都是泥土地。看到孩子們只要有一雙拖鞋可穿，就能高興地又叫又跳，這讓同行的慈青，更加珍惜現在擁有的幸福。因為慈濟是第一個來訪的慈善團體，感動的村民因此特別安排隆重的宗教祈福舞蹈儀式來歡迎慈濟人。為了幫助印地安村原住民過冬，慈濟人又向僑界勸募舊衣；四月底，再度帶著約八千件愛心衣服，到十一個印地安部落發放。

印地安村部落面積約三千公頃，劃分為十三個部落，規畫為保護區，但幾乎沒有任何建設，不僅貧困且教育環境落後。慈濟人在多次關懷後，決定集資購買建材，並由擅長木工的德國籍神父帶領著村民們施工；由於交通不便，建材運輸困難，花了近半年時間，終於協力搭造了三間木造教室。慈濟援建的這座「希望小學」，便開始在這裡發光發熱。

同樣受到聖嬰現象之害的**祕魯**，從一九九七年底到第二年初，一直是洪澇成災，美國慈濟人於五月親赴災區勘察後，八月中針對南巴耶給省三縣十七個重災鄉鎮進行發放和義診。同時也準備了二千份急救包給就診的災民，裡頭有體溫計、退燒藥、皮膚消炎劑及藥片等十多樣簡易醫藥用品。對於這個精緻的急救包，災民們奉為寶貝，爭先恐後地搶著要。

我國和秘魯並無邦交，慈濟在當地也無聯絡處，加上西班牙語的隔閡，救助工作並不易進行。這次賑災所以能夠圓滿，駐祕魯台北經濟文化辦事處、當地台商會及紅十字會的馳援，功不可沒。

其中一位台商事後表示，其實直到發放前她都不想去幫忙，但在親自參與義診與發放後，她有了不同的看法：「慈濟這個團體讓一個人學習如何懂得彎腰——尤其是對比我們更貧窮卑微的對象。」災民們接到發放物資時，也學會了說：「阿彌陀佛。」慈濟人則透過翻譯告知他們：「那句話是無量祝福之意。」當然，也希望他們能代慈濟將這分祝福，傳達給更多的祕魯災民。

之後，慈濟繼續針對其中契克拉由縣六個受災嚴重鄉鎮的災民，提供屋頂、木梁、釘子、門窗等建材及工具，由災民自己動手興建一百戶土磚屋。十一月，十二位美國和阿根廷慈濟人來到這六個村，參加房屋驗收儀式，也與災民共同分享遷新居的喜悅。在沙拉斯與莫社北的六十間新屋入口處一塊大木板上，以西班牙文寫著「這些房子的建材是由台灣佛教慈濟慈善基金會贊助提供」，並分別取名為慈濟沙拉斯村和慈濟巴巴由村，災民生活已有顯著改善。

一位參與驗收的慈濟人表示，雖然災民生活依然困苦，但生命中的那分韌性與純眞，著實令人感動；此時，也讓她眞正了解到：「我們小小的善行，對災民而言，是多麼意義重大。」

一九九九年元月，與委內瑞拉、巴西、厄瓜多比鄰的**哥倫比亞**發生芮氏規模六的強烈地震，傷亡嚴重，雖然哥倫比亞政府立即提供受災戶緊急紓困方案，並整合其他國家及慈善機構提供救援，但是仍亟需食物、日常用品及醫療物資。證嚴法師心繫災民的安危與困境，立即指示慈濟美國各分會及正在中美洲宏都拉斯執行風災賑災工作的慈濟人就近組成勘災小組，攜帶乾糧及急救藥包，深入重災區發放。

## 中美洲

一九九八年九、十月間，喬治颶風和密契颶風接連重創中美洲諸國和加勒比海，引發水災和土石流，造成數萬人死傷的慘劇。正當慈濟人密切關注、蒐集災情，準備隨時提供必要協助時，適巧外交部亦邀約包括慈濟等國內六個民間慈善團體，於十月中旬前往四個受災國勘災。在走訪海地、多明尼加、多采尼克、聖克里斯多福及尼維斯等國後，由美國和台灣慈濟人組成的勘災小組擇定多明尼加作爲慈濟的賑災重點國，並於十一月兩度深入勘察，決定以該國受災最嚴重的波羅、拉羅馬那兩地作爲援助重點。十二月初，儘速前往兩區進行義診和發放，是首批在此兩區提供援助的國際慈善團體。

一九九九年二月，美國慈濟人第二次到**多明尼加**賑災，台商們仍是積極參與，賑災結束後，慈濟多明尼加聯絡點成立了，地點設在委員蔡玉雲的家。雖然人力有限，但大家仍盡力爲當地社會付出，一步一腳印地將慈濟精神落實在當地。

二〇〇〇年慈濟人爲拉羅馬那的垃圾山居民，援建了一所可容納三百名學童上課及活動的慈濟小學。由於設備完善，竟然湧入了五百多名兒童。學校的興建及周邊道路的開闢，帶動了當地商家的興趣，房子也愈蓋愈多了，政府因此爲居民申請水電。「垃圾山」在大家攜手努力下，從地獄變成了天堂。蔡玉雲說，從沒有想到這個社區能夠出現這麼大的改變，使她深深體會到：愛，不是用金錢衡量的，愛，是用心去感動的。她並提到，在進行九二一街頭募款活動，當她對多國人民解說台灣大地震時，他們竟說：「我知道台灣，颶風時台灣慈濟曾來援助我們。」看到大家慷慨解囊，讓她深深感受到愛的循環與回應。

一九九八年十月底的密契颶風也重襲**宏都拉斯**，造成六百餘人傷亡、五十萬人流離失所，慈濟人在迅速完成宏都拉斯的勘災工作後，決定以人口集中的首都德古斯加巴爲首要援助點，贈送災民醫藥物資和民生用品。風災前，宏國的瘧疾和登革熱等傳染病即已非常嚴重，災後爲防止疫情迅速蔓延，慈濟勘災人員將消毒防疫工作列爲最緊急援助項目。勘災期間，除就地採購二十三噸淨水劑外，美國洛杉磯慈濟義診中心亦同步展開登革熱、瘧疾藥劑、噴灑器等物品的緊急採購協助展開消毒防疫工作。

一次一次，慈濟人不畏疫病感染的可能性，踩著泥濘，聞著陣陣腐屍味，穿過斷垣殘壁深入災區，緊握著災民的手給予溫暖與慰藉。一次一次，慈濟人和泛美衛生組織、紅十字會等國際慈善組織商討援助計畫的執行事項，秉持慈濟國際賑災「直接、重點、尊重」的原則，給災民最適切的援助。貧困災民無錢看病，慈濟人提供義診；無足夠糧食溫飽過日，慈濟發放米糧；缺衣過冬，慈濟人緊急募衣；消毒設施不足，慈濟緊急採購相關設備和藥品，避免疫情擴大。賑災期間，兩國大使館官員及當地台商、華人全力與國際慈善組織並肩合作交流訊息、避免資源重疊；華僑們並鼓勵自己的孩子參與整個發放工作，擔任慈濟人與災民之間的翻譯，就像小小親善大使，解決不少語言溝通問題。另外美國慈濟義診中心提供勘災小組資訊，配合支援快速採購；同時美國分會發起健行募款──「一二一二，愛心齊步走」。

台灣亦發起「賑濟中美洲，『衣』靠有情人」全省募衣活動，一九九九年元月中旬，六十個由台灣民眾及慈濟泰國分會捐贈的四十呎貨櫃衣物、民生物資，運抵中美洲宏都拉斯、瓜地馬拉、薩爾瓦多、尼加拉瓜，以及加勒比海的多明尼加、海地等颶風受災國。在每一個環節的參與者均寫下了一幕幕動人的篇章。誠如證嚴法師在給每位災民一封中文與西班牙文對照的慰問函中所言：「雖然台灣是亞洲的一個小島，和你們相隔了一個浩瀚的太平洋，但是你們的痛苦，我們卻能感同身受……我們帶來的物資雖然不多，卻是代表全世界慈濟人的愛心，給你們最真誠的關懷和祝福；我們相信憑著你們堅強的信念，必然也能快速重建家園，建設更美好的未來。」證嚴法師帶領的慈濟人一致相信，災害帶來傷害，災害也帶來了愛，也許我們阻止不了死亡的發生，但只要有愛，我們絕對可以救回一條垂危的生命。

宏都拉斯南部山區 Cedrito 等六個村落，地處貧瘠且滿布地雷，居民生活物資相當貧乏；二〇〇〇年五月底，六十五位美國與多明尼加慈濟志工前往發放包括米、紅豆、糖、玉米粉、植物油、衣服等民生用品，並舉辦義診。村民表示，災後政府雖有修路，卻沒有針對個人發放補助，慈濟是災後一年半來第一個前去援助的團體。一位志工說：「面對他們期盼的眼神，我很難平靜自在。我們能給的多麼有限，而他們貧窮的人生又是如此漫長。在這一段食物充足的日子裡，他們能感受到另一個民族對他們的關愛；然而在更多求生存的日子裡，他們在精神上是否有足夠的支撐來度過人生的苦難？我在心中默默祈求佛菩薩慈悲加被這群生活困苦的人。」總領隊也表示，一個月份的物資與基本的醫療服務雖然有限，「但我們真正期待的是與宏國人民分享愛；的確，我們付出很多愛，而實際上收穫更多。」

**薩爾瓦多**，是中美洲的一個小國，面積只有台灣的三分之二，二〇〇一年一月十三日一場芮氏規模七點六的地震，震起了國際的關心；誰知，就在居民驚魂未定之際，接著二月十三日、十七日又一連發生兩次大地震；這三次強震，使得人口不及台灣三分之一的薩國，死傷慘重，三十多萬戶房屋毀損。災變發生後，在短短四十天內，慈濟自美國、加拿大、多明尼加等國，出動一百五十多位志工前往薩國賑災並舉辦義診，並爲他們重建住屋。

時任薩國總統的佛洛瑞斯（Francisco Flores）表示，慈濟不只援助薩國重建房舍，更包括心靈撫慰，因此致贈證嚴法師「國家第二勳章」，由駐紮工地的慈濟志工代表接受。

大愛屋建材以空心磚包鋼筋再灌水泥，具防震效果，有抽水馬桶及自來水系統；薩國居民大多仍使用乾式廁所，大愛屋抽水馬桶的設計讓他們覺得很新奇也很方便，而自來水系統的設計也改變了居民鑿井喝地下水的習慣。薩國房屋住宅部次長亞爾瓦拉多稱許，慈濟賑災行動是薩國所有重建計畫中最好的、最有效率的；不少居民也表示：「能搬到大愛屋居住，是上天贈予的最好禮物！」

二〇〇二年一月，薩爾瓦多的薩卡哥友「慈濟一村」落成了。慈濟志工也在薩國有了據點，並開始進行慈濟二村的建造。重建工作歷時三年，如今災民已在「慈濟村」展開新生活，一千一百七十五戶大愛屋，是慈濟志工合力展現大愛祝福的結晶。佛洛瑞斯曾多次公開表示，兩個「慈濟村」是全國重建的典範。村民似乎也被激起一分榮耀與自許，表現了互助、求好的「社區意識」。

佛洛瑞斯非常感念慈濟賑災及持續投入關懷的行動，「慈濟這分眞誠的扶持與陪伴，爲受災家庭帶來慈悲、希望、大愛與尊嚴。」他曾於二〇〇〇年十二月來台向證嚴法師表達過感謝；二〇〇三年八月，他再度千里迢迢來到花蓮，親自贈送獎狀給慈濟，並代替薩國人民感恩慈濟多年來對該國風災及地震的援助。

## 歐洲

歐洲華裔移民人數向來不多，加上歐洲國家多半有自己的語系（如法、德、荷、西班牙語），英語的應用不像美、加、澳洲那般普遍；除了語言的阻隔外，誠如當地慈濟人所言：「在英國就如同生活在天堂一樣，天堂裡沒有窮人，所以我們行善的機會也少了。」雖是如此，但在歐洲地區的慈濟人仍是把握機會，向當地僑胞及外籍友人介紹慈濟的世界。

**英國**聯絡處於一九九〇年七月成立，秉持著證嚴法師「隨緣、重質不重量」的原則，從舉辦家庭茶會，讓當地華人了解慈濟團體，到協助留學生解決困難，乃至將愛與關懷推展到倫敦東部肯迪郡，約三百戶住著越南難僑的家中。

在西方國家，老人很少和子女同住，不是獨居就是住進老人院；英國老人院全屬政府興辦，有全職人員照顧老人生活起居，有些兒女偶爾還會去看看老人家，但是有些人卻是不聞不問，即使是西方人最重視的聖誕節也不接回家，老人家心靈上的空虛可以想見。於是，英國境內的慈濟人默默的在當地扎根推展慈濟「愛」的文化。他們固定到老人院探訪，盡量陪老人家聊天或是帶動團體康樂活動；同時並配合「歐洲老少團結年」的活動，將傳統中國「敬老尊賢」的美德，帶進英國社會中。一九九三年八月，在倫敦舉行的一場敬老園遊會中，倫敦市長除公開致詞表示對慈濟人的謝意外，當地媒體亦以相當大的篇幅報導慈濟愛的付出。

另外，英國聯絡處亦結合當地華人於倫敦皇家音樂學院舉辦「慈濟青少年音樂會」，透過音樂會的方式，讓海外人士在節目演出中認識慈濟，其中所獲得的熱烈回響及成果，更是讓當地人再度印證了慈濟「難行能行、難捨能捨」的精神。

同時於一九九四年九月創立了全英國第一所以華語注音教學的中文學校；這和其他學校的一慣使用羅馬拼音法及簡體字教學方式完全不同，希望藉此維護中華文化。以往，英國不是沒有中文學校，但當地華僑界是以粵語爲主的香港人的天下，幸好慈濟志工感受到當地僑界文化斷層的隱憂，於是成就了這項文化和教育的慈濟志業，爲身處中華文化荒漠的僑胞，注入了一股清涼的甘泉。

多年來，慈濟人不時的舉行園遊會、義賣會、籃球比賽、慈青聯誼等活動；有時並帶領家長、學生到老人院慰訪，以體會助人之樂，或是舉行一些中國文化活動，讓學生得以了解中國傳統文化。由於慈濟人的熱忱辦學，吸引了不少學生家長（包括當地外國人）加入志工行列。

海外遇鄉親最是溫馨，英國慈濟人對華僑更是盡力服務，如協助發生意外事件的小孩就醫、爲僑界過世者辦理後事，以及照料企圖自殺的台灣留學生等，解決了不少移民初來乍到的生疏與恐慌。

英國的慈濟委員雖然並不多，但是在慰訪老人院、支援亞塞拜然醫療，以及推動中文教育等會務上，都有持續而長足的進展。若問這批少而精的英國慈濟人：什麼是當地會務最大的特色？相信他們會欣慰的回答說：「關懷留學生。」爲了抒解他們獨處異鄉的不安，以及開啟慈濟英國會務，慈濟人在初期甚至到中國城、地鐵車站等地，主動去「發掘」學生。因爲英國物價相當貴，所以慈濟人不時的邀請隻身在外的留學生到家裡聚聚、打打牙祭，只是很單純的希望以家庭的溫暖潤澤這群海外學子的心。一九九四年，曾有一對台灣前往就讀的兄妹，哥哥不幸因急病過世，當時，英國慈濟人立即爲他們在台灣的家屬安排機票、住宿事宜，並協助善後——從他父母所期望的頭七、火化公祭，慈濟人都義不容辭的打點妥當。之後，當地留學生遇到各種狀況，也都會陸續打電話到慈濟英國聯絡處請求支援，對留學生的照顧遂成爲常態性工作。一位留學生曾如此形容英國慈濟人說，「他們以父母心關懷我們留學生，聯絡處就是我們過年的聚會場所，他們眞是大菩薩！」

歐洲每年都有新法令限制外國人的工作權及居留權，使慈濟人在推動志業方面亦備顯艱難。慈濟在歐洲的兩個據點，除了英國之外，**奧地利**更是中歐的第一個聯絡處。奧地利的社會福利工作相當的完備，因此慈濟委員以加強精神層面的援助與關懷爲主；由於在當地的華人，多半從事餐飲生意，於是慈濟人便帶動當地中國餐廳做資源回收工作，傳達環保理念與惜福的觀念，爲中國人開啓一個新的形象。奧地利聯絡處自一九九四年在維也納成立慈濟圖書館及佛堂後，不定期舉辦共修和法會，目前仍是以宣介慈濟精神爲重點。

二〇〇二年八月，歐洲數個國家均遭洪澇，奧地利也碰上百年來最大水災，一夕之間，家園變色，橋毀路斷，城鎭被大水圍困，水、電、煤氣中斷供應。當地志工於八月三十一日舉行義賣，援助受災民眾。志工們自製家鄉糕點，有蘿蔔糕、紅龜粿、粽子、豆沙餅、炒米粉、碗粿、壽司、麵線、豆花、月餅、饅頭和椰汁米糕等。七十高齡的林媽媽恰從台灣來此探親，也出錢出力包粽子；一位師姊的先生長期生病，兒子也需要人照顧，她仍抽空參加義賣。這些慈濟人無私的大愛精神委實令人感佩。

在世界各地發揮救難大愛情操的慈濟志工，國際賑災的行動也觸及烽火下、流離失所的難民。位於巴爾幹半島上的南斯拉夫，可視爲歐亞兩洲的陸橋；一九八九年卻因爲民族獨立運動而爆發嚴重違反國際人道法的種族「滅絕」行爲，因而遭到國際社會的強烈譴責與撻伐，持續七十九天的北約（北大西洋公約組織）與南斯拉夫戰爭，終於在一九九九年七月暫告平息，但無情的戰火卻燒毀了科索沃百分之四十約八萬棟的房子。流亡在外的難民朝思暮想的家園，頓時成爲一片殘破不堪、滿布詭雷的土地。

戰爭結束後，以美國爲首的北約組織派軍駐入，同時亦挹注大量資金、物資；慈濟亦與國際慈善團體合作，協助災民度過難關。在各救援組織的協助下，**科索沃**的難民幸未面臨斷炊之苦，但在缺乏建材、小麥及一般蔬菜種子、肥料等物資下，他們仍無法完全自食其力，科索沃在戰火嚴重的破壞後，重建之路仍很漫長。聯合國難民工署估計，災民們重建舊有生活，可能要四五年的時間。

美國政府提供兩萬個居留權給科索沃難民申請赴美，在十九個城市進行暫時性落腳或中長期定居。當年的慈濟南加州、北加州、德州達拉斯等地志工，亦都積極配合，立即展開援助工作，以大愛撫慰難民受創的心靈，讓他們早日開創新人生。

但是，種族的仇恨並未因戰火的停息而消失，滯留在科索沃的塞爾維亞裔老人及無處可去的塞裔家庭，又成爲阿爾巴尼亞人的報復對象；冤冤相報的情形時有所聞，新的種族暴力再度形成。證嚴法師感嘆的說：「向惡的心，會毀滅一切；向善的心，就能美化人間。」她期勉慈濟人：「雖然面對的是已經受到污染、破壞的心靈；但是，我們要作一個協助重建心靈的園丁。」雖然科索沃的難民，在無情戰火摧殘下，飽受驚嚇、充滿仇恨，但在戰後各界的大愛援助下，慈濟人希望他們能感受到人性互助扶持與眞誠溫馨的一面，體會戰火的無情與種族互殘的悲劇，而能化解他們心靈的創痛與怨懟，放下一切的仇恨與暴力，轉爲浴火重生的力量，重建一個充滿愛的國度。

## 大洋洲

在南半球的**澳洲**大陸，慈濟有五個據點——布里斯本、雪梨、黃金海岸、柏斯和墨爾本。由於澳洲社會福利完善、生活品質良好，因此，澳洲分會以關懷老人院、醫院志工服務，資助醫療、教育機構及開發社區讀書會爲主。因爲經濟不景氣，政府削減醫療預算，雪梨和布里斯本慈濟人爲回饋澳洲社會，以捐助醫療機構研究經費，或協助購進急需但無力負擔的醫療設備爲重點。布里斯本慈濟人一九九二年起在澳洲國家及醫療研究機構——昆士蘭醫學研究院（Queensland Institute of Medical Research）設立「慈濟華人醫學研究獎學金」，支持清寒華人留學生進行醫學研究；隨後並捐贈該校圖書館一套完整的醫學書籍。

慈濟人無所求的付出，獲得許多機構的具體回應。昆士蘭醫學研究院除贈與人道精神獎外，並將慈濟基金會列入該院榮譽榜的白金版；檬特露醫院除於一九九四年推薦慈濟人榮獲雪梨西區社區服務獎勵之外，隨後又再度致贈感謝狀。而慈濟人對布里斯本天主教瑪特醫院的愛心義行，也贏得了該院前院長安琪拉修女的友誼；特聘任慈濟人參與一席執行董事，享有行政執行權及發言權，並決定在院中設立佛堂；一九九五年，澳洲國會議員大力抨擊亞裔團體，打算立法限制亞裔移民人數時，安琪拉修女在媒體上仗義執言，她說：「亞裔團體有什麼不好？尤其是來自台灣的慈濟人，你看他們爲我們國家做了多少貢獻？」慈濟人一向只問耕耘、不問收穫，但回饋回來的聲音卻是那樣的鏗鏘有力。一九九六年當全球慈濟人歡慶三十周年時，安琪拉修女也專程遠赴花蓮；當她用練習多時的國語致辭時，台下掌聲雷動，彼此沒有宗教的界限，也除去了國別的藩籬與語言文字的阻閡；「大愛」，才是全世界意念相通、心靈與共的語言。

慈濟在雪梨聯絡處已於一九九七年正式升格爲分會，慈濟人更是全力推動慈善志業，除捐贈檬特露醫院手術室的消毒設備，與定期慰訪養老院外；該年八月上旬，當地發生雪山山崩意外，慈濟志工連夜送去八百多份蛋糕，予救難人員補充體力，努力將慈濟的大愛散播在這片土地上；他們還進一步拜訪警局，建立良好通報系統，並參與澳洲森林大火災戶的發放以及對流浪者的發放。同時爲了響應證嚴法師「慈悲入骨，髓緣布施」的呼籲，亦舉辦多次骨髓捐贈驗血活動。

最早將慈濟種子帶到澳洲布里斯本的吳委員和台灣移民的媽媽們，於一九九七年又與瑪特醫院合作，幫助當地一個窮困的菲律賓家庭，爲他們三歲的女兒進行顱顏手術。目前在布里斯本的華裔移民中，已有半數加入慈濟會員。

至於**紐西蘭**慈濟人的用心，亦在一九九七年五月，爲亞裔學生興建語文中心教室中呈現。除了關懷新移民家庭之外，並不定期舉辦茶會、慰訪老人院等；漢米頓慈濟人還組織當地「美化漢米頓」的團體，定期推展植樹等工作，將慈濟志業落實在當地人民的生活之中。

一九八六年，烏克蘭車諾比發生核能輻射意外，在基輔地區兒童醫院接受治療的受害病童，因受經濟蕭條影響，在攝氏零下十五度的寒冬下，面臨毛毯、衣物缺乏的窘境，甚至連最基本的醫藥用品都沒有。澳洲「車諾比援助活動」負責人潘妮（Mrs. Penny Ziakas）表示：「孩子是無辜的，即使死也要死的有尊嚴，不能像動物一樣漠視不管。」所以她積極向各慈善團體籌募基金，希望能提供病童最急切的醫療和生活所需。墨爾本慈濟人得知此訊息後，立即於緊急臨時會議中，決議援助當地目前最急需的繃帶、紗布、針頭等醫療用品及毛毯過冬。一九九八年十一月初慈濟澳洲雪梨分會召開會員大會，墨爾本慈濟人與來自各地的會員們紛紛響應這項愛心活動，十一月中旬，第一批來自澳洲各界所捐助價值三十萬澳幣的二十噸物資運送至基輔地區兒童醫院。

移民雪梨十餘年，時任慈濟澳洲分會執行長的呂文松表示，澳洲慈濟志工歷經志業開拓瓶頸，如今在慈濟人文教育、街友服務及志願捐髓、捐血方面，均獲相關單位的肯定與支持。他相當感恩慈濟人文學校學生家長的參與。當人文學校學生上課時，家長們利用時間成立讀書會研習靜思語，「許多家長也在下班後，參與慈濟志工服務，令人敬佩！」

二〇〇〇年三月成立的紐西蘭分會，目前所從事的服務工作，包括關懷受虐兒童及病弱長者、爲中東難民發放食物、每月舉行淨灘或除草活動、捐贈醫療器材並爲街友提供熱食等。分會所在的Manukau 市市長亦對慈濟的付出，表達感謝，認爲他們促進了社區發展及社會族群的融合。而紐西蘭慈青聯誼會，更是積極的在才成立兩個禮拜之後，即首度前往奧克蘭市中心的華人養老院服務。目前每月均固定去陪伴老人家，帶動團康和手語，並爲他們按摩；溫馨的互動爲原本冷清的老人院增添生氣與溫暖。

**巴布亞紐幾內亞**簡稱巴紐，是南太平洋第二大島，西鄰印尼，南鄰澳大利亞，東隔所羅門群島。國土面積約為台灣面積的十三倍。在第一次世界大戰期間為澳洲所託管，到一九七五年才正式獨立。在澳洲統治將近七十年左右的時間裡，引進許多現代文明科技的產物，使一個蠻荒未開發的地方，迅速成為獨立自主的國家。少了中間緩慢的過渡階段，就多了許多原始和文明並存的現象，例如在高爾夫球場外，守門員以弓箭來守衛；在首都莫斯比港氣派的國際機場外，可見到許多光著腳丫的民眾走來走去；在深山裡聽說還保有世界僅存的食人族呢！

一九九八年七月巴布亞紐幾內亞發生海嘯，來回三次的衝擊，前後不到六分鐘時間，造成四個村莊全毀、七個村莊半毀，兩千兩百多人罹難，其中有數百位來不及逃跑的人，則無聲無息地沉落在瀉湖中。災難發生次日，巴紐政府成立救災指揮中心，由於災區平日對外交通以獨木舟為主，而原已崎嶇難行的道路又遭海水沖毀，因此救援相當困難，只能以直昇機將八百多位傷患分別送醫，九千多位生還者則安置在六個臨時照護中心。

國際救援組織獲悉災情，緊急運輸糧食、衣物、遮雨棚、醫藥等物資到達災區；來自澳洲和日本的一百多位醫護人員也投入了救難行列。位居巴紐南邊的澳洲慈濟人，除前往巴紐駐澳大使館了解災情，並透過和慈濟長期合作的布里斯本瑪特醫院安琪拉修女，得知維瓦克伯崙醫院內有上百位骨折患者，由於醫療資源短缺，使得許多病人因延誤搶救的時間，造成傷口潰爛，被迫截肢。澳洲慈濟於是緊急發動募款，在雪梨、布里斯本、墨爾本、黃金海岸和柏斯等地華人贊助下，為該院籌募一台價值十多萬美金的X光機和超音波掃描器。

維瓦克伯崙醫院表示，除醫療器材外，人手亦嚴重不足，亟需支援；身為慈濟志工的夏威夷凱撒醫院院長的司馬康聞知這項消息，立即呼籲院內醫師支援，同時台灣的慈濟醫院副院長林俊龍亦率領十位台灣和澳洲慈濟人，帶去醫院所欠缺的聽診器、血壓計、導尿管等基本醫療用品，前往伯崙醫院慰問傷患。

天主教會在巴布亞紐幾內亞已有一百零三年的歷史，居民百分之九十五都是天主教徒，這次災難發生後，教會緊急從紐西蘭、澳洲等地調去十位神職人員，給予災民心靈上的輔導和生活上的關懷，同時也積極保存各部落間失落的文化和家族族譜。對於許多被截肢的兒童，教會特別設立信託基金，作為孩子隨年齡增長換義肢所需的經費。由於災後各國提供的衣食物資已足夠災民使用，政府也找好土地讓災民重建家園，表示：「只要有工具，我們就可以自己蓋房子了！」為了趕在十月雨季來臨前，讓災民能擁有遮風蔽雨的家，慈濟人決定就地採購工具，於九月初將一千九百九十份重建家園的工具和十二把電鋸送給災民。許多災民拿到一袋袋九公斤重的工具包時，淚水盈眶，不斷地表達心中無限的感謝。

由於巴布亞紐幾內亞境內已有村落成為瘧疾區，因此出發前每位團員都要吃奎寧或打預防針，回來還要繼續服用兩星期。由於曾有人在災區張嘴打呵欠的時候，蚊子飛進嘴巴裡，令他吞吐不得，故大家日後打呵欠都是小心翼翼地雙手掩口。當他們完成任務返抵家門時，大家突然覺得：「能隨心隨意張大口打呵欠，也是一種幸福啊！」

## 亞洲

由於**日本**社會福利完善，因此慈濟在當地均是以急難個案救助爲主，服務對象大部分是赴日旅遊的台灣鄉親及大陸留學生。日本分會歷年來所援助的台灣旅客急難個案中，不外是旅途中遭遇突發疾病或意外傷亡的事件，如一九九四年四月的華航在名古屋機場失事墜毀，造成二百六十四人罹難，當地慈濟人立刻趕赴現場，協助台灣罹難者家屬認屍、爲死者助念，並安撫家屬情緒；直到家屬護送罹難者遺體返台，台灣的慈濟委員又接續做撫喪的關懷，充分發揮了同胞愛。爲此，台北駐日經濟文化代表處特頒發團體及個人獎狀給慈濟日本分會及慈濟人，並致贈團體獎金日幣十萬元；該筆獎金已作爲日本分會慈善急難救助基金。另日本慈濟人亦於一九九七年獲頒日本骨髓銀行的感謝狀，感謝慈濟人在捐髓方面的貢獻。

大陸旅日學生通常可能遭遇的是居留問題，或是迫於經濟能力所面臨的困難，而慈濟人總是會盡量超越政治立場等限制，適時的予以協助；當地震和風災肆虐日本神戶、北海道和鹿兒島時，災民在困頓之際，亦接獲慈濟友情的支助，眞是印證了證嚴法師所言「愛不分地域，行善要及時」。

二〇〇四年十月二十三日，日本新潟中越地區發生芮氏規模六點八強震，造成嚴重傷亡，一列接近震央的子彈列車甚至被震到出軌；近十萬人被安排緊急避難。日本氣象廳正式命名爲「平成十六年新潟縣中越大地震」，是日本繼阪神大地震之後，九年來死傷最嚴重的地震。慈濟文化工作者記錄了東京慈濟志工的援助行動——中越靠近山區，多爲聚落型社區；災後災區缺糧，東京慈濟志工在第二天已備妥一卡車的毛毯、飲水與食物等救難物資，趕至災區發放。在飛渡小學體育館內避難的四百位民眾，老人家占了大多數，而且身心俱疲，慈濟志工都溫暖的送上關懷。

最需要援助的木津團地，慈濟志工也被分配在那裡服務。那裡一百零五戶居民近八成住在破舊的市營國宅，且多為中低收入戶、獨居老人。救災指揮中心人員表示，當地救援人手不足，期待慈濟人能回報災區狀況，以利政府進行妥切救助。慈濟志工現場煮出了三百份味噌什錦烏龍麵，讓許多住戶紅了眼眶，因為這是他們災後五天來第一頓熱食。翌日，志工又推出醬油口味的烏龍麵午餐、鹹粥晚餐，一位老先生因此激動地哭了；有位老太太隔天甚至抱了家裡僅存的一個大冬瓜過來，流著淚向慈濟志工表達謝意。在災區停留的四天內，慈濟志工利用居民排隊等候給水車的時候，詢問了解他們想吃些什麼。於是，麵疙瘩、咖哩飯等日式美味料理，又讓居民大飽口福。慈濟志工如此用心的關懷，讓居民十分感動。

二〇〇一年六月，住在大阪、本身是中醫師的慈濟志工陳小姐和丈夫郭先生，動員所有慈濟志工，在三國町小鎮舉辦日本分會成立十年來的首度中醫義診。三國町是日本陸福井線的一個靠海小鎮，由於距大阪、新瀉、東京等大都市約需三至五個小時車程，年老者及有行動障礙的民眾就醫並不方便。當天許多當地的志工團體都一起投入這項義診服務。郭先生表示，這次義診只是一個開端，希望未來能結合更多日本醫療從業者共同進行義診服務，讓慈濟大愛精神遍撒東瀛。

另外為了充實旅日華人的精神生活，當地慈濟人特別開辦了「國語正音班」、「素食料理班」、「佛法共修會」及「外丹功教室」等；而《日本慈濟世界》雙月刊及日文版的《靜思語》更是最佳的精神食糧。

一九九三年八月成立的**香港**分會，在當地固定探訪老人院，以歌唱、遊戲的聯誼方式表達慈濟人的關懷，排遣老人家的寂寞；這些孤單的老人，雖說在居住和經濟上有政府的輔助，但在心靈上卻欠缺關愛，故慈濟亦曾會同當地以老人爲主要服務對象的「耆康會」和由明星足球隊所組成的「樂善會」，到各處去關懷獨居的老人。在教育方面，除了教導兒童精進班的小朋友，舉辦生活體驗營外，同時更讓他們走出爸媽的呵護，陪老人院的爺爺奶奶們吃素食，或是認養愛心娃娃，從小學習付出愛與關懷。

香港沙田醫院係療養性質的醫院，專收容老年、復健、癌症末期及精神疾病患者，慈濟聯絡處自一九九四年十月起，正式爲該院提供志工服務，除在平日不定期探訪、在重要節日舉辦大型慶祝活動娛樂患者外，每兩個月並有一次團體慰訪，陪伴患者做戶外運動，而該院亦爲慈濟志工安排了護理專題講座，增加志工的醫護常識，以便能對病患提供適切的服務。沙田醫院劉院長及醫護人員曾自一九九五年起，多次前往花蓮靜思精舍拜訪證嚴法師，表達感謝。

證嚴法師在台灣不斷鼓勵眾人增加「愛心存底」的用心，也深獲香港中文大學的肯定，特於該校三十周年校慶當天，頒予法師「榮譽社會科學博士」。

一九九四年**菲律賓**聯絡處成立。說起慈濟與菲律賓的因緣，早在一九九一年就已開始，當時該地火山爆發，造成重大傷亡，證嚴法師正好在那年獲得菲律賓的麥格塞塞獎，適時將獎金一半一萬五千美元用於此項賑災，其餘則賑濟當年的大陸華東澇災。一九九四年九月份，菲律賓的二十六位慈濟會員至花蓮靜思精舍參訪，對慈濟精神大有體會；返回菲律賓之後，即刻籌備成立聯絡處，並捐款設立「慈濟急難救助基金」。同年十一月即傳出菲國中部東明多羅省遭強震引發的海嘯襲擊，造成二百多人傷亡，沿海八百多戶房屋被海嘯捲走；慈濟人於是緊急動員勘災並適時動用這筆急難救助基金，爲災民送去衣服和醫藥等物資。這是菲律賓華僑回饋當地社會的一個明顯的事例。

在菲律賓，看病不用花錢，但是開刀、注射針劑或購買藥品等，需要自行負擔，許多貧民因此無力獲得治療，在馬尼拉崇仁醫院華人醫師的全力護持下，慈濟人在菲律賓的下鄉義診，使當地人獲益不少。一九九七年，慈濟義診團先後出診了四次，至少嘉惠一萬五千名以上的菲律賓貧戶。在教育方面，菲律賓慈濟人也提出獎學金給成績優異與清寒學生。此外，一九九五年起菲律賓聯絡處與當地廣播及報紙合作，開闢「慈濟法音宣流」單元，將證嚴法師的法音與慈濟的訊息傳遞給更多的人。由於菲律賓慈濟人的努力，使得菲律賓聯絡處在一九九七年升格爲分會，這是一種肯定，更是一種期許，讓菲律賓的慈濟人在慈濟的菩薩道上走得更堅穩踏實。

一九九八年十月，芭比絲颱風（當地稱羅玲 Loleng）狂掃菲律賓，僅僅兩天的時間，就造成了菲國重大傷亡，光是呂宋島，估計至少八十二人死亡、二百多人輕重傷，房屋、田園毀損不計其數，數千災民有斷糧之虞。菲律賓慈濟人在菲國軍方協助下，經過三次勘察，立即針對重災區蜂雅絲蘭及葛丹巒尼示兩省進行發放，將災區最需要的米糧、藥品、帳篷、毛毯、衣物，親自交到災民手中。

同樣一場風災，在台灣和菲律賓兩地均烙下深刻的傷痕，但相對於台灣慈濟人遍布全省的通報系統、強大的組織動員力，即時供應熱食、發放慰問金的種種迅速且完善的救災過程，遠在海外的慈濟菲律賓分會的勘災救濟工作，則另有一重艱辛。

廣大的菲律賓群島，災區通常是離分會所在馬尼拉數千里外的陌生地域，不論勘災或發放，第一個遇到的問題即是交通運輸；再者限於人力，一場急難救助下來，菲律賓慈濟人常得一個人抵十個人用。故在種種限制下，只能選擇重災區賑濟。另外，菲國未建立詳盡的戶政系統，對受災戶數的審核及發放數量的掌控，都需費心調查，並常得仰賴地方政府及菲華商會協助；其中所必須經歷的溝通協調，在在考驗菲律賓慈濟人的智慧與體力。幸而當地慈濟人多年來進行的義診賑災工作，已累積出一定的聲譽，並深獲各界肯定，此次也獲菲國政府不少協助。

菲律賓在二〇〇二年的八月間，幾個颱風相繼侵襲首都馬尼拉，災區積水尚未退去，慈濟的賑災物資就已送到。

菲律賓小島遍布，多年來慈濟人醫會就像個活動醫院，持續到偏遠地區去救濟、義診。二〇〇二年十月，馬尼拉和三寶顏市分別發生爆炸案，造成不少人傷亡，慈濟人的援助也是隨後就到。

菲律賓的呂宋島，每年平均要迎接二十個颱風，但在二〇〇四年十一月十八日起的短短兩周內，卻連續遭到四個颱風侵襲，十分罕見。中颱「梅花」（Muifa）、輕颱「莫柏」（Merbok）帶來大雨引發洪災；緊接而來的「溫妮」（Winnie）則帶來嚴重土石流，造成近千人喪生或失蹤。菲國政府因此請求國際伸援。殊料，十二月一日溫妮前腳才離開，中颱「南瑪都」（Nanmadol）就在隔天緊追進來，災民還來不及重建家園，就被迫逃離。

風災重創奧羅拉（Aurora）、奎松（Quezon）兩省，其中以里爾（Real）、英方達（Infanta）、納卡（Generel Nakar）三個相鄰小鎮災情最嚴重。慈濟菲律賓分會立刻深入各重災區勘察，鎖定奎松省英方達、里爾和奧羅拉省的丁格蘭（Dingalan）三個鎮，作爲急難救助重點，發送居民急需的食糧、飲用水與生活用品，並提供藥品與義診。

目前擁有上萬名慈濟會員的**新加坡**分會，在華人占了百分之七十以上的社會，並沒有得到任何舉辦活動的優惠，反而因爲早期新加坡的複雜種族，政府害怕引起紛爭的情形下，備受限制。不過在新加坡的慈濟文化志業中心仍於一九九六年成立了，前後只經過三個月的審核，主要原因是：「慈濟在國際間已獲好評。」這兩年來，新加坡慈濟文化中心的成就也的確令人讚賞，不但多次參與大型國際書展，將慈濟出版品打入國際社會，並接引許多會員的加入，同時文化中心本身亦設有愛心組與營隊組，負責訪視與幹部的訓練。誠如前中心負責人李志成所言，在海外的華人所缺乏的是一個道統，而慈濟精神實與這個道統不謀而合；因此，在海外，慈濟的志業是殷切急需的，也更是適切的。

新加坡是先進國家，在福利方面也作得不錯，然而慈濟新加坡分會對老人院關懷，卻並未疏忽，從照料芽籠東老人院並因此獲頒服務獎章，即可略知一二；同時熱心的慈濟人也常在新加坡政府的義工頒獎典禮上接受表揚，這些殊榮，都在肯定慈濟人的成就。

新加坡慈濟人也積極與鄰近的馬來西亞合作，提供各項工具及人力上的幫助，希望藉由與周邊國家的密切互動，同心協力深耕，以期慈濟志業在新馬兩地更加落實生根。

**馬來西亞**，這片浪漫的南洋土地，是一個保守的回教世界、以馬來人爲主體的國家。跨越種族、宗教與語言的藩籬，慈濟的種籽漂洋過海，來到這個神祕、熱情的國度。在馬來西亞慈濟人投注最大心力且成果最令人讚歎的，應屬慈濟志業。當地慈濟人經常到醫院、監獄、戒毒中心、痲瘋病院、老人院等，作團體慰訪；並不時發掘個案，特別是付出加倍的耐心，主動關懷被社會短暫隔離的受刑人及戒毒犯，使其在精神及人際等方面不致封閉。

繼美國南加州、夏威夷慈濟義診中心之後，全球第三間、東南亞第一間慈濟義診中心在馬六甲分會園區內成立，二〇〇二年五月十九日正式啓用，提供貧困、孤殘、意外變故者免費醫療及衛教宣導。

就急難救助來說，一九九六年九月，馬來西亞在毫無預警情況下，幾個鐘頭的豪雨造成土石流，一個七百多人口的原住民山村，有四十幾人喪生，當地慈濟人一接到消息，立刻趕去關懷災情。現場救難人員挖出了四十幾具殘缺不全的屍體，景象非常恐怖悽慘。當時甚至沒有人敢搬運屍體，剛好慈濟人趕到，就幫他們搬運。在現場勘災後，慈濟人立刻開會、籌辦物資，隔天一早才四點多，天未亮，八十多位慈濟人就備妥了草席、棉被、衣服、糧食等，載滿了兩卡車，到達災區入口後，又徒步走了很長的一段山路，親自將他們的愛心與關懷，送達災民的手中。慈濟人就是這麼用心的在做，他們甚至還幫忙處理殯儀館無名屍的喪葬事宜，不管死者是流浪漢、孤單老人也好，即使是家屬不願出面料理，慈濟人均秉持「無緣大慈、同體大悲」的精神，唯願往生者能安心地走完人生之路。

由於飲食與衛生習慣的關係，馬來西亞兩千萬人口當中，就有二十幾萬名末期腎衰竭患者需要洗腎，但因醫療機構不足，僅有百分之二十的患者可以獲得治療。在慈濟經過一年多積極的規畫下，一九九七年八月，慈濟在亞洲的第一所醫療志業——佛教慈濟洗腎中心終於在檳城正式啓用。同時，馬來西亞慈濟文化出版中心也隨後舉行開幕典禮，並推出馬來西亞《慈濟月刊》創刊號，正式在馬來西亞地區代理銷售慈濟出版品。

另外爲減少對地球資源的損耗，慈濟馬六甲聯絡處自一九九五年六月起，也跟上台灣慈濟環保的腳步，大力推行紙類、塑膠、玻璃和鐵罐、鋁罐等資源的回收。十多年來，馬來西亞慈濟志工在當地推動環保回收觀念，讓垃圾減量、延長物資使用的壽命，深獲各界肯定，並多次獲得頒獎表揚。二〇〇三年十一月九日，環保志工再度獲得馬國政府表揚，是三十一個獲獎團體中，唯一的華人佛教團體。

馬來西亞的志業一向走得非常堅穩。推動環保工作不遺餘力，關懷孤老、照顧貧病的行動亦持續進行著，水災、火災、風災等急難的救助，更是本著「跑在最前，做到最後」的理念，迅速的提供必要的援助。另外，捐髓驗血活動與爲慈濟醫院、學校募款也與國內亦步亦趨。

在教育志業上，一九九五年九月，海外第一個慈濟教師聯誼會於馬六甲成立，這是由無數發心教師所組成的一個溫暖搖籃、一個充滿愛與包容的美麗隊伍。親自參與、帶領學生從實際行動中學習，是馬來西亞靜思語教學的一大特色。所以在發放現場常見許多教師帶領學生參與服務，哪怕只是端杯水給不良於行的老人家，或是推殘障者前往義診室；雖只是些小小的動作，但卻是化愛爲行動的具體展現。至今，許多教聯會的幹部已突破靜思語的教學格局，紛紛參與其他志業的行列；以身教帶動靜思語教學，效果自是不可思議。馬來西亞是一個回教國家，在當地推動靜思語教育，自有其宗教敏感面，一方面期盼能讓當地政府進一步了解慈濟，但又要避免落於回教國家最忌諱的傳教之嫌，慈濟人眞可謂煞費苦心。

馬六甲分會更進一步開辦慈濟幼教中心，家長表示，他們對證嚴法師推動教育完全化的理念很有信心，希望孩子在慈濟人文教育的培養下，成爲知書達禮又富愛心的人。慈濟人也期許幼兒們自小接觸美善的大愛教育，將來成爲一顆顆淨化人心的菩提種子。同時，爲了銜接兒童班與慈青之間的斷層，馬六甲分會又先後在各處成立招收十七歲以下學員的青少年團。希望陪伴這群處於尷尬年齡的青年學子，平穩走過人生青少年時期，讓他們成爲社會中淨化人心的一股力量。日後，兒童班畢業的孩子可以參加青少年團，青少年團畢業後可以加入慈青，逐步邁向教育志業完全化的目標。

任何團體在馬來西亞受到華人認同，只能算是獲得百分之三十的認同；唯有做到讓馬來人都認同，那才是百分之百的認同。儘管前進之路充滿坎坷，但是證嚴法師曾嘉勉慈濟人說：「只要有心，沒有做不到的事。」也就是她常說的：「有心就有福，有願就有力。」

與馬來西亞同屬回教國家的**印尼**，儘管當地政府對各宗教的限制相當大，可是慈濟人「聞聲救苦」的腳步卻未曾因而停歇。印尼人的排華意識由來已久，這使得當地華僑受到極大的威脅，然而遏止恨的唯一方法就是「愛」，當地慈濟人相信：唯有結合華人的愛心回饋當地社會，方能日漸化解怨隙。

一九九四年，因豪雨水患、地震海嘯等災難，開啓了慈濟在印尼的工作。由於印尼受到水患與霾害等天災，加上貧富落差越趨嚴重的影響，慈濟志業的推展因此更行迫切緊要。許多貧瘠村落肺結核病猖獗，村民往往付不起長期治療醫藥費，而在家中咳血等死。這景象讓慈濟人看了十分心疼不忍。於是在一九九五年十月份，和當格朗縣（Tangerang）衛生局合作，對患肺結核嚴重的兩個村落一萬四千多位居民進行全面篩檢，結果檢查出一百九十六名肺結核病患，由慈濟提供爲期半年的治療藥品及營養品。其中一位參與義診的印尼慈濟人描述說：「當我們第一次到一間村落小學，與當地村民溝通肺結核義診事項時，教室外擠滿了圍觀的村民，此起彼落的咳嗽聲，讓人也不禁擔心自己會不會被傳染。」但他們仍是本著爲善的初衷，毅然投入這項居印尼第二大死因——肺結核的義診工作。一九九七年施藥治癒三百五十位，一九九八年又救助近六百名病患，每位治療期爲六個月，除提供醫藥外，還發放白米、奶粉、營養品等。雖然印尼國內物價高漲，糧食缺乏，醫療費用節節上升，造成慈濟人很大的壓力，但是關懷活動仍會堅持下去，甚至還將步伐延伸到離島地區發放米糧及進行義診。

一九九七年初，印尼慈濟人曾兩度前往水患嚴重的塞朗縣加古村與芒果村進行發放，並爲當格朗縣與水浪縣施藥及義診，更在衛生醫護人員配合下，九度前往西朗縣（Serang）進行義診。當慈濟人看到當格朗縣的小學廁所不堪使用，立即加建了六間女廁與兩間男廁，以改善衛生。此外，也爲老人院修建蓄水池，使之有良好的飲用水。印尼慈濟人並設立兒童精進班，使慈濟精神透過靜思語教學在下一代得以延續。

二〇〇二年的元月底，印尼首都雅加達連續三天豪雨成災，讓原本就低於海平面一公尺的雅加達頓時變作一座水城，尤以地勢低窪的北區和西區淹水情形最爲嚴重。慈濟志工在水患後，立刻緊急進行民生物資、食物發放和小型義診，並在部分地區大水退去後，開始協助災民清掃與消毒居家環境等。

慈濟印尼分會並擇定雅加達北區、接近出海口貧困村落卡布村（**Kapuk Murua**）做為災後重建的重點區域，興建一千戶大愛屋，同時進行部分河川整治工程，並教育民眾注重環境衛生、改善亂丟垃圾的習慣，希望免除當地居民遇水則淹的災難。

這次氾濫成災的印尼紅溪河，素有雅加達「黑色心臟」之稱，水面長年漂浮著垃圾，河水黑如墨汁；居住在河岸兩側違章建築裡的居民，數十年來生活在與垃圾為伍的環境中，這次水患又讓居民連月生活在垃圾與人畜糞便滿布的污水中，慈濟志工看了不忍心，於三月大水稍退後，在卡布村紅溪河兩岸發動千人大掃除，總計動員志工兩百多人，協助三百名軍人與七百餘位居民打掃，一天即清出十二輛卡車總計九十六噸的垃圾。

一家華商工廠員工自願奉獻休假，從西朗縣出發，花了近兩小時車程到達災區參與清掃工作；他們說：「雖然我們不認識這裡的居民，但我們都是一家人，就像你們台灣來的慈濟人也都不分彼此幫助我們一樣，愛是沒有地域之分的。」

五月份，一千戶印尼慈濟大愛屋動工，並開始推動紅溪河整治工作。當地政府對慈濟有信心，以魄力拆除河旁違章建築，並動員軍警與民眾配合慈濟清理河面。十一月時，紅溪河已經改頭換面，不再惡臭難當，當地省長還特別舉辦划龍舟比賽，好讓國際間見證紅溪河從濁水變清流的驕傲。慈濟的賑災善行，加深了印尼人對華人的好感。

二〇〇四年十二月二十六日，本世紀最大的地震就爆發在**印尼亞齊省**，地震強度達芮氏規模九點零，相當於一萬六千顆原子彈的威力，比台灣的九二一地震要大兩百五十六倍。強烈地震引起的大海嘯，更波及印尼、斯里蘭卡、印度、泰國、馬爾地夫、馬來西亞、緬甸、孟加拉等南亞及非洲東岸等十二個國家，造成難以估計的慘重傷亡及損失，已知至少二十二萬人死亡、兩萬七千人失蹤、數百萬人無家可歸。聯合國祕書長安南稱之爲「前所未有的全球災難」。

慈濟人在印度洋海嘯發生後，第一時間就投入災區援助及重建工作。慈濟志工深入印尼、斯里蘭卡、泰國、馬來西亞的重災區，提供災民緊急醫療、民生物資、心理關懷、帳篷、毛毯、義診等服務。災後第八天，志工開始整地，趕工搭帳篷，同時規畫興建大愛村，展開長遠的復建工作。在災後克難的生活條件下，包括多名醫師在內的志工，和災民一樣睡帳篷，無水洗澡，就地野炊。

證嚴法師特別指示慈濟人要「五管齊下」，包括持續投入急難救助及醫療義診；趕快設法先做消毒工作，預防災區疫病發生；安頓災民生活，供給房屋式的帳篷，同時規畫重建住屋。這一切舉動，爲的都是讓災民安心、安身也安生。同時全球慈濟人在各地發動響應「大愛進南亞，眞情膚苦難」募款活動，再一次徹底展現慈濟大愛聞聲救苦，火速、積極、有效的援助行動力。

慈濟緊急賑災重點地區包括：印尼亞齊省、斯里蘭卡漢班托塔、泰國普吉府與攀牙府、馬來西亞檳島與吉打等。中長期援助重點地區包括：印尼亞齊省之美拉波與班達亞齊、斯里蘭卡漢班托塔。

這次的印度洋大海嘯，《慈濟月刊》陸續以專文，針對慈濟志工所展開的大規模賑災及後續行動，做了深刻詳細的紀實報導。慈濟人悲憫災難眾生，無私奉獻的具體關懷，再一次銘刻於人心。例如，第一批由全球慈濟人醫會與志工組成的賑災醫療團，在災後第三天出發；前一天花蓮慈濟醫院接獲基金會賑災通知，緊急準備赴斯里蘭卡海嘯災區的醫材和相關設備。由於時間緊迫，院方參酌急診室一個月的藥品用量，再補給一些皮膚和慢性病用藥，數小時內裝了一百五十多箱、重達一千八百公斤的藥量。十二月三十一日一大早，慈濟醫療站就在斯里蘭卡開張了！總共開了四間門診和一間藥局，從掛號、檢傷分類、看診、領藥到衛教等一應俱全，儼然是個小型的診所。每天上午九點開始門診，時間還沒到，民眾已經大排長龍。面對這些劫後餘生、身心受創的生命，醫師看診時，莫不給予最大的撫慰。

根據慈濟現場的記述，由於海嘯過後，漢班托塔的藥局全被沖毀，唯一的醫院也因病患暴增，造成藥品短缺，因此慈濟醫療站便成了當地居民希望之所繫。慈濟醫療團帶去很多高品質的藥，抗生素從一到三線，還有高血壓和糖尿病的藥也很充足，適時填補了當地的醫療空缺，所以上門求診者眾，有人甚至不遠千里而來。慈濟醫療團甚至提供了十五箱藥材給隔鄰的漢班托塔醫院（Base Hospital Hambantotao）使用。從可倫坡調派過來支援該院看診的外科主任奈力海洛（L.P.Nellihelo），在參觀過慈濟醫療站後，爲慈濟在這麼短時間內，就能攜帶那麼多先進的醫藥用品到來，大爲吃驚；尤其醫療站現場，看診民眾之多，環境卻能維持得井然有序，讓他大表讚歎。

除了定點駐診外，慈濟醫療團也常機動外出往診，藉以了解災民的生活狀況及擴大醫療服務範圍。醫護們背起簡單的醫藥箱，或頂著高溫烈日，隨意搬來幾張桌子，就在樹底下設站看診；或前往安置災民的收容所，一一探問是否有人需要醫療服務。

在第一梯次賑災醫療團結束看診返台前，慈濟新加坡、馬來西亞醫療團又馬上接手繼續提供服務；接著第三梯從台灣出發的醫療團也於隔年元月抵達，並帶了五百個家庭醫藥箱進行發送。

在印尼有十年以上慈善工作經驗的慈濟印尼分會，則將物資與人力調往亞齊進行人道救援。在亞齊機場，眼見大批災民衣衫襤褸、打著赤腳，苦苦等候可以搭上軍機的機會，好逃難至最近的大城棉蘭，慈濟志工心生不忍，於是租用民航機，往返亞齊與棉蘭間，優先載送傷患與老弱婦孺。慈濟在棉蘭機場與亞齊機場設立關懷服務站，提供災民熱食、飲水、生活用品與基本醫療；並針對舉目無親的災民每位發送慰問金三十萬盾（約台幣一千元）。慈濟人醫會在班達亞齊的華基納（Teungku Fakinah）醫院駐診與提供藥品，也巡迴災民收容所看診。另兩組志工則在亞齊及棉蘭的醫院幫忙清理環境及護理、餵食工作，並提供病患與家屬衣物及生活用品。此外，慈濟在雅加達與印尼副總統簽訂三萬噸白米援助合約，供應亞齊災民所需。

這些例子讓我們略窺慈濟對南亞海嘯賑災行動之一二，事實上慈濟所伸出的援手實難一一道盡。《慈濟月刊》專文論及，慈濟如何將大量物資正確而快速地送抵災區，以二〇〇五年元月爲例，慈濟海空運四千頂帳篷、兩萬一千七百二十二件毛毯、兩千噸白米等物資，前往斯里蘭卡與印尼等重災國，「慈濟國際人道救援會」（Tzu Chi International Humanitarian Association, 簡稱 TIHA）可以說是扮演了重要功能。透過後勤支援與前線發放的密切配合，讓各界愛心匯聚而成的長河，得以往南亞源源不絕的遞送著。

《慈濟月刊》報導指出，「慈濟國際人道救援會」是於二〇〇三年由企業家志工組成，致力於慈濟國際賑災物資籌備與運送事宜；分爲食品、衣物、居住、行動四個小組，由相關產業企業家認領規畫，研發適宜賑災之物資，以備緊急救災之需。此次運往斯里蘭卡的即食食品包，正是救援會研究成果之一。統籌志工王先生表示，災區水電供應困難，泡麵常無用武之地，餅乾等乾糧又無法提供充分營養；慈濟這次發放的「黃豆糙米飯」及「桂圓糯米糕」選用高熱量、具飽足感的食材，不需炊煮，一開封即可食用，並加上眞空包裝，較耐保存。在衣物、居住、行動方面，要配合災區狀況準備。救援會成員陳小姐說明，例如南亞天氣炎熱潮濕、日夜溫差大，災後乾淨水源難求，疫情蠢蠢欲動，因此淨水器、消毒物品、毛毯、包裝衛生的食糧必然需要；帳篷特別設計防曬、防水，並且加大窗戶以利通風。

陳小姐表示，無論是船運或空運，運載空間均有限，所以要慎選項目，將災民最急需的送去。此次許多善心人士主動向慈濟表明要捐贈物資，救援會採取「先登錄，再評估」的做法，避免造成物資浪費或囤積，反而辜負了捐贈者美意。此次物資能安全且快速抵達災區，陳小姐特別提及，志工曾兆廣在斯里蘭卡與印尼兩國均有商務往來，提供倉儲、報關等方面的協助；更要感謝多家航空、船運公司配合支援。

慈濟在亞齊將興建三千七百戶大愛屋，土地由印尼政府提供——班達亞齊七百戶，其中五百戶在班德烈村；大亞齊縣尼宏村（Neuheun）四十二公頃土地，可容納兩千戶；另外，西亞齊縣美拉坡市（Meulaboh）二十七公頃土地，預計建造一千戶。

原本興建大愛屋的計畫，慈濟志工在災後就開始尋覓合適的土地，但卻困難重重。在《慈濟》刊登的專訪文章中，慈濟印尼分會副執行長郭再源提到，因爲亞齊人的土地多是代代相傳，不輕易賣出，認爲這是一種羞恥。「我們邀請政府官員參觀雅加達慈濟大愛村，那是爲紅溪河畔貧窮居民興建的住房。當官員們了解慈濟在亞齊的大愛村也同樣規畫有學校、義診中心、祈禱室、運動場後，大受鼓舞，也更積極與地主溝通。」二〇〇五年九月二十四日，聯合動工典禮在班德烈村舉行。一早就來到現場的村長阿南（Adnan H. Nurdin Kades）表示，這塊地是由十九位村民所擁有，政府原計畫興建文化中心（Taman Ratu Safiatudon），卻因土地取得困難而作罷；「空地上原有個足球場，居民常在一旁鬥雞、賭博，如今能讓慈濟爲災民建屋，是最好不過的了。」

由於當地常有地震，慈濟大愛屋採平房雙併設計。負責興建的雅加達知名建築公司 **PP**（Pembangunan Perumahan）工程師沙奴西（Achmad Sanusi）表示，每戶包括前後院共有三十六點三坪，其中室內空間約十四點二坪，配置兩房一廳、一間衛浴和一間廚房；開六個窗，讓空氣流通、光線充足。比起災民暫時棲身的住屋型帳篷，大了近三倍。參觀過樣品屋的村長阿南說，房子蓋得很堅固。工地經理也說：「住房結構是用鋅鋁合金材質作支架，輕便、安裝快速，且可防蟲、防鏽。」

印尼還有個世界知名的觀光旅遊勝地**峇里島**，是印尼一萬七千多個島嶼之一，以天然美景、傳統藝術文化著稱，小小島嶼便擁有上萬座寺廟，因而享有「眾神之島」美稱，每年均吸引世界各地數以百萬的觀光客造訪。二〇〇二年卻不幸發生恐怖爆炸，重創當地觀光業；好不容易重拾生機，又在二〇〇五年十月一日再度發生恐怖爆炸，金巴蘭（Jimbaran）海灘和庫塔（Kuta）鬧區三家餐廳發生連環爆炸，造成嚴重傷亡。慈濟志工發揮人道關懷行動，事故後立刻趕赴當地關懷傷者與亡者家屬，並致送應急金。

一九九八年二月，位於蘇門答臘島東北的**棉蘭**市（Malang）開始傳出暴動消息；同年五月，暴動的區域不僅在蔓延、擴大，甚至有愈演愈烈的趨勢。而這一切並未嚇退印尼慈濟人繼續下鄉義診的決心。五月九日至十二日，慈濟與當地最大的佛教組織——波羅密基金會，再次組團前往暴動漸頻的日惹（Jogia）義診。居住在鄉野山林中的人們，不曾聽說所謂的「排華」，面對義診團的志工，村民或天真的笑著或合掌感謝，舉手投足間自然流露出人性的真與善。

證嚴法師提到在這場劫難之前，有位台北的榮董曾問起將到印尼設廠，不知如何做才能平安？法師告訴他，取用當地的資源，必須付出愛心回饋社會，才會得到愛護與尊重。這位榮董信受奉行，從工廠開始運作就非常重視員工福利，以愛心領導工人。在這次暴亂中，他人雖在台灣，但是廠內工人們卻自行開會成立自衛隊，不僅將工廠保護好，還能當很多國外人士的庇護中心。「所以說，用愛鋪的路，走來多穩當！」然而一連串的暴動，導致很多華人的事業都停擺了。物價的飛漲，使得原本就已經很貧窮的印尼人遭遇失業之後，更是貧上加貧、雪上加霜！在印尼兩億兩千萬人口當中，貧窮人口已突破一億大關，而且他們住的地方既濕臭又髒亂，真的很可憐！印尼的慈濟人每星期都去救濟，每次發放的戶數都在六七百戶。證嚴法師一再表示：「冤可解，不可結。」她希望印尼人民和華人不要再繼續對立下去。所以當一群印尼人企業家在五月暴動的前幾天前往台灣參與慈濟企業家尋根之旅時，證嚴法師再次強調：「腳踏人家的地，頭頂別人的天；取於當地要能回饋當地，才能被當地人接納。」並提議是不是可以將當地華人的力量凝聚起來，合辦一個大型的義診和救濟發放，這個構想立刻獲得印尼最大華商的董事長及少東的支持，應允全力配合。

九月份靜思精舍德旻師父與全球志工總督導黃思賢，前往印尼先後拜會前副總統夫人TriSutrisno，國會議長Mr. Baramuci、雅加達軍區總司令Djaja Suparman、雅加達首長Suti-yoso等人，希望能獲得支持，協助印尼慈濟人在當地繼續濟貧賑災工作。德旻師父表示，由大陸或台灣移民至印尼的人，都是有心要在這塊土地生活下來的，而印尼人本性也很和善，但印尼人與華人間的鴻溝，需要助緣讓彼此感受到對方的愛。印尼慈濟人著眼的不是過去的慘痛，而是未來的慈善工作。分會負責人劉素美也表示，印尼金融風暴使貧困的人更苦，病倒的人無法得到適當治療，孩子也無法上學，勢必將衍生出更多的社會問題，所以未來印尼聯絡處將投入急難救助、教育補助工作中。長期以來，慈濟人將失學的小孩送返校園，並補助他們從小學到大學的學費和交通費。

之後，印尼五十多個相關企業的高級主管，便積極籌畫次年元月的大型發放工作，發放及慰勞的對象是雅加達附近五萬貧民以及近四萬戶的軍警人員。而所需的經費與大部分人力，可說完全是「取之當地，用之當地」。由於發放工作亟需志工們協助，因此還特別舉辦爲期三天的志工訓練營，讓當地參與的人不但能了解慈濟精神，也能了解該次發放的意義。參加訓練營的「志工」們在了解慈濟的大愛精神後，很願意用心投入。有位回教徒表示：「我們眞主只有一人，就是阿拉，但是現在我有了第二個師父，就是證嚴上人。」另一位印尼女孩子則表示：「我現在很滿足，因爲我還有機會去愛別人、幫助別人！」

投入這些發放行動的工作人員，除了來自台灣的七十八位慈濟人，還有三百多位印尼台商、華僑和當地印尼人，以及來自馬來西亞、澳洲、美國的志工，帶著來自世界各地的大愛精神，不分種族、不分地域共同關懷印尼貧民。儘管他們語言不完全相通，但全穿上藍衣白褲的慈濟制服，用微笑和愛心化解華人和印尼人之間的冷漠鴻溝，許多印尼貧民接過一袋袋印著代表佛教「慈濟大愛」的慈濟蓮花標誌的白米和油、糖時，再也忍不住緊緊握住慈濟人的雙手，眼中充滿了感激，也有人感動的抱著志工嚎啕大哭。證嚴法師也寫了親筆函告訴印尼災民：「同住地球村，許多華人都願以眞情善意，爲印尼人帶來幫助。」他們感激、佩服的說：「原來菩薩也會照顧回教徒。」

印尼境內百分之八十以上人民信仰回教，由於適逢回教齋戒月，爲表達對當地百姓的尊重，出發前大家已彼此叮嚀要入境隨俗——禁食、禁水。帶隊的德旻師父表示，眞誠的關懷，重於物質的發放，所以她一再提醒參與發放的志工，一定要擦上「慈濟面霜」（笑容）面對每一位民眾，「來到印尼進行發放，要感謝印尼朋友給我們這個機會服務與回饋，所以在發放米糧時，要先向他們握手問候；用雙手輕輕地將米糧放至他們手中時，也絕不能忘記道謝。」爲了拉近與當地居民的距離，並舒緩等待期間的焦慮，慈濟志工一到發放現場，一定會立即用印尼民謠帶動唱：「我在這裡快樂，我在這裡快樂，我在任何任何地方我都很快樂。」音樂眞的是世界共通的語言，當這支歌曲在人群中播散，居民們立刻揮去愁苦的容顏，與慈濟志工們一同展開笑靨。發放活動結束，慈濟志工又帶動大家唱「我愛你、你愛我，我們愛每一個人！」慈濟人與印尼朋友合唱的歌聲，將永遠迴盪在每個人的心中。慈濟付出的一小步，卻是促進華印融合的一大步。

這幾次的發放工作可說只是一個愛的開端，點燃了華人心中的大愛，學習「以愛止恨」，用最實際的行動付出關懷，澆息印尼民眾的仇恨。

多年來，儘管印尼政局始終動盪不安，幾年前爆發的排華暴動更使印尼慈濟人在志業推展上出現阻力；然而，大愛是關懷、是包容，更是尊重。自一九九四年起，慈濟人在印尼從個案訪視關懷、家庭茶會、小型物資發放到大型義診、援建學校乃至於補助貧童學費等；一路走來每一步都匯聚了眾人的心力，每一步都擁有當初那一念慈悲心。雖然，一時之間還改變不了錯綜複雜的印華關係，但至少慈濟的大愛已成功地爲華印間開啓一扇文化交流的大門；慈濟人在印尼一點一滴的用心付出，獲得多數印尼居民的認同。證嚴法師也予以肯定的表示：「爲人類付出，是所有宗教共同的目標。人間是天堂、地獄，或是淨土、穢土，端看大家的行爲造作是善是惡。」她期待印尼慈濟人「爲現在鋪路，爲未來立法」，當下落實慈濟精神，同時將這分愛延續到未來，令後人依法不依人，帶動更多安定社會的力量。

二〇〇〇年，芮氏規模七點九的強震重創**蘇門達臘島**，造成千餘人傷亡，多所學校也在地震中毀損。印尼慈濟人除了緊急發放外，由於不忍小朋友無法受教育，於是援建三所慈濟小學。新校舍於二〇〇一年五月一日啓用。慈濟人貼心地致贈每一位學生一份禮物，包括書包、文具、盥洗用具及環保碗杯等用品，並附上一張靜思語書籤。印尼分會負責人劉素美也轉達證嚴法師對學生的深刻期許：「雖然地震毀了學校，但慈濟人結合大家的愛心，建立新教室，希望你們能安心讀書，將來做一個懂得付出的人。」由於蘇門達臘部分村落物資缺乏，小朋友的衣服、鞋子相當破舊，因此慈濟人決定贈送一批新校服、新鞋子給當地學生，讓他們能無憂無慮地學習、成長。

繼二〇〇一年元月薩爾瓦多的強震之後，**印度**也發生規模更大、傷亡更慘重的大地震，印度西北部古茶拉底省的芮氏規模七點九強震，造成兩萬多人死亡，一百餘萬戶房舍毀損，近七千所學校傾塌。由於印度政府不對外求援，且地震地區遼闊，急難救援與交通運輸情形混亂，勘災工作進行不易。慈濟透過以往國際賑災合作機構轉介，與在印度境內工作達五十年的法國關懷組織「CARE」取得協助，首批勘災小組於四月初抵達印度，發現震災後兩個多月，許多重災區仍未有救援團體進入支援。於是立刻擬定與「CARE」的合作計畫，協助重災區安加爾的可達達村（Kotda）進行重建，由慈濟提供經費重建兩百二十七戶住房，關懷基金會與印度工商總會（FICCI）負責執行，二〇〇二年五月大愛村落成，全數交屋。

**尼泊爾**北疆與中國大陸峰峰相連，南與印度往來無國界，這兩個國家與尼泊爾政經關係微妙，長久以來，尼泊爾境內多項建設都是經由這兩國提供財力與技術建造而成。尼泊爾的平原自一九九三年夏天起，多次因暴雨連綿致使河堤潰決，造成四十多萬人民流離失所，尼國農村遭受到近百年來最慘重的傷亡與損失。這場災難對原已貧困的尼泊爾來說，無疑是雪上加霜，光是如何讓這四十餘萬災民免受饑寒之苦，就已夠尼國政府傷腦筋了，更遑論災後的重建工作。八月下旬，蒙藏委員會基於人道的立場，向慈濟基金會提出了救援的請求，證嚴法師當即義不容辭的指派勘災工作小組，著手進行災情資料之蒐集及研究分析。勘災小組發現這場世紀浩劫，不僅沖走了災民僅有的財產，更讓無數美滿家庭天倫夢斷。於是，慈濟基金會在台灣發起了濟助尼泊爾的募款賑災行動，對尼國捐助了棉被、衣物、食物、種子等物資，並協助水患受災戶興建了一千多戶的大愛屋，使災民得以安住。

由於台灣與尼泊爾之間並無邦交，致政府官員顧忌頗多，加上語言及工作模式的差異，在溝通上的確相當困難，但藉由慈濟賑災團員誠摯的愛心及默默的奉獻，讓尼國政府一改之前猶疑的態度，進一步體認到慈濟人的感人精神，進而主動與慈濟基金會攜手合作，共同爲解除災民的痛苦而努力。

慈濟國際賑災的腳步也在**泰北**地區積極的展開。雖然都是黑眼黑髮、黃皮膚的中國人，但是生長在顛沛流離、戰亂時代裡的泰北中國人，命運卻與台灣人民有著天差地別。中華民國政府雖從一九五四年起，陸續對這些住在山區惡劣環境中的六萬多位難民，持續提供援助接濟，但是大部分的泰北難胞，仍因政治、生活環境、謀生機會，以及教育資源都差的情況下，過著極爲貧困的生活；僑委會雖每年援濟八萬美元，但效果仍未盡理想。

一九九四年一月，前行政院僑務委員長蔣孝嚴到花蓮慈濟基金會拜訪證嚴法師，提出「擬請慈濟基金會接續這個援助改善泰北難胞生活的工作」的請求。他表示，僑委會已在當時配合國防部赴泰調查確認僑胞的軍人身分，以便處理續發授田補償金及子女到台灣受教育等事宜；但留在泰北的貧困平民僑胞，則希望與慈濟研商如何援濟改善他們的生活。證嚴法師在了解這種情形之後，便表示慈濟基金會願意配合僑委會改善他們的困境，並立刻請慈濟基金會副執行長王瑞正負責援濟計畫，同時先組「泰北難民營調查團」，赴實地了解僑胞需要援濟改善的事項。經過一年時間的奔波籌畫，慈濟基金會在一九九五年開春，從中華民國救濟難胞總會手中接下了照顧援助泰北僑胞的棒子，並且擬定「泰北三年扶困計畫」，分別從慈善、醫療、教育與文化這四個方向，展開了重建泰北的希望工程。

於是，當年一月份起，清萊帕黨及清邁熱水塘兩家老人收容所的一百二十五位傷殘老兵，開始逐月收到生活費；接著，到了五、六月，有九十一戶人家搬入坐落在青山綠水的慈濟村，告別了茅屋的慘澹歲月。一群群年輕人參加「農業輔導計畫」中的農業講習，認眞學習果苗栽植、施藥與剪枝等技術。此外，在農業專家林阿田的帶領下，熱烈展開了巡迴二十四個難民村的農業輔導活動，接著華亮農場一株株茶苗、梅苗陸續抽芽而出了。

昔日可製成鴉片的罌粟花盛開之地，開始出現了新鮮的果苗，技術改良後的果樹日漸增產，而難胞也可以低價取得便宜的果苗……他們的生活開始一步步的朝向希望邁進。慈濟人也希望藉由這項方案，能讓泰北中國人的名字，不再叫做苦難。

這時，幾位泰國曼谷的僑商，從報章媒體中得知慈濟的「泰北三年扶困計畫」，也立刻紛紛投入志工行列；他們募集了千餘件毛毯與冬衣等，隨賑災團到難民村發放，成爲泰國的第一批慈濟人。就在這一年（一九九五年）的六月，慈濟人在泰國成立了聯絡點。泰國地處潮濕炎熱的熱帶氣候，每逢六月至十月的雨季，各地居民即飽受水患之苦；往年淹水是三兩天即退，但是一九九五年的水患卻持續一兩個月之久，積水之深爲數十年僅見；住在低窪地區的民眾，無法遷移他處，只有眼睜睜的任水淹過房屋、沖毀農作物，連生活用水都僅能靠漫淹四處的積水，景況非常窘迫。此時，秉持「聞聲救苦」精神的泰國慈濟人，即刻伸出援手，多次前往勘災，將米、油、罐頭等民生必需品，親自送到災民的手中。

另外，泰國慈濟分會亦曾多次配合社會福利機構進行關懷與發放；除定期訪貧，關懷老人院、孤兒院之外，並配合慈濟本會參與國際賑災，協助台灣慈濟人到泰北難民村的學校發放文具等用品。一九九七年十一月，泰國華商文具聯誼會發起了一個「台北有情、社會有愛，送書包、球類到泰北」的活動，立刻獲得曼谷各台商聯誼會及社會各方熱心人士的支持；一向秉持佛心、師志，在各地「濟貧教富、予樂拔苦」的慈濟志工、會員，也馬上三個五個、十個廿個的捐出了近千個書包；這個愛心活動，原本初步目標是三千個書包，但是才兩個月的時間，即已超過六千個，同時，承包製作的合益實業公司，將所有利潤全部再捐製三千五百個，使得捐贈書包超過一萬個。球類方面是第二波活動，各方捐助的籃、足、排球共一千五百個，製作球類的志祥企業也是不計利潤，將所得捐製各類球五百個，共計兩千個。估計這次捐贈書包與球類的總價超過一百五十萬泰銖。慈濟志工並接下了後續清邁地區的發放工作，於春節過後將這些愛心書包與球類送到了清邁莘莘學子的手中。

「泰北三年扶困計畫」此國際賑助方案，於一九九七年底告一段落。三年間，無論是慈善、醫療、教育、文化各方面，都有著輝煌的成果，對於改善泰北難胞的生活環境與提升學童的教育品質，均有莫大助益。尤其在老兵晚年安養方面，慈濟基金會在熱水塘、帕黨安養中心收容照顧了一百三十位的老伯伯，除了安頓他們晚年的生活外，並提供醫藥保健服務；慈濟組團赴泰北時，必定前往關懷問候，泰國分會的志工們亦不時就近適時提供所需。此外還為這些老兵們爭取到泰國的醫療保險，由當地的慈濟人支付保費，多了一層健康的保障。這群忠貞愛國的老人家，與慈濟人早像一家人般的親切；「微笑、合掌」，已成為彼此間的招呼方式，過去刻板的軍旅生涯已不復見，有些老伯伯甚至學會了慈濟的手語歌，比畫起來有模有樣，煞是可愛有趣。看到這樣令人欣慰的回響，慈濟人誠心的表示，雖然三年扶困計畫已經結束了，但是仍將會繼續照顧他們的生活。

至於難民村全村住屋規畫援建部分，經過慈濟基金會規畫重建的回賀、滿嘎拉、昌龍、密撒拉四個慈濟村的村民生活已大獲改善。原先的殘破茅屋，已改建為嶄新的磚瓦房，當雨季來臨時，村民不用再擔心到處漏雨而難以入眠了；家家也都裝上了電燈，夜間燈火通明，與以往點油燈的生活相比，眞有天壤之別。慈濟的行動，使這群流落邊境的難胞，能有較好的生活品質，尋回信心、找回希望，在顛沛流離、困頓艱難的泰北山居生活中，有了重新出發的著力點。

安居之後，接著進行就業問題。當地有一個華亮農場，是台灣政府發派農業專家助墾而成的，在政府對泰北的援助結束後，慈濟便接續經營這個農場。這三年期間，慈濟基金會請農業專家林先生針對泰北地區的農作物特性，除了每年定期在夏、冬二季對各村有志青年集中講習外，並依各難民村個別農戶實際需要作巡迴輔導，印贈農業參考書籍；同時亦支助華亮農場人員、肥料、農具及農藥等所有經營農場的相關經費，以農場來輔導難民村的村民相關之農業改良技術與病蟲防治等，並由農場培育果苗，免費提供各慈濟村種植，藉此增加村民的農業收益，以達到改善生活之目的。一九九七年梅樹結實纍纍，可惜來了一場颱風，沖毀了往山下的道路，無法運送梅子下山；不過泰國慈濟人很有智慧，他們上山幫忙採收並教村民醃漬梅子儲存，待路修好後，再一罐罐的運下山去販賣。

「行有餘力，則以學文」，在安居、就業之後，接著就是教育。在興建學校方面，慈濟基金會爲難民村援建了中文學校教室，添購課桌椅，並發放獎學金、提供課外讀物及運動器材等，先從教育著手，改善難民村的生活品質，深盼能將「慈、悲、喜、捨」的精神，落實在學生的思想人格中，使人與人之間充滿和善，相互關懷，進而達到人心淨化，社會祥和的最終目標。

當年有很多老兵到了泰北之後，就和當地少數民族結婚、生子，如今第三代都已到了就學年齡。可是由於這些孩子在泰國都是難民身分，無法落籍泰國，同時也回不去中國大陸或台灣，所以就成沒有國籍的「亞細亞的孤兒」了。證嚴法師深深體會出：「教育才能徹底解決泰北難民的生活問題。」因此有了「援建慈濟中學」的計畫。

證嚴法師表示：「援建學校是希望提供難民子弟一個較安定的學習環境；讓孩子們的教育品質不斷提升，能擁有較強的謀生技能及正確的人生觀，服務社會、傳播仁愛的理念，以達到善的循環。如此便能早日脫離難民的窘境，立足於泰國社會。」

當慈濟按照三年扶困計畫逐步實施時，泰北的地方政府非常感動，知道慈濟是無所求的付出，所以也提出想法，希望慈濟能幫難民建設學校。其實這原本就在扶困計畫的方案中，唯一的要求是學校要建在省城內，好讓難民村的孩子能和市區的孩子一樣接受平等的教育；而且在受完小學教育後，還能有機會繼續上初中、高職……不過，最好是泰國政府能讓這些受過較好教育的孩子擁有泰國籍，以解決他們的身分問題，使難民子弟學有所成之後，能夠走進泰國社會。當地政府非常認同這樣的構想，立刻提供土地讓慈濟建校，那片土地距離市區只有三、五分鐘路程。「儘快建校，造就泰北學子」成爲慈濟人全力以赴的目標。

爲完成泰北學子就學的夢想，慈濟人結合泰國華人及台商，經過多年奔走，終於讓慈濟在泰北興學的計畫逐步落實。泰國「清邁慈濟中小學」在二〇〇二年四月動工，一年多後完工，開始招生。

二〇〇一年五月，泰北帕府汪欽縣發生五十年來最大的山洪爆發，逾兩百人傷亡、失蹤，近兩百戶房屋全倒。慈濟志工立即前往三個鄉，十九個村落，致贈往生者家屬及房屋全倒急難救助金。

住在泰國的慈濟人除了配合台灣慈濟基金會對泰北難胞竭力照顧外，對其他地區有需要的角落也從未稍怠；泰、寮邊境的納空帕儂府那帕儂地區，形勢偏遠，居民多以務農爲業，生活相當清苦，每到隆冬，常有居民被凍死的事情發生。泰國慈濟人獲悉此事，即著手募集白米、棉被、冬衣、毛毯等，展開冬令救濟活動。

一九九七年九月，長達數月的雨季，使**泰國南部**的彭世樂府和素可泰府的居民慘遭水患侵襲，十一位泰國慈濟人遂立即從曼谷出發前往素可泰府，並由當地第三軍團協助發放白米、肥皂、毛巾、罐頭等生活必需品，紓解居民的困境。而每年雨季都會傳出災情的泰國，二〇〇二年水患尤其嚴重，大雨造成湄公河水位急漲，多處農田、道路被淹沒，成爲水鄉澤國；慈濟泰國分會於八月二十一日、二十六日兩度前往勘災，並於二十七日發放救災物資，送給民眾速食麵、飲用水和藥品。

至於敵不住資本主義思潮也走上經濟開放的**越南**，慈濟的志業更有廣闊的開展空間。越南一九八五年經濟開放以來，城市居民的生活獲得改善，但鄉野間的少數民族，仍過著艱困、缺乏醫療資源的生活。一九九五年，慈濟委員楊女士隨丈夫漂洋過海來到越南，也因此撒下慈濟精神的種子。從胡志明市廣詔老人院的第一件個案，延伸至郊區的長期照顧戶，慈濟精神的落實，吸引了不少當地台商及華僑的投入，於是志工組也因而成形。一九九七年，越南慈濟人認養了十位家人在越戰時爲國捐軀的「英雄母親」，固定每個月提供相當於台幣五千元的善款。

一九九八年元月，越南慈濟人在有四萬兩千位少數民族的林同省夷靈縣，作首次義診，將關懷的領域延伸到醫療志業。之後，又和胡志明市貧病輔助會、紅十字會，共同在胡志明市的平政縣合辦爲期三天的義診。平政縣曾遭受戰爭嚴重侵襲，許多負擔家中經濟的男丁都被徵召打仗，不少人犧牲了生命，家中經濟陷入窘境，貧窮現象十分普遍。許多患有白內障的老人負擔不起手術費，只能任由視力愈來愈模糊。而戰爭殘留的有毒物質也影響了當地的生活環境，造成許多兒童一生下來就罹患兔唇，顏面的缺陷讓他們隨著成長而漸失歡顏。經越南慈濟人與紅十字會評估後，選擇該區提供免費醫療服務，並募集醫療基金，協助兔唇和白內障患者到大醫院接受手術，重展笑顏、迎向光明。

一位越南華裔十二歲男孩官世成，四歲時被火紋身，由於家貧，未能即時接受妥善治療，歷經八年煎熬，顏面及身體的傷口已嚴重攣縮、變形，與逐年成長的身體作痛苦的拉扯。左小腿更是潰爛不癒，當地醫師建議截肢。其親戚設法透過駐胡志明市台北經濟文化代表辦事處，向慈濟越南聯絡處尋求協助。越南慈濟人前去關懷，發現官家除無力支付醫療費用，當地醫療水平也已無法改善官世成的病況。於是，慈濟人致贈一部輪椅，並決定送他前往台灣就醫。爲籌措官世成的旅費及醫療費用，越南慈濟人發起募款，除台商踴躍贊助，台灣長榮航空公司也給予優惠票價。官世成和母親終於在二〇〇一年五月，抵達大林慈濟醫院。更令人振奮的是，副院長簡守信在初診後表示不需要截肢。經由成功的手術，已提升官世成四肢的活動能力，同時因嘴唇過小造成講話及進食困難的情況也獲得改善。

官世成返家後，經由越南慈濟人月餘的醫療照顧，已經可以走路，同時咀嚼與語言的功能也增強了。官媽媽非常感恩慈濟的幫助，使兒子有機會邁開腳步，追求自己的人生，希望他將來也能加入志工的行列。

慈濟人爲了在越南散播大愛的種子，幾乎可以用「忍辱負重」來形容。本來穩定發展的慈善與醫療服務，卻在二〇〇〇年四月三十日因一件意外而告中斷。當天是越南南方的解放紀念日，志工們不知時機敏感，照常舉辦三天的精進共修，觸犯當地法規，致使日後的活動大受限制。二〇〇一年年底，志工們依法提出「活動許可執照」申請。爲示尊重，慈濟越南聯絡處自我約束，停止了所有活動。誰知申請提出後就石沉大海，打聽來的消息眾說紛紜，坊間各種流言紛飛，志工們在期待與沮喪夾雜的心情中備受煎熬。

在等候許可執照、暫停活動期間，志工們放不下一顆助人的心，有些人便用私人名義小心翼翼地去行善，那時都是穿著便服去做居家關懷與發放，有時醫護人員也會一起去替照顧戶義診。歷經漫長的等待，終於在二〇〇三年七月等到了許可證，雖然效期只有一年，每年必須再申請延長，但越南慈濟人十分珍惜，更加付出最大的心力爲貧病民眾服務。

二〇〇三年年底，即針對貧戶舉行了兩次大型發放。二〇〇四年十一月在赤貧的茶榮省（Tra Vinh）舉辦第六次大型義診。根據慈濟人的走訪，茶榮省居住了許多早期由柬埔寨過來，沒有戶籍，很難得到越南政府照顧的難民，他們住在椰子樹葉搭蓋的簡陋房子裡，逢下雨就水淹及膝，居民靠捕魚或編織竹簍賺取微薄工資，幾乎沒什麼就業機會；許多家庭每月收入不到十二萬越南盾（約台幣三百元），無力讓孩子接受教育，孩子只會說柬埔寨母語，生活封閉，成長後謀生不易，使得貧困代代相循。

目前越南有十幾位慈濟委員、三十幾位志工，在慈善、醫療兩項志業中努力奉獻，遵守「拿到一年准證做一年」的規定勇往直前；每月長期照顧一百六十多戶，訪視時也結合慈濟人醫會醫師往診。曾經有人期待慈濟能在當地設立職業學校，幫助殘缺的年輕人習得一技之長好謀生。「但是越南政府核給慈濟的活動範圍，限制在慈善及醫療兩個項目……」慈濟志工雖然無法盡情拓展，但對於面對未知的挑戰，都充滿突破的信心。

**柬埔寨**是一個資源豐富的國家，有金礦寶石與天然資源，然因赤棉與天災的長期肆虐，讓這個國家的人民受盡了折磨。一九九四年，柬埔寨接連受到澇、旱災的侵襲，造成了近三十年罕見的災情，加上該國二、三十年來長期遭逢內亂，人民生活陷入貧窮的深淵，實無力負擔龐大的復建工作，故而向慈濟求援。

爲了扶助歷經澇、旱災及戰亂的柬埔寨儘快復甦，慈濟自一九九四年底起，三度赴柬國致贈抽水機、大米、穀種及衣物等。當得知曾獲慈濟穀種的馬德旺省三縣，在一九九五年二月間遭赤棉搶掠，所有家當及接近收成期的稻穀皆蕩然無存，八萬六千災民流離失所，慈濟人立即於四月帶著足供難民兩個月食用的二千五百餘公噸的大米前往柬埔寨緊急救援；雖然柬埔寨有三多——毒蛇多、蚊蟲多、地雷多，但是慈濟賑災團的足跡仍出現在常遭赤棉軍襲的前線——大德旺省。一九九五年，赤棉在此掠奪家當、搶劫大米，讓原本受水旱災之苦的「災民」成爲無家可歸的「難民」；慈濟人四度在裝甲車開路、軍隊保護下，冒險親往發放。陪同前往的柬國政府官員，看到慈濟人雖是從早到晚疲累不堪，卻仍一直保持祥和的笑容和誠懇的態度，這種工作精神讓對方非常感動。所以當地政府呼籲：「辦事情學慈濟」、「愛心學慈濟」，這是他們眞心的回應，也是人性美善相互提升的明證。

一九九六年八月，柬埔寨境內戰亂未平、百廢待興，無情的天災卻再度侵襲這個苦難的國度。

一連串強烈東南季風挾帶著狂風驟雨，吞沒了柬國人民重建的幸福家園，全國二十一省有十三省受災，受災民眾高達一百三十萬人，其中，有四十五萬人無家可歸。慈濟勘災團於十月份前去探訪時，雖距洪水氾濫已過了將近三個月的時間，然而所經之處依舊是汪洋一片，有三分之二的災區還泡在水中，根本分不清何者是道路、哪裡為田地或房舍。

所幸，該次洪澇，柬國尚有其他慈濟組織供應糧食，短期生活暫無問題，所以慈濟決定發放穀種五千噸和抽水機，資助柬國災民在大水退盡後復耕。到一九九六年初，這批來自台灣的穀種終於結成一串串飽滿的稻穗，收成了二十萬噸的稻米，嘉惠災區七萬零六百一十戶人家。柬埔寨政府欣喜的把這個好消息告訴慈濟，並強調是因為慈濟和台灣人的愛心，使得柬國這一季的稻米收成量創下該國二十六年來的最高紀錄，是往年的二到三倍。

不過遺憾的是，一九九七年夏天湄公河再度氾濫，不僅良田流失，原本儲存用以播種的穀種，也被用來充當緊急糧食，其中又以磅通、暹粒兩省的災情最為嚴重。光是暹粒一省，被大水覆蓋的農田面積就多達一萬八千多公頃。先前慈濟發放的穀種帶給柬國人民的希望，差點被這場無情的氾濫沖刷殆盡。為了讓柬埔寨的人民能維持正常生計，同年十二月，慈濟賑災訪問團再次赴柬國，針對磅通五個縣及暹粒省十二縣，發放了一千兩百公噸的穀種，協助復耕，從發放現場四百多位當地官員及災民夾道歡迎的掌聲，不難讀出他們心中的激盪。雖然慈濟賑災團提供的只是有限的物資，但這一粒粒穀種卻代表了慈濟人一分分的愛。相信由於全球慈濟人愛心的祝福，以及柬埔寨人民刻苦勤儉的本性，他們一定會度過這一次次的難關。每當慈濟人不畏辛苦的進出賑災時，總是受到眾人的感恩，許多人說，慈濟人是我國外交陣線的延長，但是，這群默默付出的活菩薩卻說：「這是自我價值的實現。」

根據聯合國糧農組織（FAO）統計，每天晚上全球有八億人口餓著肚子上床睡覺，其中有兩億孩童生長發展嚴重受阻；此數字甚至還大於全歐洲與北美洲的人口總和。多年來FAO組織一直在與飢餓奮鬥，但全球各地戰果差異很大，有的國家飢荒人口急遽減少；有的國家則顯著上升，北朝鮮就是個例子。

**北韓**的正式國名爲「朝鮮民主主義人民共和國」，當地人不喜歡這個稱呼，比較喜歡以北朝鮮自居。北朝鮮是個實施共產體制的保守國家，與國際間幾乎沒有往來；國際救援團體若想深入偏遠農村勘災，幾乎是不可能的。民族自尊極強的他們，寧可堅守尊嚴，賣力地以更多的人力來彌補糧源的窘境。多年來，世界醫師聯盟（MDM）、樂施會（OXfam）、反飢餓行動組織（ACF）等許多國際救援組織，以及曾榮獲世界諾貝爾和平獎的無疆界醫師聯盟（MSF），都因爲無法順利勘災與援助發放，不得不撤離北朝鮮。同樣的，慈濟的前進北朝鮮之路，也並不那麼平順。

北朝鮮自一九九四年底以來，連年天災不斷，嚴重影響農產量；甚至供給百姓生活物資的國家配給系統，也近乎停擺。慈濟獲此消息後，便有前進援助之意，但一直不得其門而入。直到一九九六年，在北朝鮮駐台北機構的安排下，慈濟副總執行長王端正得以有機會前往平壤。但當時由於該國並不允許慈善救援團體進入災區與農村勘察，此舉和慈濟賑災原則不符，在無法取得共識的前提下，援助的計畫因此而暫緩。

一九九七年底，適有國內企業訪韓，目睹當地人民生活疾苦，允諾回國尋求支援募集民生必需品捐贈北朝鮮；慈濟基於「尊重生命」及「人道救援」原則，立即發起募集冬衣活動。一九九八年元月，捐贈了十一個貨櫃的四千四百箱冬衣及民生用品給北朝鮮。該國國際貿易促進委員會除致電表達感謝之外，並尋求再度伸援的可能性。於是，次年元月底，又將募得三十個貨櫃的七十二萬四千件冬衣、兩萬兩千四百四十罐奶油及七千兩百罐素食罐頭送抵北朝鮮。同時，派遣人員前往平壤市、平山郡及鹽州郡等地勘察後，三月，又致贈該國五千六百噸化學肥料、三千九百箱幼兒奶粉及七十萬件冬衣；六、七月間，又分別發放一萬噸及四千四百噸化肥。

由於慈濟的國際賑災向來堅持「直接」發放原則，經彼此間多次溝通，詳述慈濟理念及想法後，北朝鮮終於確信慈濟援助純粹是基於人道考量，絲毫不帶有政治動機、目的、條件與意圖，而允諾讓賑災人員至發放場地，並派任各地農場代表，齊集發放點領取化肥。

北朝鮮有感於慈濟多次援助所展現的誠意與尊重，一九九九年十一月底慈濟第六度提供援助時，北朝鮮首度同意五十餘位慈濟志工深入鄉村，親手將大米交到百姓手中；此舉成就了北朝鮮境內歷史性的直接發放。同時對於所有的國際救援機構而言，也是史無前例。特別是台灣自九二一地震發生後，復建工作正積極進行的同時，慈濟仍然本著「誠正信實」的原則，率團前往援助，意義尤大。誠如慈濟副總執行長王端正所言，國際賑災是為了「互動」和「教育」；互動，就是指「互相感動」和「互相帶動」；而教育，則是「教育自己」也「教育別人」。證嚴法師也表示，世間最大的力量是愛，唯有愛可以化解人心的隔閡。天下災難雖多，但愛心人士如願意伸手相援，則受災難的人可以因為感受人情的溫暖，而減輕受難的苦痛。

從北朝鮮的賑災經驗裡，慈濟對於賑災原則的堅持所受到的尊重，不僅意味著受到認同，也代表著慈濟國際賑災腳步又向前邁進一步。至於慈濟與北朝鮮所建立的互相尊重，更是肯定人性的世界觀和人生觀的開始，這也正是邁向世界無災難的必經之路。跨出這一步，更證明了只要有大愛，就可以和世界相連。

**亞塞拜然**是位處西亞內陸的一個小國，曾是古代波斯帝國的一個省分，境內擁有不少天然資源；一九九一年與蘇俄激戰後，亞塞拜然宣告獨立。未幾該國又與西鄰亞美尼亞發生領土糾紛，百分之二十的土地遭佔領，區內居民被迫奔逃他鄉。長年的爭戰，造成該國殘障人數比例偏高，七百多萬人中就有二十五萬人爲殘障。慈濟基金會在接獲倫敦大學邀請慈濟英國聯絡處合作援助計畫後，即組成亞塞拜然勘災團，在一九九六年三月及六月兩度前往勘察、了解實情。勘災報告指出：亞國政府限於能力和經費，僅能將照顧傷殘戰士及提供就業機會列爲第一重點，安頓難民爲第二，照料被戰爭波及的傷殘兒童、孤兒與智障兒放在最後。經評估後，慈濟基金會、慈濟英國聯絡處與倫敦大學於十一月一日攜手合作，展開「亞塞拜然三年援助方案」。內容包括：改善難民生活、補助傷殘兒童及充實創傷研究醫院設備。代表慈濟基金會前往倫敦大學簽約的前國際事務室主任陳思晟亦有感而發的說：「幫助別人就是幫助自己，世間無常，誰能預料這無常不會降臨在自己身上？所以人類之間的『互助』是很重要的。」

慈濟基金會於一九九七年二月初，在台灣展開全省性的亞國援助計畫，一個半月的時間內共勸募二十二個貨櫃、四千四百箱滙聚了台灣人民愛心的新舊毛毯與禦寒冬衣，約計十五萬六千件，所有衣物在整燙後用透明塑膠袋包裝好，才裝入特別設計的紙箱，每個紙箱上都貼有慈濟標籤，清楚標示衣服的大小、種類、數量、適合性別與年齡等，以尊重受助國。此外，還準備有協助薩里營區的一千五百頂帳篷，以及提供殘障人士的一百張輪椅。

六月二十日由三十名慈濟人組成的「亞塞拜然第一梯次賑災訪問團」從台灣出發，與英國慈濟聯絡處慈濟人會合後，即針對先前規畫的薩里等城市難民營展開發放。

為期三天的發放過程中，數十名慈濟人都忍受著無水可用之苦、頂著三十幾度火紅的太陽和漫長的白晝，將台灣人民的愛心轉交給現場老老少少及殘障人士。儘管連日來烈日的煎烤，大家的皮膚早已由黃而紅，由紅而黑褪了一層皮；儘管因為吃不慣當地衛生堪慮的大餅，外出發放時只得以泡麵果腹充飢；儘管難民們因為長期缺乏物資後，渴望與等待的心情，每每讓發放點有場面失控的危機。可是慈濟人都不忘臨行前證嚴法師殷切的訓示：「把握因緣、難行能行，用慈悲心濟助苦難的人們，更要好好祝福他們早日離苦得樂。」終於圓滿完成任務。當地居民數天以來與慈濟人朝夕相處後，有不少人也感染了慈濟大愛的精神。一位為慈濟人開車的司機便說，他曾從書報中讀到天下有好人，只不過從沒遇到、也沒看見過，直到他目睹這一群遠自千里而來的非親非故的慈濟人，將愛與祝福帶給他的同胞，他這才真正相信。

**車臣**位於高加索東北部山區，蘊藏豐富的石油與先進的工業設備；一九九一年蘇聯瓦解後宣布獨立。一九九四年底俄軍揮軍鎮壓，造成大量傷亡、半數人民淪為難民的慘劇。長期的戰爭，使許多人民精神崩潰，成為近年來最慘烈的戰爭之一。

慈濟基金會自一九九五年十月起再度與世界醫師聯盟合作，為戰亂下的車臣人民提供五個月的緊急醫療協助。由慈濟資助四十二萬五千美元，世界醫師聯盟提供戰區醫院醫護人員，爲難民預防及治療疾病、精神復健及改善衛生，協助其遷往國際遷移組織提供的保護帳篷內等。在死傷慘重、大量婦女及兒童罹患精神病，需要長期服藥及輔助，且所有外援停止的情況下，慈濟的援助更顯急迫。

一九九六年二月，「車臣緊急醫療援助方案」告一段落，世界醫師聯盟法國總部發展部主任菲利浦・勒維格向證嚴法師報告時指出：因車臣局勢危險，所有醫療活動均被俄軍禁止，醫護人員的安全堪慮，方案的執行充滿變數；但世界醫師聯盟聘請的三十位醫護人員仍分別在俄國佔領區及自由車臣山區繼續醫療工作。

槍彈無情，人民何辜，昔日美麗的家園，曾幾何時已變成布滿彈坑、死屍和頹牆的廢墟。「車臣緊急醫療援助方案」雖暫告停止，但世界醫師聯盟在雙方協議停火後仍運用剩餘經費，持續救援工作。

距離台灣千里之遙的回教國家**阿富汗**，是中國古絲路所經之地，位於西亞，十幾年前因蘇聯解體而獨立。自立後，卻因政權相爭，內戰連年；政府軍和反抗軍長期砲火相對，相互殘殺自己同胞。參加戰爭的不只是男人而已，連醫學院的女學生都個個拿長槍，保衛家園。

一九九八年二月晚間，阿富汗北部的塔哈爾省發生芮氏規模六點一強烈地震，房子毀壞、倒塌無數，四千多人喪生，三萬戶災民無家可歸；加上當地氣候嚴寒，在冰天雪地裡，每天約有二十多位兒童死亡。陸路被震壞，機場也因爲內戰不斷而封鎖了；外界救援組織雖然以直昇機運送緊急用品，卻因風雪過大而無法降落。

證嚴法師獲知阿富汗災情後，一方面憂心惦記著這群邊地缺衣斷糧、缺乏醫療用品的受難者，同時也苦思該如何及時伸出援手。就在此時，傳出美國國會議員羅巴克先生（Dana Rohrabacher）因耳聞慈濟多年慈善經驗，主動提出是否能援助阿富汗醫藥，並引介即將前往阿富汗進行救援工作的洛杉磯騎士橋國際救援組織（Knightsbridge International INC.）爲合作夥伴。騎士橋爲聯合國成員，完全由義工組織而成，經常出生入死，曾深入車臣、柬埔寨等災區，幫助受難的災民；在盧安達內戰大屠殺時，亦曾英勇的救出四十三位修女。

雙方進一步接觸後，騎士橋愛德華博士（Dr. Edward A. Artis）懇切地希望慈濟能儘速提供抗生素等醫療藥品，由騎士橋將藥品送到災民手中。慈濟在二十四小時內即完成了藥品採購，當廠商得知是緊急救援之用，紛紛自動降價，連運費也以成本油料價格計算；並由荷蘭阿姆斯特丹原廠出貨，安排運至阿富汗邊境國家，再轉運進阿富汗境內。這是阿富汗兩年來最大一次單一藥品成功運入的案例。

慈濟人的足跡雖遍及世界八十多國，但卻是第一次進入阿富汗，深入連國際新聞媒體也不容易到達的山區，前後達十天之久。

根據慈濟深入現場的報導指出，在藥品分送過程中，由於阿富汗內戰不斷，賑災小組受到武裝軍人的保護才得以順利工作，災民也由原先的防備心態轉變爲感激，只要車子或驢子可到之處，救援小組都親自至各點將藥品交予醫療人員手上，至於偏遠村落，則由直昇機空投。

經歷二十七年出生入死的救災工作，並曾被兩度提名「諾貝爾和平獎」的愛德華博士，由這次的救援行動中，深深的感受到慈濟的救人心切，也感恩的說：「這是上帝的幫助，讓我們能有機會和慈濟合作。」這次的合作不分宗教、不分種族，不僅帶給災民及時的援助，同時更希望能減緩反抗軍與政府軍的敵對，讓人民得到祥和、自在的生活。而對於慈濟能在最重要的一刻伸出援手，美國傳播媒體亦紛紛報導說，這次阿富汗的醫療救援案，是由佛教和基督教民間團體，集結力量而成的。

初次藥品救援雖然圓滿結束，但因該區面臨嚴重的飢荒，缺衣短糧，更缺乏醫療用品，騎士橋組織評估，除非能立即予以支援，否則三四個月後，將會有近十萬居民，瀕臨死亡的危機。故而騎士橋又擬定了運送食物、毛毯、奶粉、發電機、濾水器及醫療用品的第二波救援計畫。當然，這項愛的行動仍是與最佳夥伴——慈濟，共同完成。五月中旬，慈濟派遣四人小組隨著愛德華博士、詹姆士醫師及一位翻譯員，帶著由慈濟美國分會採購的六百五十公斤藥品，從烏茲別克（Uzbekistan）邊境的特美茲（Termez）機場，搭乘老舊俄製運輸機向阿富汗中部的巴米揚省（Bamiyan）進行第二次藥品發放。

戰爭摧毀的不只是醫療設施，也阻礙了高等教育的發展。發放工作完成後，一行人順道參訪當地唯一的高等學府——巴米揚大學。這座由聯合國難民總署（UNHCR）及當地政府贊助的校舍，成立不過兩三年，有二十二位老師和三百多位學生，其中大多是流亡學生。雖名爲大學，令人難以置信的是，全部教材只有兩架顯微鏡和一具人體模型，更別提所謂的實驗室、解剖室、電腦、專業書籍了。當慈濟人問他們最需要什麼協助，學生的回答竟是「鉛筆和紙」，讓慈濟人大感驚訝、心酸，世界上恐怕再沒有一所大學還在爲鉛筆煩惱吧！

由於上次愛德華博士到巴米揚時，即發現當地整個地區都沒有電，所以這次賑災團也帶去一台慈濟美國分會捐贈的發電機送給學生，讓學生在晚間能繼續研習；此外，台北慈濟委員洪女士捐贈了二十四副聽診器，除分送當地診所，也捐了三副給學校作爲教材。

「眞是太好了！」校長露出了燦爛的笑容說：「不管戰爭、不管政治，我們只想單純把教育辦好。因爲我們知道，阿富汗的將來就在這些學生身上！」

慈濟的文章指出，巴米揚山區可說是阿富汗最貧窮的區域，赤貧的程度，甚至連國民生產毛額都無法統計。傳統經濟模式被內戰阻絕，加上天災肆虐，居民連預留的來春穀種都食用殆盡！當地男人多在內戰中死亡了；由於母親總是先將糧食讓給小孩，當母親餓死之後，孩子也支撐不了多久，加上營養不良、疾病肆虐，死亡人數不斷攀升。不只如此，在巴米揚市區附近，也有一群遠從喀布爾（Kabul）逃離的難民，暫時棲身於山邊的佛窟洞穴中，大部分是老弱婦孺，亟需外界伸出援手。令人心痛的是，舊傷未平、新創又起，阿富汗接連發生數起傷亡慘重的大地震，對阿富汗子民來說，生存的權力似乎隨時會被奪取。慈濟對該國持續密切關注，希望能適時給予援助。

曾有人問，慈濟對阿富汗的醫療援助只不過是杯水車薪，五六百萬的人口都需要醫藥，慈濟能帶去多少？幫得了多少人？但默默付出無怨無悔的慈濟人說：「如果因此而卻步，那麼永遠都不會有開始，人性之中的愛與關懷又從何而生呢？世界是一個命運共同體、是息息相關的，既知彼方有難，在能力範圍之內又豈能漠然以對！」

二十年來阿富汗境內戰火不斷，長達三年的乾旱又引發飢荒，人民生活苦不堪言，早已有超過五百萬人民被迫離開家園；加上九一一事件後，美國對阿富汗展開軍事行動，流離失所的阿富汗人民人數不斷增加，有人餓死在半路，有人病死在途中……因而人道救援的需求更形迫切。

慈濟援助阿富汗的人道救援行動，繼二〇〇一年十月之後，又於二〇〇二年元月上旬展開第二波賑災。賑災團員分兩線——北路結合騎士橋國際救援組織自烏茲別克進入，實地發放醫藥、糧食及禦寒衣物；西路則在紅新月會與世界醫師聯盟協助下評估勘災。

慈濟的報導文章指出，當救援物資歷經千辛萬苦送抵難民區時，暮色已經蒼茫，大雪紛飛，但慈濟志工不忍流民久候，冒著風雪摸黑發放。一個才六七歲大的阿富汗小男童，背著三四歲的妹妹在雪地上顛簸前行，跌倒了再爬起來勇敢向前，爲的是領取慈濟帶給他們的衣服、鞋子和食物，這是他們的希望；目睹這一切的慈濟志工均覺得鼻酸，心疼這些戰火下的孤兒展現了如此強韌的生命力，也更加感到慈濟的國際人道救援的沉重責任。

## 中東

提到中東，您會想到什麼？戰爭、石油，還是充滿神祕色彩的回教？更難想像的也許是在這千里之外的約旦，竟然可以看到穿著藍天白雲的慈濟人。是什麼樣的力量，可以讓慈濟的種子，在中東回教國家逐漸萌芽？那就是——愛。

**約旦**王國位處阿拉伯半島西北部、歷史上有名的文明發源地——肥沃月彎的邊緣，其東鄰雄霸波斯的伊拉克，北接窮兵黷武的敘利亞，南有以石油成巨富的沙烏地阿拉伯，西與以色列接壤，是一個在夾縫中求生存的國家。全國總人口約有四百萬，絕大多數爲阿拉伯人，信奉回教。約旦是中東唯一不產石油的國家，長期的以阿戰爭及全球經濟不景氣的影響，貧窮、高失業率，加上境內將近四十萬的智障、殘障人口，讓這個國家陷入一蹶不振的境地。

一九九七年，印尼慈濟會員林女士隨夫婿（中華民國駐約旦商務辦事處代表）的調職，將慈濟愛的種子帶到這裡來。想在別人的土地上立足已不易，何況是在一個回教國家推展佛教慈濟，更是難上加難了！然而約旦慈濟人仍秉著證嚴法師「取之當地，用之當地」的理念，以每個月約新台幣三萬元的募款，在當地做慈濟濟貧的工作，從個案的提報、初訪了解，到開會確定援助方式，一切比照國內模式。

長年的以阿戰爭造成成千上萬的巴勒斯坦難民不斷湧入約旦，一九九八年初慈濟人開始走入難民營展開關懷，發放米、食用油等生活物資。二〇〇〇年八月並前往阿卡巴難民營醫療中心，與正在當地施行義診的世界醫師聯盟（MDM）配合，發放五十戶巴勒斯坦貧民食品。難民營醫療中心負責人表示，慈濟是第一個前去發放物資的國際慈善團體，更沒想到慈濟人還會對貧戶說「謝謝給予服務的機會。」紅十字會阿卡巴地區負責人則表示，帶著親切笑容的慈濟人自遙遠的地方來，彷彿阿拉派來幫助窮人的使者。

原隸屬於俄羅斯聯邦一員的車臣，一九九四年因獨立建國運動而遭俄羅斯大舉出兵鎮壓，並於一九九九年再次發生戰亂，五十萬難民流離失所；其中有六百多位難民逃到同屬回教國家的約旦。約旦政府雖包容難民前去避難，但並未給予任何支援，僅有當地慈善團體提供些許資助；約旦慈濟人也持續前往關懷，進行發放。雖然有著語言與宗教的差異，但慈濟人親切流露出的笑容與愛，已獲得車臣難民與約旦友人的認同與友誼。

二〇〇三年三月二十日舉世矚目的美伊戰爭開打。二月時，約旦分會負責人陳秋華回花蓮精舍過年，向證嚴法師提起美伊情勢緊張，擔心戰爭開打會有大批難民湧進約旦，因此計畫準備毛毯、帳篷、食物、藥品等物資，以便即時救助難民。證嚴法師對慈濟人如此悲天憫人的付出，十分感動也感恩。戰爭前夕，約旦慈濟人便連夜驅車進入邊界，協助人道救援組織為難民搭建帳篷。想到當地沙塵暴嚴重，加上白天攝氏四十度高溫，晚上又降到零度以下，難民要在此熬受多少苦，陳秋華的心情就沉重不已。他和志工緊急採購了五十多公噸的救濟物品，以因應難民需要；還有台商善心捐贈四千套保暖衣物要給難民。而在台灣，除了緊急空運三百個防毒面具到約旦首都安曼，還有裝滿毛毯、食品罐頭的貨櫃也以海運送往約旦。證嚴法師對掀起戰爭造成生靈塗炭，深表難過，她認為現在唯一能做的，就是推動淨化人心的工作，救世界要先救心，她帶領所有慈濟人、慈濟志業體、慈濟各醫院與學校等，發起「愛灑人間」活動，希望撫慰人心，並祈求世界太平。

約旦慈濟人還定期協助愛心教養院與腦膜炎協會。愛心教養院是德蕾莎修女的愛心教會創辦，專門收容一些被父母遺棄的小孩。據悉，阿拉伯人認為生多少孩子是阿拉的意旨，因此每個家庭平均有七、八個孩子，再加上近親結婚生下智障兒，無力撫養時，只有選擇拋棄。慈濟人固定每兩週去幫忙餵食小孩、陪他們說話或推他們出去曬曬太陽，用愛照拂這些棄兒的心靈。

僅有幾十戶華僑的約旦，如今幾乎百分之九十加入慈濟行列，大家開玩笑地說，約旦是海外華人中慈濟人比例最高的國家。儘管會員們半數以上對慈濟一知半解，卻仍發心投入，所憑藉的只是一顆真誠行善的心。雖然約旦慈濟人謙稱，目前他們所能做的還只是很少、很少，但最重要的是，他們已經影響了每一個與他們交集過的生命。

一九九九年八月十七日凌晨三點，**土耳其**一場短短四十五秒的強震，造成近四萬人死亡、六十多萬人無家可歸。當時正在科索沃視察慈濟與世界醫師聯盟合作醫療方案的四個慈濟人，立即於十九日趕往土耳其勘災；選擇災情慘重的阿牟西拉和伊茲米特，緊急發放六千條毛毯與三千張床墊。隨著時序入冬，慈濟有感於棲身在簡易薄帳篷的災民，如何能夠抵擋攝氏近零度的低溫，因此決定興建三百戶大愛屋。就在興建進行之時，再度發生芮氏規模七點二的強震，慈濟除立即採購五千條毛毯發放，並決定搭建兩百頂大型禦寒帳篷讓災民避寒。大愛屋與大愛帳篷於隔年元月初完工進住。

值得一提的是，證嚴法師表示，雖然慈濟與土耳其人民宗教信仰不同，但只要彼此尊重，就不會產生衝突。因此特在土耳其大愛屋社區的正中心興建回教禮拜堂，方便居民一日五次的回教禮拜儀式。參與大愛屋工程的土耳其人說，他們原本不敢奢求興建禮拜堂，沒想到慈濟人主動提出，讓他們感到備受尊重。

此次賑災有賴當地台商、海峽兩岸留學生及土耳其志工的協助，為延續這分善行，在二〇〇〇年元月十五日成立「慈濟土耳其聯絡點」，推動慈善工作。這是慈濟遍布海外諸國中第一百零九個聯絡點。特別是華人留學生不僅省下打工的錢，每月捐兩美元作為濟貧基金，同時也邀約中亞、印尼等同學一起參與發放活動。許多巴基斯坦商人及土耳其居民，即是因此加入慈濟志工行列。

二〇〇三年十二月二十六日凌晨，**伊朗**南部古城巴姆（Bam）發生芮氏規模六點六的強烈地震，頓時這個戰亂頻仍的中東國家又蒙上一層苦難的陰影。慈濟緊急勘災賑災小組包括醫師、護士、志工等十多人，趕在七十二小時的黃金救援時間內，分別從台灣、約旦與土耳其趕抵重災區，發放物資並提供醫療服務。

伊朗國營電視台報導，大約一萬名學童和一千三百名老師死於該場地震，約六千名兒童成了孤兒。慈濟伊朗勘災小組在災區投入醫療發放等救援外，也深入了解可以著力協助重建的部分。證嚴法師依勘察結果，決定「教育不能等」，優先援建組合教室；此外，也發放八萬人三個月的米糧，計兩千五百噸。伊朗終身教育家阿曼諾拉，感動於證嚴法師的關心教育，表示願意動員以往教育局長任內的人脈，配合慈濟重建學校。

## 非洲

「普天之下，沒有我不愛的人；普天之下，沒有我不能相信的人；普天之下，沒有我不能原諒的人。」這首「普天三無」的曲子，在慈濟世界裡不斷的被傳誦著……即便是遙遠的非洲，慈濟人也要立志伸手拔苦。

飽受飢荒與戰亂之苦的**衣索比亞**難民，慈濟基金會一直想盡各種方法、透過各種管道，想要救援。終於在一九九三年元月十五日，慈濟與法國世界醫師聯盟（MDM），在靜思精舍簽訂了一項合作方案——緊急援輸非洲衣索比亞難民的醫療衛生救助。

這項「衣索比亞醫療援助方案」，從一九九三年元月起，至一九九六年元月止，爲期三年，以慈濟提供專款，MDM提供人力，針對衣國遭受旱災與戰爭影響最嚴重的北秀省曼斯基斯縣，重建基本的醫療與衛生設備。參與這項工作的慈濟人員眞是備極艱辛，翻山越嶺、馬不停蹄的穿梭在懸崖峭壁間，有時根本沒有道路，加上天雨路滑，濃霧遮天，險象環生。甚至時常無法沐浴更衣，還得飽受蚊蟲刺螫之苦……但是他們卻毫無抱怨，只因爲受到證嚴法師的感召與愛心的驅使，只有付出、不求回報。

這項計畫深獲衣索比亞政府肯定，也被MDM評爲最成功，它使得三十多萬人獲得基本醫療服務，衣國人口死亡率不斷下降。爲訓練、提升當地醫療和管理人員的素質，以便在日後能獨立負起照護同胞的責任，計畫中特別針對當地醫護及相關工作人員三百多人，開設了一系列的醫療訓練課程。該計畫結束時，還將所有的醫療設施都交給當地醫護人員自行管理。此外，在十個村落與醫療站附近設置的十四個集水站，提供居民乾淨的飲水，疾病感染的機會已大幅減少。一九九八年十月慈濟基金會再度與MDM在花蓮慈濟醫院簽訂資助衣索匹亞岱柏罕鎮公立醫院的擴建和改善計畫，該院已有五十七年的歷史。工程歷時二年，趕在六月雨季來臨前，於二〇〇〇年五月底完工，造福當地一百八十多萬居民的健康。

天災造成的傷害固然可怕；人禍，尤其是無情的戰火，帶給人們的毀傷更是悽慘。自從非洲中部**盧安達**戰事爆發後，慈濟即密切注意並聯繫各種可行的救援管道。根據以往賑災的經驗，慈濟基金會非常了解「確實把資源直接送到難民手中」的重要性，經過仔細的評估之後，決定選擇曾經合作過且成效良好的MDM，再度攜手，而於一九九四年七月展開了對盧安達第一波的救援行動。

醫師聯盟根據此次救援行動的專業需要，透過平常建立的電腦人才儲備網路，點名徵召二十三位醫護人員，這些義工一接獲通知，立即放下手邊工作待命出發；在得到證嚴法師同意合作的訊息後，隔天醫師聯盟便已完成動員人力、採購物資和租用專機的工作；所需用的霍亂疫苗、醫療箱、餅乾、帳篷、行軍床等物資，都是以批發價向廠商採購，而且所有貨品都是廠商自行直接運至機場，省下了大筆倉儲、運輸費用。而慈濟基金會方面，則動員台灣、英國和南非的人力，共同投入救援方案，對難民提供直接的醫療和糧食援助。

他們從薩伊邊境哥馬城到首都吉佳利的難民回鄉道上，沿路設置了三處醫療站，對難民提供廿四小時全天無休的醫療救援。這三處醫療站每處都有一位醫師、五位醫護人員和一位後勤補給員，除了爲難民治病外，同時還對威脅盧安達最嚴重的霍亂，進行防疫工作。在慈濟醫療救濟站的起點，也同時有西班牙和英國所設置的醫療站，但是以慈濟醫療站的醫護人員及設備最具規模，因此也負起了最重要的醫療任務。

慈濟並在盧安達的首都設置了一個指揮所，統籌、協調調整救援行動；另外，英國聯絡處的慈濟人亦在歐洲進行物資整補工作，南非地區的慈濟委員則前往肯亞採購大批糧食，直接由肯亞運抵盧安達。接著又協助難民們返回盧安達重建家園，因爲如果不及時回鄉播種，往後他們還是要面臨挨餓的命運，這麼做要比建立難民營來得有意義得多。

西方人投入人道救援早已是十分普遍的事，而東方人在以往倒是很少參與。此次對盧安達的援助行動中，慈濟是第一個到達的亞洲團體，看到東方臉孔在難民營中參與救援，使得原本以犀牛角事件責怪台灣的老外也豎起了大拇指。慈濟的大愛，融化了國界及種族的隔閡，同時也爲國家作了很好的國民外交。

地處南半球的**南非**，是非洲物產豐饒的國家，享有「彩虹國度」的美譽，然而，不同種族間的隔閡與衝突，造成社會長期動盪，貧富差距懸殊，社會問題嚴重。一九九二年一月，幾位有心人發起成立慈濟南非聯絡處，隨著家庭茶會的逐漸延伸，而今熱心參與的僑界人士已愈來愈多，在當地落實慈善關懷的層面也因此拓展開來。

一九九二年，南非政局動盪時，慈濟人在裝甲車的保衛下，開始了第一波的援貧計畫；南非聯絡處的工作，不只是提供對黑人部落殘障孤兒及老人院的援助，自一九九四年的大選後，產生了黑人主導的政府，種族隔離制度已成歷史，白人也逐漸捲入高失業率的漩渦之中，因此在慈濟的濟貧發放中，白人亦不在少數。

一九九六年七月，南非雷地史密斯飄下了三十幾年來的第一場大雪，慈濟人憫念窮困的失業人口更難度過嚴冬，而至當地發放食品及冬衣，老弱者另加發一條毛毯。發放對象包括黑、白人種。

慈濟人曾在一九九三年九月會同南非當地慈善團體 ANC 及婦女聯盟，前往約堡近郊戰亂不斷、烽火頻仍的部落，進行糧食和食物的發放，這種不畏不懼的胸懷及誠正信實的態度，令 ANC 與婦女聯盟印象極為深刻，當地媒體更是十分重視，不斷報導此項行動，這對提升南非華人形象更有舉足輕重的影響。

儘管南非與中華民國已在一九九七年底斷交，但南非的慈濟人仍然本著「大愛無垠」的精神，隨緣盡力的援助貧困的南非人民。慈濟人深深了解，對南非人民除了固定的援助之外，教導他們生存技能，才能根本解決生活問題，所以開辦了職訓班，並協助祖魯族婦女自力更生；多年來，職訓班由三個增加到五百二十四個，接受過職訓的人數至少有一萬四千，他們不僅學得一技之長，改善了生計，更有四百人成為社區志工，投入愛滋關懷和防治行列。只見身穿「藍天白雲」服裝的祖魯族婦女，和慈濟志工一起深入部落，服務貧病無依的同胞。

南非雖然地大、資源豐富，但是由於水源不足，鄉下人必須走五到十公里的路去取水，鑑於此，一口口的慈濟水井，陸續在這片金色大陸上開挖。

種族隔離造成了南非教育資源分布不均的現象。雖然該國政府於一九九五年開始，提倡黑白人種平均教育，但是黑人學校卻只是由泥土、樹枝敷設而成，只要一陣大風雨，教室就得重新修理，而一間三坪大的教室，擠上七八十個學生，也是常有的事。有時候，連教室都沒有，一群六到十歲的孩子，必須在攝氏零度的寒冬、或三十五度的烈夏，加上偶爾出現的風雨中讀書。這種情形看在當地慈濟人的眼裡真是心疼，儘管經費極少，但依然設法克服困難，在一九九七年於屋谷沙凱完成了第一所慈濟小學。

在學校落成慶祝會上，從市長、教育部督察、師生到家長，上千人載歌載舞，一片歡欣。至二〇〇一年四月底，該校學生人數從四年前的兩百三十四位成長了四倍。屋谷沙凱小學展現了慈濟人的辦事效率和真心助人的心，接下來三年，陸續又有四所黑人小學請求慈濟協助興建校舍；而基於自助人助的精神，這幾所學校的建材費均由校方籌募，慈濟負擔所有營造經費。校舍的陸續完工，造福了這些黑人孩子的學習，而他們學會的第一句中文就是「阿彌陀佛」。

除了硬體建設外，慈濟人也把「靜思語」教學帶進生活教育中，由慈濟南非雷地史密斯聯絡點負責人林天進，委託自家工廠一位印度籍女士Neerupa，到台灣蒐集「靜思語」教學資料。從一九九八年起，她固定每一至兩個月到這五所慈濟小學進行「靜思語」教學，成效不錯，不僅培養了社會幼苗，也建立了與當地社會資源結合的典範。

二〇〇〇年二月，非洲東南部豪雨成災，超過百萬人無家可歸；其中南非北部北省與馬普蘭卡兩省就有超過十萬災民，對外交通中斷，被南非官方認定為五十年來最嚴重的水災；南非慈濟人因交通惡劣，勘災困難，選擇以約堡附近災區為援助重點，由政府提供土地，慈濟募款為亞歷山大黑人貧民區的三百多位災民興建六十四棟組合屋。這也是南非第一所慈濟村。一戶戶帶給災民希望與寄託的大愛屋，在社區的中心地帶並設有大眾交誼場所，亦作為教導婦女縫紉、烘焙糕點的教室，婦女可藉以賺取生活費用。在南非慈濟志工的關懷下，災民就此展開了新生活。

素有「天空王國」之稱的**賴索托**，因為地形多峭壁懸崖，全國三分之二的人口只能聚集在西部寬三十二至四十八公里較為肥沃的狹長地帶。在這有限的耕地上，蔬菜等作物的產量一向不足以供應全國人口的需要，因此畜牧，特別是放養綿羊和山羊，成了賴索托人民養家活口的希望。捨台灣天堂而千里跋涉至賴索托的台商，築夢中有著許多鮮為人知的酸楚。但自一九九五年十月慈濟賴索托聯絡處成立後，台商有了最大的精神支柱。

賴索托慈濟人除定期照顧孤兒院與殘障中心外，並汲取南非慈濟人的經驗，開辦職訓班。由台商們出資協助，在馬塞魯貧區設立了十五個職業訓練所，並捐贈縫紉機、布匹，幫助窮困學員習得一技之長，以改善貧困問題。

當地慈濟人說：「賴索托是相當貧困的地方。慈濟工作做不完，由於財力有限，只能盡量做了。」雖然，一九九八年的暴動仍是台商心中揮不去的陰影，但投入慈濟，卻讓許多人感覺踏實多了。

一九九六年初，慈濟與 MDM 所有合作計畫皆告一段落。年底，雙方再度攜手合作，對**象牙海岸**街童展開爲期三年的援助計畫。位於西非的象牙海岸因經濟問題，大量兒童湧入該國第一大城兼政經中心阿比尚，造成嚴重的社會問題。慈濟贊助 MDM 五十九萬多美元，由 MDM 於當地成立兒童之家，收容六至十五歲的流浪兒童，這是人數最多、最需要照顧的階段，因此，該方案共分七項主要工作：一是街童輔導；二是設立收容兼傾聽中心，傾聽兒童的心聲；三是成立兒童健康中心；四是設立收容之家，每家收容十至十二名街童，輔導爸媽不只在做人及學業上輔導教育他們，每個街童同時被分配整理家務，以培養其責任感與家庭觀；五是成立流浪兒協會；六是開設培訓課程，加強社工人員關懷技巧及注意事項；七是結合相關機構共同合作。方案的最終目的是希望他們將來能夠自力更生，過著正常的生活。

以上僅係慈濟在海外散播「愛」的種子、結下善緣的些微概況。證嚴法師表示：「國際賑災不光是物質的救援，還有精神文化的傳達和愛人的感召。」自從慈濟援助南非後，當地人看到台灣人就會說：「感謝你們來幫助我們。」有些台灣人方才知道原來是拜慈濟對當地的援助之賜，而使台灣人備受敬重。證嚴法師說：「這就是愛！」儘管台灣的經濟成長快速，但在國際間的形象並不好，可見有錢與形象無關，眞正好的形象是愛，是高尚的文化；如今，慈濟人無所求的付出精神，已使國際友人對台灣產生良好觀感。

很多國家都有慈濟人，只要一遭遇苦難，當地的慈濟人便會馬上伸出援手，這就是愛心；而這分愛人的起點，來自台灣，因爲台灣是慈濟的發祥地。只要每個人獻出一點點的愛心，滴水亦能成河。但海外慈濟人的濟貧款項，並非從台灣撥款過去，而都是取之於當地，用之於當地，除了當地慈濟人外，也會向當地企業家和華人籌募款項及物資，援助當地災民，台灣慈濟人只是帶著賑災的經驗和豐富的愛心去幫助當地慈濟人。

證嚴法師在述及國際賑災的意義時表示：「台灣是福地，因爲有很多知福、惜福並眞正努力用心造福的人；能幫助別人的人，就是有福的人。所謂『落地皆兄弟，何必骨肉親』，所有人生活在地球上，雖有膚色、語言等的不同，但每個人的生命都是寶貴的。台灣早年在經濟困窘時，亦曾接受外援度過難關；如今生活富裕，我們何不把愛擴大，除了幫助本地困苦的人，也付出力量協助其他貧困國家。如果台灣無心或無力幫助其他國家，這豈不是台灣的悲哀嗎？」其實慈濟的國際賑災，最主要是在鼓勵全球慈濟人，無論住在哪個國家，都要負起當地的慈善工作，善盡地球村公民的責任。

慈濟的國際救援行動不僅開拓了慈善、醫療、教育、文化四大志業的範疇，同時也豐富了四大志業更深層的內涵與意義。尤其慈濟人在文化方面所展現出來的人道關懷精神，更是受到國際社會的肯定。美國眾議員羅巴克（Dana Rohrabacher）一九九八年在聯邦眾議院中以慈濟國際救災和義診爲例，肯定台灣人民對國際社會的關心，呼籲讓台灣加入世界衛生組織（WHO），而獲得同僚一致投票通過。外交部特別致函慈濟，感謝慈濟人道救援對我國外交工作的幫助。

# 第七章 愛心登陸彼岸

慈濟發揮同胞愛，因而讓大愛的種子於大陸發芽、結果，搭起了兩岸之間溫情交流的心橋……

慈濟全球的賑濟工作持續進行、永不停歇，正如證嚴法師所說：「慈濟人永遠不休息，北半球的太陽下山了，南半球的太陽又升起，在地球的每一個角落，永遠都有慈濟人的腳步，不停的往前邁進。」

「不為自身求安樂，但願眾生得離苦」，證嚴法師率領著慈濟人從一步一腳印，一履一足跡的穩健步伐中，逐漸開拓出一條光明的菩薩道；不僅在國內得到廣大民心的認同，同時更將慈濟「愛」的種子帶到海外，給予憂勞煩苦的世人一分光明的希望與溫暖；而對彼岸神州的大陸同胞，例如華中、華南地區遭遇世紀大澇害時，更是義不容辭的即刻投入大陸災區賑濟，為兩岸搭起大愛的心橋，打開彼此溫情交流的途徑。

繼一九九一年夏季，大陸華中華東地區遭遇世紀大澇害之後，**湖南**民眾又在一九九三年七月遭受近四十年來最嚴重的水患。災民達四千一百多萬人，特別是因地瘠民貧、大陸當局都列為國家級貧困地區的湘西地區苗族及土家族處境最為悽慘。湖南紅十字會透過管道，聯絡慈濟基金會希望能給予援助，慈濟毫不考慮的一口答應，即刻一肩挑起了這個重任。

慈濟基金會派員三次前往當地勘察評估後，於十二月首度派出了第一梯次湖南賑災團，翌年一月，賑災團團員再度分赴山區永順縣的龍寨、毛壩等五個鄉鎮，以及桑植縣汨湖、竹葉坪等九個鄉鎮，在冰天雪地中展開發放大米、棉被、棉襖、棉褲、衛生衣等工作。看到災民們一張張笑臉，慈濟人更是滿心歡喜，所有的辛苦和大願都融入了法喜之中，「縱使是在山之巔，我們也要把這些賑災物資送到災民的手中。」

慈濟基金會原想在長沙市找一家廠商下單製作賑災的十七萬套棉衣、棉被，但因得在一個月內趕出來，數量龐大，利潤又低，所以長沙沒有一家廠商願意接單，於是慈濟基金會只好打電話給全椒縣政府，問問他們可願意及有能力接下訂單。

全椒縣民一聽到這個消息，都認爲「報答慈濟的時候到了！」兩年前因慈濟人的大力援助，全椒縣才得以迅速重建家園，如今慈濟人又大老遠的要去救助湘西的災民，全椒縣當然也要對自己的同胞盡一分心力，「慈濟需要幫忙，我們一定義不容辭！」他們以極低的價格，承接了棉衣的製作，而長沙的一家廠商也接下了棉被的訂單。全椒縣的縣民憑著對慈濟的「感恩之心」與對災民的「愛心」和必定如期完工的「決心」，終於與承製棉被的長沙被服廠，都及時的趕出了貨。

爲趕製這批棉衣，全椒縣動員了近千架機器及約一千五百名人力。承製的服裝廠廠長說，這批衣物用料之多、趕工時間之緊迫及品質、時效控制之嚴格，都是該廠成立以來前所未有的；但是在慈濟人員的統籌下，物料的籌集、管理及行政組織之分工、協調規畫和整體生產的掌握等，都有相當專業且細密的安排，最後交貨日期竟還提前了一天，眞是破了他們的紀錄；因此他們認爲，此次任務雖然艱苦，但是收穫更多。

其實不只是全椒縣懂得布施愛心，慈濟在赤溪賑災時，當地有戶四口人家發生了火災，村民亦發揮慈濟精神，紛紛將上個月領到的衣物及大米捐出，幫助這戶人家度過難關。看到這愛心的回饋，慈濟人覺得相當的欣慰。

此次賑災，不僅當初趕製棉衣艱難，運送時更可說是大夥聯手對抗大自然，險象環生。湘西災區地處偏遠落後、地質鬆脆的石灰岩山區，在滾滾洪流肆虐後，許多地帶都是路毀橋斷、路基流失，已有半年不通車了，慈濟義工及當地民眾合力造橋修路，才使運送物質的大卡車及賑災團得以進入山區，如期順利的將台灣同胞的愛心送到偏遠的大陸山區。

參與這次賑災發放的團員，大部分是慈濟的志工，他們都是自行負擔全程旅費，並犧牲在服務單位的年休假，帶著全台灣同胞及海內外慈濟人的愛心，不辭辛勞地前往天寒地凍的災區進行發放工作。這不僅需要耗費大量的體力，同時也必須要能適應當地嚴寒的氣候，慈濟精神的確令人感動。團員們表示，這次賑災工作不是單純的冬令發放，而是救命的工作，所以即使是再艱難、再危險，也一定要完成它。雖說大陸嚴寒的天氣，絕非台灣居民所能忍受，但想到那些湖南水患的同胞們，正在寒冬中沒有足夠的糧食吃，沒有衣服裹身保暖，不管任務再怎麼辛苦，大家仍是「甘願做，歡喜受。」

在台北分會大廳，掛著全椒縣送的刻有「慧海慈航」的大匾額前，證嚴法師仔細聆聽會員的報告，隨著他們的情緒時而欣慰微笑、時而感動流淚。她說：「你們每位的感受、所見所聞，我深深感動著……」

其中一位慈誠隊員說，三十多年來，他從不流淚，「但此次到大陸看到災區的重建、大陸同胞那麼真摯的歡迎、感謝慈濟人，我一邊想他們受災之苦，一邊看當今災區重建的喜悅，真是又悲又喜，我流淚了！」另有一位慈濟委員說：「我們在興化市成立了唯一的一所聾啞學校，可是當初慈濟提供的一百多萬人民幣不夠，當地民眾受到慈濟精神的感召，熱烈響應捐款，又湊足了三四十萬元，他們將慈濟『無緣大慈、同體大悲』的精神完全發揮出來了！我深深覺得慈濟精神的愛、無私、美和感恩，更一步一腳印的落實、生根在大陸的土地上。」

現在接受賑災的地方，有了慈濟村、慈濟中小學，有的學校將證嚴法師出版的《靜思語》寫在黑板上，老師、學生都紛紛寫信給慈濟團員，表示衷心的感激，慈濟人每到一處，皆會受到列隊歡迎、高呼。慈濟對大陸不光是提供同胞硬體需求、重建家園、改善環境等，同時更藉著興建學校及軟體的帶動，希望從扎根的教育做起，以提升大陸同胞的教育水準，進而改善他們的生活品質；因爲慈濟深切的了解到：「當地人都很有文化，但仍欠缺文明，相信定可逐漸隨經濟及外力協助而得以改善。」

水患無情，慈濟有愛。一九九二年元月，當國際間所有救援行動都已冷卻之時，慈濟人惦念著災民單薄的衣裳，不惜冒風雪酷寒，迢迢爲三省四縣六萬多位災民送去溫暖。接著在一九九三年中秋節前夕，慈濟大陸訪問團一行六十一人，迎著秋風秋雨，前去**江蘇**興化、**安徽**全椒探望慈濟管轄和大墅敬老院的老人家，傳達台灣同胞對他們的關愛之情；而透過兩岸的共同努力，一批以「慈濟」命名的不朽工程，已在全椒災區落成啓用，此舉不但解決了災民重建家園的願望，同時也使全椒災後工農業的生產得以恢復和發展。全椒縣人民及政府爲感謝慈濟基金會的及時伸出援手，特把縣內的台胞招待所改名爲「蓮花賓館」——蓮花是慈濟的會徽，也是花蓮縣的縣花。

慈濟隨後並在一九九三年十月間，支助醫療費用，讓全椒縣一位罹患先天性心臟病的女子，得以順利完成開心手術；這是慈濟第一次濟助大陸人民的醫療個案。

慈濟人憑著一分無所求的眞愛，使得大陸災民對他們由惴懼到信任，由陌生到熟稔，由客套到親切，彼此間築起濃密的兩岸情、同胞愛。這份祥和的交融，皆在有形、無形的互動中彰顯出來。在全椒十四個慈濟村及興化十五個點中，那一張張樸拙的臉龐，寫滿了風霜歲月的艱辛，村民們誠摯的說：「從知道你們要來，我就高興的等著、盼著。」「住在你們蓋的房子裡，常常會想起你們。」這對慈濟人來說，眞是最大的安慰。同時意味著證嚴法師當年力排眾議，堅持「一粒米中藏日月，半升鍋裡煮山河」的賑濟理念，確係先知卓見。

一九九六年對慈濟大陸賑災而言，是艱鉅的一年。兩岸政治因素的紛擾，賑災地點的艱難險阻，對慈濟來說都是新的挑戰；但是，慈濟人仍排除萬難，持續對大陸遭受震災、雪災、水患、風災的同胞進行援助。

一九九五年底起，百年難見的暴風雪，斬斷了逐水草而居的**青海**子民生路。冰封大地，寸草不生，玉樹藏族自治州居民不得已，只好把自己吃的東西拿去餵養牲畜，未料還是抵擋不住嚴冬的低溫，牲畜紛紛暴斃，連一線生機都斷滅了。慈濟人克服高原缺氧的困難，立刻組成賑災團，於一九九六年四月底抵達青海發放濟災。

一九九六年二月，**雲南**省發生高達芮氏規模七的強烈地震，同位於環太平洋地震帶的台灣同胞感受尤深。短短幾天，慈濟人分頭由安徽、湖南調度三千件棉被、七千件棉衣緊急運抵該地，讓尚處在餘震驚恐中、不知棲身何處、倉皇失措的災胞們感受到一絲溫暖。

賑災因緣就像一座橋，讓台灣同胞的愛，可以跨越至彼岸，去締結這分清淨無染的愛。在發放現場，不時可見當地領導或公安人員幫忙災民搬運大米到小推車上，或是協助災民把大米安安穩穩扛在背上，就是最好的證明。大陸中國新聞社郭瑞社長在一九九五年來台灣參訪慈濟靜思精舍時表示：「你們不僅是帶給了糧食、種子、衣服，而且也把台灣同胞的感情深深埋在我們人民的心裡；同時也溝通了海峽兩岸人民間的感情和心靈。」慈濟在大陸的各項活動，已受到中共官方與媒體的肯定與重視。當兩岸政治人物爭論以何種方式完成兩岸和平共存時，大愛應是最好的途徑；且佛教精神就是「無緣大慈，同體大悲」，平等對待一切眾生。仇恨無法化解仇恨，對於兩岸間的隔閡，唯有用愛來造橋鋪路，才能增進彼此的了解，進而和樂共處。

一九九八年七月，長江發生特大洪水，連續洪峰直逼中下游省分，鄱陽湖、洞庭湖水位暴漲，擋不住的潰堤及強行破堤分洪，導致**江西**、**湖北**和湖南三省災情慘重，住屋及田地被沖毀，災民苦於缺乏維生最基本的糧食、居住及保暖，災後重建工作備感艱辛。災民面對被大水泡了二十幾天的家園及一波波來襲的洪峰，實在苦不堪言，焦急萬分。當地的情況，據一位兩度前往勘災的慈濟委員形容，眞是「慘不忍睹」。當地官員說，現有糧食尚可撐過九月，但最大的問題是七月該收割的早稻全泡湯了，同時八月中該播種的晚稻亦沒了指望，長江流域原本是魚米之鄉，但現在卻很可能要面對整整一年的糧荒了。另外，福建省亦因地區性暴雨成災，造成房屋倒塌高達五十多萬間，還有八十二萬餘戶的毀屋，其中有些村落因家園太過低濕，再加上災況慘重而必須遷村。由於災區太廣，災民僅能靠政府微薄的補助，並四處向外地親友求救過活。至於重建家園，眼看嚴冬的腳步逼近，實不敢想像。

基於宗教的人道關懷，慈濟秉持「重點、直接」的原則，於數次勘災後，擇定以上四省內的八個縣市重災區，發放棉衣、棉被及大米等急需品，總計有四萬七千戶受惠；雖然對於大陸二億多受災人口來說，慈濟所馳援的物資可謂不過九牛一毛，但卻是及時的救命衣糧，「物資有限，愛心無限，雖力量微薄，唯隨分盡力而已。」這一直是慈濟人行善的信念。災難，對外地而言，可能只是一則新聞罷了，但對切身的災民而言，卻是「吃什麼？住哪裡？穿什麼？」的憂愁；隨著時間的沖淡，大陸各省的重大水患災情早已在報端絕跡，而慈濟基金會針對**福建**、江西、湖南、湖北四省重災區，賑濟大米、棉衣、棉被的工作，卻是自九月底延續至隔年二月方進入尾聲。

不過由於兩岸敏感的政治環境讓許多人對慈濟到大陸賑災，提出種種質疑。因此慈濟曾引以爲傲的大陸賑災，在這次大陸水患卻格外的低調。在海外的慈濟分會除有美國、日本、澳洲等地慈濟人走上街頭，以人道關懷向大眾募捐外，大馬和菲律賓的慈濟人也紛紛賣月餅，爲大陸災民盡力募款，但在慈濟發祥地的台灣，這次卻只能低調的在慈濟人之間勸募，因爲外界有不同的聲音，尤其面對捐款人的質疑，更是備感壓力，不少慈濟人心疼證嚴法師的委屈而掉淚。

對於外界「中共都把這些捐款拿去買大炮打台灣」的說法，慈濟委員王女士解釋：其實，慈濟的賑災原則是「直接、重點、尊重、務實、及時」，不是把錢捐給當地政府，而是慈濟賑災團自行籌措經費，到災區直接親手將賑災物資交給災民；同時，賑災援輸大陸的救災物資都是全部免稅，可說是分毫都用在災民的身上，絕無遺漏。實際參與這次勘災的慈濟基金會副總執行長王端正表示，慈濟賑災的過程相當嚴謹，必須經過數次勘災行動，了解災區實際狀況及災民的實際需求，然後決定救災規畫，同時在決定賑災計畫之前，還會與災區有關部門密切連繫。王副總執行長認爲，慈濟是一個慈善機構、一個宗教社團，慈濟的精神一向是肯定人性、發揚人間大愛的精神。他相當感慨的說：「那些受災的百姓何辜！」

反對者則認爲台灣還有許多需要幫助的人，而且覺得大陸對台灣仍有敵意，認爲大陸賑災與「資匪」無異。對於這些質疑，證嚴法師解釋說，其實慈濟對國內的救濟工作，三十幾年如一日，未曾間斷；一直以來，只要是哪一個家庭、哪一個人需要幫助，慈濟人就會立刻伸出援手，除非慈濟沒有看到、沒有聽到；只要是慈濟知道，就一定會跑到最前面，一定做到。對於近來有部分人士質問慈濟爲什麼去救濟大陸，她感到很矛盾：「怎麼會有人認爲大陸是我們的敵人呢？慈濟是一個宗教團體，一直秉持著尊重生命的原則。大陸人民遭遇天災，慈濟伸出援手，這應是理所當然的呀！」

證嚴法師有感而發的說，台灣受到豪雨影響淹水，才一兩天，居民就受不了，何況大陸淹水達兩三月之久，大家將心比心，怎能不救呢？對於少數人的反對行爲，她眞的很無奈。想到災民的苦況，證嚴法師幾度哽咽：「眾生在苦難中，我能忍心不救嗎？不論壓力有多大、不論阻力有多大，我們還是要趕快救拔眾生之苦！」她不禁感嘆，慈濟是宗教團體，無論在哪裡賑災，不過是基於宗教「尊重生命」的理念；對於慈濟人在海外可以理直氣壯的爲大陸募款，可是在慈濟發跡的台灣，卻不受到理解，令她很難過：「慈濟的使命是什麼，大家應該要很清楚，我們只不過是用心去做我們該做的事；慈濟的目標是慈悲喜捨，所謂『無緣大慈、同體大悲』，只要我們手伸得到、腳走得到，就不能錯失救渡的因緣，必定要盡心盡力完成救拔眾生苦的使命。」所以面對部分反對者聲音時，證嚴法師指示，既要尊重反對者的看法，但是亦要尊重愛心奉獻者的希望，當有心人士紛紛捐出善款，指定要救濟大陸時，慈濟沒有理由不做，她堅持救苦救難是宗教家的使命。就是憑著這分大愛的堅持，使得慈濟的「大陸賑災」持續進行，永不停歇。

二〇〇〇年冬季，**內蒙古**自治區連續遭逢暴風雪及沙塵暴等天災襲擊，造成牲畜大量死亡，再加上雪災前的乾旱與蝗災、長年超量放牧後所導致的草場沙化，致使牧民無法從事放牧，生計受到嚴重衝擊。而次年持續的旱象，更是使得「蘇尼特右旗」草原宛如荒漠，牧民皆面臨缺糧的危機。於是，慈善足跡走過大陸十六個省分與自治區的慈濟人，立刻長途跋涉兩度前往勘災後，於二〇〇一年六月下旬針對災情特別嚴重的十個鄉進行援助，發給四千多戶、一萬兩千多位牧民三個月份的麵粉及食用油，以緩解天災後的缺糧危機；並於二個月後，再度發放三個月的存糧。彼此儘管語言不通，但關懷的笑容可化解隔閡，正如慈濟基金會副總執行長王端正於發放現場致辭時所言：「有愛，天涯可變咫尺。」證嚴法師表示，慈濟大陸賑災是散播合心、互愛、協力、互信的種子，讓人們在貧窮與天災中站起來。「唯有用愛鋪路、以愛搭橋，大陸才能平安幸福。」證嚴法師說，人生最最可悲的是沒有工作做，或是想做而不能做；又何況是為眾人福祉而努力，更是福中之福。

對於慈濟從事大陸賑災，遭受部分人士反對甚至謾罵，證嚴法師難免感慨重重：「做慈濟事，有時實在很辛苦啊！我既憐惜那些人，眞希望他們能了解超越政治糾紛的大愛，才是和平之希望，同時也為自己感嘆，我必須自我安慰，就因生在這樣的時代，所以才需要承受時代的艱難。」她說：「身為出家人，不在深山叢林間清閒一生，卻投入滾滾紅塵，看盡眾生聲色，面對許多有形、無形的壓力，有時不免覺得自己眞是何苦來哉。但是，天下蒼生多災多難，我能放得下心嗎？以前未做慈濟時，可以眼不見為淨，但現在腳步已踏出去了，就由不得我忍心不管了！我們的祖先來自大陸，台灣人與大陸百姓是同文同種的同胞，這血脈相連之情是無論如何都割捨不斷的；如今大陸災民就在海峽對岸亟待援助，這種伸手可及的救難行為，為何不去做？佛陀雖是印度人，但他要救的是普天下所有眾生；我們是佛弟子，怎可不學習佛陀的大愛精神？」證嚴法師一再強調，慈濟的目標是「淨化人心」；人心淨化，才能永保天下無災難。她希望大家能去除所有怨恨及仇視的心態，唯有去除這些不清淨的心念，才能徹底發揮清淨的愛。證嚴法師寓意深長的表示，社會需要大家發揮愛心、廣結善緣，才能夠「自造福田，自得福緣」！

兩岸之間有太多的歷史情結，是政治將兩邊人民的關係複雜化；證嚴法師希望用愛鋪路，用愛造橋，乃是以一個宗教家的情懷，希望人類和平共處，完全沒有政治的雜質，所以外界的反應，似乎顯得「有些多慮了」。四十年來，慈濟奉獻愛心，已然聲名遠播，愛心本無國界，更何況是僅一水之隔、同文同種的同胞呢？單純的賑災，原本不應受到泛政治化的污染，更遑論「資匪通敵」這麼大的帽子。一直以來，國人看到慈濟就看到愛，看到證嚴法師就看到人性的光輝，基於此一認識，對慈濟的大陸賑災，還有什麼好苛責的？德蕾莎修女不也與全世界的窮人爲伍，在宗教家的心國裡，難道還會存在任何種族、任何意義形態的藩籬嗎？生命，沒有國界也沒有仇恨，任何個體都擁有等值的尊嚴。天災、人禍，這些都是人類共同的悲哀，我們何不拋棄狹隘的政治觀，以生命及宗教家的宏觀爲出發點呢？若能如此，相信就不會再有人質疑證嚴法師的宗教使命了，其實，她也只不過是想辦法多救一條命罷了！

證嚴法師提到，做大陸賑災，除了「不忍眾生苦」的宗教情懷外，同時也是希望能藉此增進兩岸人民的互信與互愛：「愛的力量能夠相互感染，唯有人心充盈大愛、充滿感恩，才能爲世界帶來和平希望。」慈濟秉持「慈、悲、喜、捨」四無量心聞聲救苦，儘管大陸賑災這份愛的工作困難重重，但他們有信心、有耐心及耐力，不畏艱苦，甘願跋山涉水親送關懷；即使有人質疑、反對，他們卻不會因此灰心。行菩薩道，布施容易，忍辱難；能捨又能忍受別人批評，更是難能可貴！

德蕾莎修女位於印度加爾各答的「希舒．巴滿」兒童之家的牆上，鐫刻了這麼一段話：「人們確實需要幫助。然而如果你幫助他們，卻可能遭到攻擊；不管怎樣，總是要幫助……」兩岸關係學者李教授表示，他曾到過安徽，那裡的百姓至今對慈濟仍是相當懷念感恩，他們的感謝也許對兩岸關係不具立竿見影的效果，但他認爲慈濟的大陸賑災，卻建立了台灣人的新形象，爲台灣種下福田。由於慈濟大陸賑災不含政治目的，無形中卻增長了兩岸的良性發展與安定。儘管兩岸政治形勢目前仍處於低迷狀態，而慈濟對大陸災民的關懷，正是展現慈濟向來堅持的「大愛」宗旨，這不僅是種宗教關懷、對生命的尊重，同是超越國界、種族，甚至政治意識形態，是人類無私的「悲天憫人」胸懷。

第八章

# 國內賑災愛心動起來

平時其他國家有難時，慈濟總盡力地主動援助，如今看見了愛的回饋；當台灣面臨重大災難時，也讓大家看到了國際的援助與關懷……

台灣及全球慈濟人在證嚴法師的引領下，做過許多國際賑災工作，在從事賑災的同時，他們也都一致發願：「祈願台灣的愛心能夠永遠的傳播出去；更願台灣的人民永遠都只做救人的人，而不要變成被救的人。」大家謹記法師的開示：「世間無常、國土危脆，唯有啓發彼此的愛心，才能化解大災難。」因此，所有的慈濟人更加地盡心做、歡喜做！

當一九九九年八月中旬，土耳其一連發生數起令人顫慄的強震之後，證嚴法師就不斷發出「居安思危」的警訊，並發起「台灣愛心動起來」的活動，希望藉此喚起社會大眾對震災的高度警覺。當慈濟推動「馳援土耳其，情牽苦難人」募款活動時，有人質疑地說：「土耳其在哪裡？我看不到！爲什麼台灣不救，要救土耳其？」聽到這樣的話，證嚴法師的心一陣刺痛：「爲什麼大家都希望救台灣呢？其實被救是不得已、是很悲痛的！」沒想到同樣的災況也活生生的在台灣上演，這場大災難的降臨，眞的應驗「要救台灣了！」

## 九二一震災，看到人性互愛的美

一九九九年九月廿一日凌晨一點四十七分，台灣人民經歷了百年來僅見的驚天狂震，處處屋毀人亡、天倫夢斷……一夕之間，台灣的人民驚醒了：「富裕豐饒的寶島，竟也有需要國際救援的一天！」同時也明白了：「慈濟爲什麼要救國外？國際爲什麼會援助台灣？」

平時其他國家有難時，慈濟總盡力地主動援助，如今看見了回饋，當台灣面臨重大災難時，也讓大家看到國際的援助與關懷。浩劫後，各國元首都表達深切哀悼之意，日本救難隊更在災難當天即帶著生命偵測器及搜救犬前來協助救援，隨後新加坡、俄羅斯、德國、美國、英國、瑞士、墨西哥等國際救援團亦陸續抵台，這種人道關懷的愛心行動，帶給我們社會無限的溫馨。尤其之前剛發生大地震的土耳其，此時，雖然他們仍有難，卻立刻派員援助；對此，證嚴法師寬慰的說：「這種及時的互助關懷，『人傷我痛，人苦我悲』的心懷，才能讓人類露出希望的曙光。」「這種人性的互愛是最美的！」

面對國內的大浩劫，慈濟人等不及天亮，即已冒著餘震的危險，摸黑至災區；雖然有人交通受阻甚或家中受災，但都攔不住這分救人的熱誠。大家急切的在殘垣斷壁中找尋在死亡邊緣掙扎的傷患，忙碌的爲生還者張羅飲食醫療，更以溫言軟語安慰驚懼、無助、受創的心。慈濟各分會、各聯絡處在一時之間，更湧進無數出錢、出力的民眾，主動提供車輛、搬運物資……大家盡心盡力的希望能爲災民做點什麼，陪伴受災者走過最艱難哀痛的時刻。

僅僅一天內，花蓮慈濟醫院及慈濟人醫會共出動醫師兩百三十二人次、護士三百一十一人次、藥師二十八人次，分組陸續進入災區，爭取搶救生命的時機。

美國慈濟義診中心醫師許明彰說，當他從CNN新聞得知台灣遭震災消息的那一刻，心頭眞有一股想哭的衝動，希望盡快趕回來盡分心力，於是他帶領五位醫師，於九月廿六日凌晨抵達台灣，加入義診行列。

醫療團除定點義診外，同時也居家關懷，進行醫療、助念及宣導環保衛生；面對嚴重受到地震驚嚇、過度憂鬱與未來生活無依的災民，醫師總是盡力先紓解他們情緒後，再輔以藥物治療。醫護人員雖然平時在醫院已見多了死亡的景象，但他們說，在災區，內心的衝擊還是很大！一幕幕斷腸的喪親悲劇，令人震撼難過，但也有很多災民主動協助藥品的發放，並有人體貼的爲在戶外看診的醫師撐傘遮陽，這種互愛的精神，實在是令人感動。

這次震災，北部地區以松山「東星大樓」及新莊「博士的家」受創最嚴重；慈濟於凌晨立刻成立災區協調中心，輪班二十四小時支援駐守在現場，連中秋節也不例外，陪伴家屬與救難人員等待奇蹟出現，一直持續到當地搜救工作結束。

地震發生後半個小時內，新莊慈濟志工立即成立救災服務中心，提供毛毯、礦泉水等物資，暫時安置災民；並統籌各醫院傷亡名單，以提供絡繹不絕前往詢問親友安危的家屬。同時安排料理飲食、提供臨時洗澡車與全新的換洗內衣褲。一場大災難，讓大家的愛心動了起來，慈濟的愛心箱裝滿了來自各地的善心捐款。一位受災戶感念慈濟的付出，將領到的慰問金又再捐給慈濟。

## 第一個看到的就是慈濟人

由慈濟供應每日三餐的俄羅斯救難隊隊員說：「我們去過盧安達、土耳其等很多地方救災，當地災區的居民根本沒有餘力來照顧我們，但台灣很不一樣，這裡的人真是很熱心、很和善。」

地震發生當天清晨，證嚴法師和參與賑災的慈濟委員們先掏出了自己所有的現金，湊了兩百萬元先應急。由於災區銀行已無法營業，電腦損壞，提款機也提不出現金，證嚴法師只好請人從花蓮不同的銀行，一家一家領出兩千萬元的現金，再緊急送往台北與台中，發給災民每人五千元，雖不是很多，但對災民來說，已可謂是及時雨。

九二一受創最嚴重的是中部各縣市，在災後三十分鐘內，慈濟志工就陸續趕到災區，展開救災與關懷，並隨即設置熱食供應站；第二天對外通車後，大批物資不斷湧入，各地前往的志工更發揮以往國際賑災經驗，安排物資動線，讓災民能有秩序的領取所需物品。

然而再迅速的搶救，也安撫不了焦急等待的家屬。震災三天後，家屬對仍陷於斷垣瓦礫中的親人，已由生還的期望轉變爲祈求罹難者盡早發現，甚至更絕望的只求能保有全屍。當家屬看到親人遺體瘀血、變形，驚嚇到不知所措、幾乎昏厥；於是慈濟志工挺身而出……有時甚至連屍體也幫著搬。

這次地震造成東勢鎮近五百人死亡，慈濟志工除在停屍現場發放慰問金、助念外，亦協助家屬認屍，並準備了供品、牌位、往生被、骨灰罈等，只要家屬需要的物品，志工立即遞上；有位志工說：「我雙手合十，眼淚不自覺地流下來，這些罹難者就像我自己的親人一樣，實在感到心酸不忍。此時，再多的言語也難以安撫家屬的心，我們只有拍拍他們的肩膀，給他們安慰、打氣！」

南投縣情況更糟，每位罹難者都是滿身污泥，當地又缺水、停電，家屬只好用礦泉水爲親人遺體稍略擦拭，做最後一次的淨身。由於死亡人數不斷增加，短時間內找不到足夠的冰櫃存放屍體，所以罹難者的遺體只能暫時擺放在空地上；對心碎的家屬來說，眞是情何以堪！

面臨如此困境，南投縣政府只好向慈濟求援，希望能想辦法提供冰櫃；慈濟受到這樣的重託，儘管一時之間也不知該去哪裡採購，但還是盡力透過各種管道，終於得以向中國造船公司商借了十個冷凍櫃，並提供了一千兩百個屍袋，一解燃眉難題。

「走在最前，做到最後」一向是慈濟救災的原則，全省慈濟志工和醫護人員於地震發生後，立即動員展開二十四小時的賑災行動，其中就有很多慈濟人自己也是受災戶，有些人的住家雖慘遭損毀，不過，在確認家人平安後，馬上加入援助行列。

慈濟人這種超越一般的大愛和毅力，實令人感動。當大地震發生時，志工只有「立即救人」的念頭。正因爲這份愛與衝勁，所以災民說：「哪裡有災難，第一個看到的就是慈濟人；第一杯水、第一碗熱粥也都是慈濟人給的。」

看著慈濟人每天不停的從早忙到晚，甚至忙到隔夜天亮，證嚴法師一再叮嚀大家：「你們的健康和平安是我的生命，往後還有好長的路要陪著災民一齊走過，所以要顧好自己身體啊！找時間多休息。」

## 一個像樣的溫馨的小家

除了悲天憫人的情懷，具體實踐的行動，更是證嚴法師一向的準則，在九二一地震發生的當晚，她就決定要蓋簡易屋。「因爲不管怎樣，給每個人一個家，一個像樣的小家，哪怕是很小，但只要是個家，大家就能再站起來。」尤其是災後，證嚴法師一直奔走於中部災區，看到災民驚魂未定的神情和餐風露宿、沒水沒電、衛生堪慮的艱苦生活，十分心疼，更是堅定了先前的想法——決定立即搭建簡易屋，好使災民能夠儘速擁有足以遮風蔽雨的家。

於是證嚴法師戴著斗笠、頂著烈陽、冒著大雨，親自四處選擇興建簡易屋的地點，特別是對地質勘察相當慎重，避免建在地震斷層帶及土質鬆軟處，這樣才能讓災民住得安心。

爲了提供災民一個「溫馨的家」，而不僅是臨時的避難場所，大愛屋在設計上特別考量「人性化空間」。證嚴法師強調「不能把災民當難民」，同時也要兼顧環保理念，採墊高式，一方面避免水泥封地，讓地球有呼吸空間；另一方面未來還可回收再利用，不傷害地力。

慈濟可以說是本著如同建造自己家的心情，來為災民建造這些「愛心簡易屋」。生產簡易屋的外包商師傅說，「慈濟大愛屋」是所有簡易屋當中最好的一款，薄薄的雙層鐵皮中夾著泡棉，這樣的設計不但防火，也可以隔音、隔熱與防震，「除非整個地都裂開來，否則絕不會被震垮。」這也正符合證嚴法師的主張：「只有災民住得安穩，我的心才會安定下來！」

災民在獲知慈濟將為他們興建住所後，紛紛主動表示願意加入建屋工作，證嚴法師對此表示讚嘆：「自己的家，自己來出力，這是福氣，也是智慧。」於是在九月廿八日這天，大愛屋開始動工了，為了讓流離失所的災民早日有個家，慈濟動員了數百位志工，再加上來自日本、美國、加拿大、澳洲的外國志工，全都投入了這項有意義的行列，大家均表示，即使根本不懂得建構房子的技術，但哪怕只是搬個磚頭，都很願意。

烈日當頭，從早到晚，大愛屋的工地上，慈濟志工的「藍天白雲」制服濕了又乾、乾了又濕，但大夥仍不止歇的忙著攪拌混凝土、一塊一塊的砌著磚。慈濟深入現場的採訪報導，記述了擔任埔里工地工務主任張先生的心聲：「慈濟師兄們都很認眞學習，配合度也很高；在這裡我看到不一樣的工地文化，師兄們都很有禮貌，會包容別人的想法，不懂的部分，都會虛心求教，會配合別人。許多師兄本身是大企業的老闆，卻放下身段來做如此粗重、勞累的工作；他們平時在家都是指揮別人，但來這裡當工人，則是讓人指揮，這種精神是很難得的。」

因受颱風外圍氣流影響，工地時有陣雨，但大家一切以工程為優先，風雨無阻。想到自己只不過是在此度過幾晚，而那些露宿的災民，帳篷全泡在水中，還得繼續忍受多久這種風吹雨打的濕濘日子？大家更是加緊趕工，希望早日將慈濟大愛屋建好，好讓災民有個溫暖的新家，可以安頓下來。

在大愛屋的工地，有一群來自國外的年輕學生和傳教士。其中來自日本東京國士館大學國際義工學生協會的六十三位學生，雖然年紀輕輕，卻已有在寮國、印尼協助建造簡易屋的經驗，這次來到台灣投入拼裝簡易屋的工作，對他們來說，一點也不困難。另有一群二十餘歲、來自世界各地的摩門教徒，則打破宗教的藩籬，趕來加入慈濟的賑災行列，他們先在苗栗災區協助救災後，再趕來南投，每天上午八點就自動到工地報到，戴著斗笠扛水泥、搬磚塊、挖水溝，滿身的汗水和污垢，直到下午六點才休息，但他們從不喊累，用行動爲「愛無國界」作了最好的詮釋。

在慈濟刊物的報導裡，還有一位相當特殊的人——來自美國德州阿靈頓的中醫師曾先生，他在旅居美國之前，就經常跟隨慈濟在台灣各地從事慈善工作，赴美之後，更將行善的腳步邁向國際。這次台灣發生九二一大地震，曾先生立即和旅美僑胞在美國爲台灣募款賑災。由於他以前到過世界各災區，看過災民所承受的苦難，所以他更能體會國人此時此刻的境遇。因此，聽到震災時他立刻決定深夜搭機回到台灣，第二天一大清早即風塵僕僕的趕到南投報到，捲起袖子加入慈濟搭建大愛屋的行列，他說：「醫師懸壺濟世不一定只限於醫學領域，協助災民早日有個家，不也很有意義嗎？」

在工地現場，每天都有一群志工如螞蟻雄兵般辛勤而快樂的工作著，人數最多時有千餘人，全都是放下自己工作來協助災民重建家園的有心人。而負責張羅大家伙食與餐點的慈濟委員們，有些是董事長夫人，有些是市井小民，不管是誰，到了慈濟，只要穿上了藍天白雲的志工服，大家一律平等，清晨四點起床分工合作。有人因整天站立而造成小腿靜脈曲張，可是在當時，大家全忙得毫無所覺，甚至很多人事後才驚覺到：「忙了一整天，沒吃、沒喝、沒睡，也不覺得累，到晚上休息時，才想到整天都沒上廁所。」

附近居民得知這些慈濟志工都是請假或關起自己的店面，專程趕來爲災民打造新家園時，許多人都既驚訝又感動，於是紛紛熱心的送來自家栽種的蔬果，連果菜市場的商家也送來了一車的冷凍素食。由於學校停課，有的父母一早就催促著子女到工地打雜，或是幫忙洗菜、切菜；還有人送來茶水，慰勉大家的辛勞。當夜晚來臨，居民看到近千位在工地露宿的慈濟志工，僅能共用一間浴室，紛紛熱心地邀請大家到他們家沐浴。這分愛的互動，是對慈濟志工最大的肯定與鼓勵。

## 讓災民安心，是社會重建的主要助力

慈濟在九二一災後三個月內，完成近二千戶的組合屋，居民均已進住安定下來。證嚴法師非常欣喜地向所有投入建造大愛屋的志工表示：「眞的感恩！如果不是你們發揮大愛、用心投入，建屋的速度哪能這麼快呢？」勉勵慈濟人說：「這次大災難中，你們帶動許多人走出陰暗的心靈，讓他們把心定下來，恢復信心重建家園。我知道大家都很辛苦，但身體可以累，心靈千萬不要累，只要多用心，智慧就能不斷增長。經由這次地震，我們應該眞正覺悟到人生無常，國土危脆，進而把握時間，做就對了；不管會不會，只要有心，沒有做不成的事。」並且安慰大愛村的居民：「遭遇天災實在非常無奈，然而很多的無奈放在心裡，就會造成痛苦的心病。」鼓勵他們走出夢魘，以健康的心理重建家園。「你們現在有了溫馨的家，眾人的血汗總算沒有白流，但盼能從此寬心，懷抱社會大眾的祝福，打造更亮麗的未來。」

地震發生當天，證嚴法師寫了封信，傳眞到慈濟全球分、支會及聯絡處，信中呼籲慈濟人以「珍惜平安，支援他人」的行動投入賑災。於是，在世界各角落，只要是有中國人的地方，就會看到慈濟志工站立街頭、餐廳門口或市場走廊，對著熙來攘往的人群，面帶微笑，輕聲細語地勸募；有志工表示，剛開始勸募時雖不免膽怯，可是一想到災民的慘況，頓時熱流充塞胸間，不知不覺就愈來愈奮勇向前。

至於在台灣本島，不論政府或是民間更是如火如荼的展開各種勸募與義賣活動，慈濟也收到來自各地源源湧入的善款。到九月底，十天之內，即已收到來自台灣和國外的指定震災捐款新台幣二十五億三千零四十五萬六百三十元，這樣的成果，是全國民間團體之冠，也是慈濟募款史上最多的一次。負責慈濟災後重建計畫的慈濟基金會副總執行長林碧玉表示，慈濟從事慈善志業卅多年來，首次在短期內一個募款專戶就獲得這麼大的支持，讓慈濟人深感責任重大。爲不辜負大家的期待，慈濟將大眾的愛心捐款也投入未來的復健與重建工程。

地震發生之後，罹難者已陸續入土爲安、危屋也逐步鏟平，經此劫難的台灣，開始進入修補復原期，慈濟人的工作亦立刻調整進入第二階段的災戶個別關懷、調查生活需求和未來家園的重建。

地震發生後，面對每天無數家破人亡的悲劇，每個人的心都碎了，但是證嚴法師要每位慈濟人不要哭，「如果你們流淚，我會比你們更心疼！」她要慈濟人不要哭，因爲只有自己先冷靜下來，才有辦法陪在受驚的災民身旁，對他們疼惜安慰。九二一大地震除摧毀了居民溫暖的家園外，同時也震垮了全省各地區六百多所中小學校，其中有三百多所是全毀而不能使用，必須要重建。面對如此龐大的重建經費，教育部希望各民間、公益團體能共同認養受災的學校，以協助校園重建。慈濟認爲此舉意義重大，在經過仔細評估之後，決定認養五十所災區學校，爲教育重建貢獻心力。

當強震發生後，慈濟基金會立刻根據災民所需，擬定了「急難救助」、「安頓與關懷」、「復健與重建」三階段賑災步驟。隨著急難救助階段任務已經結束，而接下來的「安頓與關懷」分成安身計畫（興建慈濟大愛屋及低收入戶建屋補助）、安心計畫（逐戶關懷、祈福晚會、心靈輔導、寄讀學生暨教師心靈重建）與安生計畫（災民家庭生活補助）三項。「復健與重建」包括希望工程（援建五十所中小學）、健康工程（協助災區醫療體系重建）、社區文化及公共工程重建。副總林碧玉說，種種方案的擬定，目標都是希望安定災民的心，因爲「讓災民安心，是社會重建的主要助力，也是慈濟全力投入的目標。」而災區各項建設規畫均考慮長遠需求，把愛眞正帶到受災者身上，希望給災民的愛不是一時的，而是一世的，甚至是千秋的。

## 希望工程，千秋百世的教育搖籃

證嚴法師認爲，教育工作不能等，若復建時間拖得太長，不但學生的心收不回來，也將使得教育出現斷層。雖然援建校舍是一項龐大的負擔，但是，慈濟願以「愛」來承擔。她並強調，這次認養災區的學校，名稱上說是「認養」，「其實我們是很用心的。」「九二一地震後，所有慈濟人和社會上的愛心人士都抱持著共同的關懷與愛，支持我去認養學校，我一直把認養學校視爲大家共同的希望，所以這項工程稱爲『希望工程』。慈濟援建的『希望工程』，是千秋百世的建築，期待每個人都發揮最大的功能，同心協力來完成。」

證嚴法師表示，社會上有兩種建築物非常重要，萬一發生什麼大災難時，這兩種建築物一定不能倒塌；一是醫院，一是學校。因爲醫院是救難中心，而學校是避難中心，所以要蓋得很牢固。她在與各校校長、建築師、慈濟建築委員討論希望工程校舍細部設計時，再次強調整體規畫的重要性，期待新世紀的校舍能避免過去屋頂加蓋、老背少的建築結構；並請建築師發揮鋼骨鋼筋混凝土（SRC）的優點，建設千百年壽命的學校，讓這些學校成爲台灣建築的特色。

證嚴法師也與施工人員開示：「我們都很有福，也很有緣，可以共同創造千秋百世的教育搖籃。學校的硬體設備必定要很牢固，所以我們選用的建材都是最上等的；但材料好，施工品質更要重視，所以，工地的管理要用心、也要用愛。我們就以這分愛獻給未來世世代代的孩子們！」

在希望工程施工期間，證嚴法師總是不辭辛勞的前往看視；足跡所及，或在人煙稠密的都會，或在山環水抱的村落，從早至晚幾無歇息。遇到雨天，步行在泥濘中，四周是震耳機械聲，還得小心腳下凌亂的瓦石釘木……但她仍是很細心的不時用手輕觸洗石子牆面，細細端詳其品質；甚至室內照明燈光，在考量亮度之餘，也注重燈管架設之美感，一切務求盡人事以達完美之境。她說：「但願慈濟希望工程建造的每一所學校，都要像是寫一篇好文章，恰到好處，使後人不能增一句，也不能減一句，因爲只有好文章才能不增不減。而現在我們充分考量學校的需求，最後學校便不會有增建的需求。雖然希望工程經費負擔龐大，但這是千載難逢的因緣，價值無法用金錢衡量。」

這項浩大的跨世紀工程，所需經費達八九十億之多；如此龐大的數字，對慈濟來說，的確是相當重的負擔。事實上，慈濟的財力很有限，就如一位參與希望工程的志工所言，「以前覺得這麼多人捐錢給慈濟，慈濟應該很有錢。現在自己參與才了解，重建學校的經費遠超過慈濟所能負荷，希望工程眞的很需要各方的力量。」證嚴法師也說：「希望工程的負擔眞的是很沉重，有時自問慈濟有多少力量？又能爲教育承擔多少？但再想想，慈濟不做，教誰去做呢？」因此不斷呼籲大家集中力量，一起肩挑重擔。「希望人人以愛投入，點點滴滴的愛心匯聚在一起，就是無量無限的大愛；一念善心帶來無限希望。只要有愛，大家同心協力地付出，有錢出錢，有力出力，就能許孩子們一個希望的未來。」

眼看慈濟希望工程援建的學校已在二十一世紀的第一年陸續完成，證嚴法師欣然的表示，孩子的教育是社會未來的希望，當初慈濟「超載」地援建五十所學校，依憑的是一分信心——相信人人都有愛心；全球慈濟人不畏辛苦地募款，雖是爲希望工程，但也是要「喚起人人的愛心」，讓所有參與的人都認爲：能爲這項歷史性的建築盡一己之力，與有榮焉！

在學校教師、孩童的感恩聲中，她也期勉校長：「慈濟已逐漸將硬體建設完成，至於軟體部分就要靠校長、老師多用心了。不光教導學業，還要教導出感恩、知足、惜福的孩子。」她表示，愛能滋潤生命、滋潤社會，期待在新的世紀有新的教育希望。

## 以柔韌的愛重建家園

美國每日發行一百萬份以上的《洛杉磯時報》，當年十月五日以頭版大篇幅報導了證嚴法師在這次賑災行動中的傑出表現，並稱譽教富濟貧的證嚴法師爲「台灣的德蕾莎」。報導中指出：「一襲僧服的證嚴法師，身材瘦小，但在九二一集集大地震後的賑災活動中，法師宛如巨人，非但災民仰賴，連政府也多所倚重。在大地震前，證嚴法師和慈濟早就蜚聲海內外。地震發生後，許多百姓認爲，在賑災方面，慈濟的效率最好。」

文中還提到：「在許多災區，慈濟志工總是最早趕到，且展現無與倫比的效率，災民看在眼中，焉能不動容？這些志工都住在台灣這個島上，他們了解自己的鄉親最需要什麼，立即就展開行動。」並且特別闡述了慈濟的精神：「災民說，吃到慈濟提供的熱食，會有一種在家的感覺。除此之外，證嚴法師亦要求志工，這些熱食必須由他們充滿愛心地親手交給災民。一名志工說，這種人與人之間的接觸才是仁心的眞髓。一位災民就表示，慈濟實在仁慈，和一般的救難隊伍眞的不同。」

對於《洛杉磯時報》的這篇報導，許多美國當地慈濟志工均感到與有榮焉；並表示能夠受到美國西岸主流媒體的肯定，固然令人覺得安慰與喜悅，但同時也提醒他們，今後要更縮小自己、更謙虛、更精進地推動慈濟志業。

證嚴法師表示，儘管有些人不滿近年來慈濟的國外救援行動，但是她很感謝各國有各種機會，讓慈濟人從錯誤中摸索，自行研發出一套災區緊急救援的方式，對這次慈濟人如此快速的動員與付出，證嚴法師很感安慰，她勉勵弟子說：「師父是借著你們的雙手、雙眼和肢體來給他們安慰。不要忘了，這次地震，造成很多的受災戶，但還有更多的受驚戶！所以你們要讓更多有心想幫助別人的人出來。」對來自各界的掌聲和肯定，慈濟人自是感到非常窩心，但證嚴法師也特別警惕弟子要謙沖，她說：「當你做得很好的時候，有人會讚嘆，但不能覺得自己了不起，而要以此做爲警惕的標準，一個修行者，最怕的就是覺得自己已經做得很好了！」就因爲證嚴法師有如此胸懷，所以這幾十年來，雖然陸續有不少肯定慈濟貢獻的獎項要頒給她，並邀她出國領獎。然而每一次，她都以因有心臟病不適合坐飛機而婉謝了，因爲她做這些事，並不是要得什麼獎，一路走來，她始終保持著心中那最純淨的眞、善、美，不管有沒有肯定，她都會一直做下去。

在這次震災中，幾乎台灣所有慈善、宗教團體及社團，都不分彼此的出錢出力；可謂是第一次，民間力量發揮到這樣淋漓盡致，那種自動自發的精神，照亮了一度陰霾的台灣寶島。民眾非常感念慈濟志工及其他社團義工的無私付出，這些熱心人士的善念和善行，產生了令人驚喜的骨牌效應，爲這悲慘事件帶來了溫馨和希望。每一位慈濟人都有充分的信心，要以柔韌的愛重建浩劫後的家園，深信台灣是個有情有愛的社會，祈願人人以災區爲圓心、愛心作半徑，讓九二一震災的缺口慢慢畫成一個圓。

## 災民吃在嘴裡，暖在心裡

二〇〇一年七月二十九日，當台灣人民逐漸從二年前九二一震災的陰霾中走出來之時，一場中度颱風桃芝的來襲，再度重創台灣，造成兩百多人失蹤、死亡，三十餘人輕重傷，全省有七十多處發生土石流及土石崩塌，其中南投縣即占四十四處，傷亡人數亦高達全省之半。而花蓮縣光復鄉大興村發生土石流，十餘戶被掩埋，災情最爲慘重。

慈濟在災後立即成立「桃芝颱風救災協調中心」，動員大批志工投入勘災、發放、供食、致贈慰問金、清理災區等援助；花蓮、大林兩地慈濟醫院也分別在光復鄉大興村及鹿谷鄉設立醫療站。證嚴法師指示務必做到使受災民眾安心、安全、安身三原則，同時並評估爲災戶搭蓋簡易屋。

雖然，也許是受到經濟不景氣或是對政府能力質疑的影響，使得此次台灣社會的愛心表現大打折扣，一般的反應相當冷淡，但證嚴法師領導的慈濟人，卻仍堅持初發的信心，無怨無悔的付出，永不稍減。

在桃芝颱風釀災之後，緊接著九月侵襲台灣的「怪颱」納莉，為整個北台灣帶來嚴重的災情，不僅汐止市區百分之八十泡在水裡，台北市多處交通要道也變成「運河」；慈濟關渡園區、內湖聯絡處及當時位於南港的大愛電視台，也無法倖免於難。

有了納莉風災的教訓，慈濟人在二〇〇二年夏天一開始，就進行了防颱準備，不斷演練和編制急難救助工作。九月五日發布辛樂克颱風警報後，慈濟台北分會即成立了「防颱救災協調中心」，進入防颱大備戰，風雨中，志工們戰戰兢兢在救災中心守夜，有人道出了颱風夜裡的擔憂：「我們不是怕家裡淹水，而是怕淹水之後沒有辦法出來救人。」這種無私奉獻的情操，令人動容。

二〇〇二年的三三一地震，又教台灣民眾心驚膽戰一次。這場芮氏規模六點八的強烈地震，造成台北市承德路、敦化南路及台北縣土城、新莊、中和及桃園大溪鎮多棟樓房成為危樓，上百名住民被迫遷離，以及台北縣市、宜蘭、桃竹苗計一百多所學校受損。慈濟於事發當日至四月二日，動員志工二百八十人次，至災難現場、醫院、災民收容中心，關懷慰問、助念、家訪，致贈睡袋、盥洗用具、蚊香、熱食、礦泉水等物資，共發出十戶共十萬五千元急難救助金。

此外，台北縣土城清水國小二十七間教室因地震嚴重龜裂，校方緊急騰出校長室、教務處、會議室、輔導室及辦公室等，供九百位學生上課，近百位慈濟志工協助搬遷教具等器材。其中有不少互助感人的故事；而慈濟人藍衣白褲的身影，更是災難中的一股撫慰力量。

飽受颱風威脅的台灣，在納莉風災之後，又經歷了幾次大颱的侵襲，例如二〇〇三年九月的杜鵑、二〇〇四年七月的敏督利、八月的艾利、十月的納坦，以及罕見的冬颱南瑪都，還有二〇〇五年八月的海棠颱風等，幾乎每次都造成地方上嚴重的災情；可是慈濟志工總是在第一時間趕赴受災地區，提供災民最需要的援助，令人不禁無限感佩。

二〇〇五年七月十八日海棠颱風侵襲台灣，造成嚴重災情，尤以屏東恆春、林邊，高雄茂林、六龜，台南麻豆，以及台東山區受創最重，多處水深及腰、路基掏空、橋毀屋垮；許多村落聯外通道中斷，猶如孤島。慈濟花蓮本會立刻成立總指揮中心，並於各分支會、聯絡處成立十二個協調中心、五個社區服務中心，備妥生活物資及救災工具；勘災後，運送熱食、礦泉水、速食餐包及清潔用品給受困民眾。自七月十八日到二十二日，在花蓮、台南、高雄、屏東等地提供近三萬份餐點；待雨勢稍歇，社區志工也動員為學校及行動不便的老人家打掃家園。

二〇〇四年的敏督利、艾利、納坦颱風，都為台灣帶來嚴重水患。七月的敏督利為中南部帶來豪雨，暴雨釀成中南部地區嚴重的洪水與土石流災害；農業損失高達八十五億，遠比二〇〇一年七月桃芝風災的八十億更多。尤其中部地區，曾遭受九二一地震重創，接著桃芝颱風釀成巨大土石流災害，這次的敏督利，再度讓居民心驚肉跳。

「以前都是在電視上看到慈濟救人的新聞，沒想到這次是自己眞的收到慈濟的幫助。」一對住在嘉義縣東石鄉的七十多歲老夫妻，感激地說道。兩次颱風海棠與敏督利，都帶來豪雨成災，像東石、布袋沿海一帶就積水六天未退，村民坐困水深及腰的家，飲食都成問題，幸好有慈濟挨家挨戶送上熱騰騰的便當，讓災民吃在嘴裡，暖在心裡。「有慈濟眞好！」東石老夫妻一談起，就很感恩慈濟的迅速援助。

每次風雨來臨，慈濟志工總是在天未亮就已出門去勘察災情；風雨過後，志工與醫療團隊以愛的接力，持續關懷照顧受災的鄉親。像東石、布袋因敏督利造成的水患，慈濟志工立刻現煮熱食供應；大林醫院也出動醫護人員帶著藥品醫材前進災區，提供巡迴義診服務，防治泡水後的皮膚病。

二〇〇四年八月的中颱艾利，同樣帶來驚人雨量，造成台北縣三重、新莊淹大水，新竹縣內的山地鄉尖石、五峰，更是發生嚴重土石流，兩鄉史無前例地，四千多人撤離家園，住進收容所。災情最慘重的五峰鄉桃山村，土場部落慘遭活埋。十月二十五日，納坦颱風肆虐，狂風豪雨在雙溪鄉、貢寮鄉、瑞芳鎮、汐止市及基隆市七堵、暖暖等地，都造成災情。

面對一次又一次的風災水患，慈濟總是立刻展開急難救助工作，成立「救災指揮中心」，往災區發放救濟物資，供應熱食、飲水，致送應急金，以及協助災戶與學校清掃、關懷醫院傷患等，讓人間見證了最溫暖感人的大愛眞情。

特別是在水患斷炊之時，慈濟志工爲淹水不退的災區災民送上熱騰騰的便當，讓人讚不絕口。《慈濟月刊》對此有精采的描寫，以敏督利風災爲例，慈濟台中分會的中央廚房便整個動員起來，十分忙碌。「四個大鍋爐全部用上，四位掌廚的志工沒有一刻停手過，鍋裡湧出的熱氣讓他們衣服乾了又濕、濕了又乾；外面不斷有人送來菜料，在廊簷下撿菜的志工只要有菜就撿就洗，還得一邊躲雨、一邊揮汗，而切菜的志工手都起泡了；一鍋飯將近一斗的米，志工淘米、洗米，一鍋接著一鍋，煮了四十幾鍋的飯；還有人清洗千百個環保碗，準備裝便當。災情發生第一天，從下午兩點發出動員通知，近兩百位志工在三小時內完成一千八百個熱便當，五點打包完成，交給機動組志工火速送往災區……」這樣奮戰的身影，在每一個賑災現場都不難看見，令受幫助的人感激不已。

## SARS的醫療防疫網及無形的愛心之網

二〇〇三年，台灣面臨一場前所未有的災難，SARS（嚴重急性呼吸道症候群）疫情震盪全台，轉眼奪走不少人命，人心陷入空前的恐慌不安中，慈濟在這重要時刻，不論是提供物資或精神上的撫慰，都在帶領織就緊密的「愛的防疫網」。

證嚴法師指出，儘管今日的醫療已發展出尖端科技，但對微生物病菌的飄忽多變仍然束手無策，顯示貴爲萬物之靈的人類，也有渺小脆弱的一面，這是一大震撼。此外，在SARS威脅的陰影下，人心惶惶，一些因SARS受害的家庭不只天倫夢碎，還要承受被排斥而失業的困境。疾病的威脅之外還有人性的打擊，這是另一大震撼。「面臨這兩大震撼，SARS的醫療防疫網即使做得再好，也只能求得一時的安全，因爲這個網難免百密一疏，我們需要的是無形的愛心之網，給第一線的醫護人員強力支持，給病患和被隔離者關懷協助，如此才能產生信心，共同努力度過這場新世紀的災難。」

慈濟志工在這場防疫行動中，發揮了很大的力量。在疫情高峰階段，台灣北、中、南、東區均分別成立協調中心，供應醫療單位口罩、面罩、隔離衣等必要物資，也持續供應醫護人員、病患、隔離民眾素餐達六萬多份，總共動員人次超過一萬四千人。此外，深入社區的慈濟志工，帶領大家在一場場的「愛灑人間」祈禱會中，祈求蒼生平安。同時間並發起「五月齋戒」，希望藉著淨化身口意，反省警惕眾生同源，大家應當學習謙卑，尊重其他生命，這或許是SARS帶給人類最重要的啓示。

慈濟遍布海外的志工也都心繫台灣，希望能對疫情盡些心力。SARS疫情爆發後，兩個月內，全球慈濟志工支援台灣物資紛至沓來，光是口罩就約一百萬個；其他還有耳溫槍、額溫槍、防護面罩、隔離衣等，共來自世界五大洲二十八個國家。這些物資由慈濟基金會統籌，提供第一線醫護人員防護使用。慈濟援助抗煞防護物資，提供全台包含離島至少八十七所醫院暨機構運用。SARS疫情讓全台草木皆兵，人人自危，帶口罩、量體溫、減少外出，絲毫不敢大意。搶手的口罩甚至一只難求。慈濟花蓮、大林等醫院還DIY防護面罩，利用回收資源自製，連光碟片、布丁桶、海綿、投影片等都派上用場，環保實用，暫時紓解困境。

另外，慈濟志工趕製隔離衣給醫護人員的故事，也教人肅然起敬。在偌大的臨時作業場，七十多台縫紉機，每天馬不停蹄的運轉著；志工日夜三班輪番上陣趕工，場面十分壯觀。十五天就織出一萬兩千多套隔離衣帽……

《慈濟月刊》報導了那場趕工的盛況——由於SARS防疫期間，花蓮、大林等慈濟醫院醫護人員的隔離衣需求量大，供應不足，慈濟花蓮本會特別找上高雄分會，希望幫忙製作隔離衣帽。高雄分會志工接到緊急任務，立刻總動員。有成衣加工專業背景的志工，義不容辭投入行列。裁縫地點就找在高雄志業園區佛堂；原料不織布也是由熱心的志工免費提供；裁剪台則是用會議桌加木板併成的。爲了搶時間及早做出隔離衣，志工們對外廣徵人力與裁縫車。結果短短兩三天，就有多達百餘人來報名，有人甚至不遠千里而來；裁縫車包括車縫直線的「平車」、專門收邊的「五針拷克車」、專釘扣子的「釘扣車」，竟也來了七十多台，規模遠遠超過志工的預期。

五月二十五日六條生產線同時開工，包括裁剪區、領料區、生產區、品管區、成品區與機器維修區共六大區域，志工們分工合作，絲毫不敢放鬆。製作全程都有專業的品管把關。品管區審查嚴格，連小小的缺口都不行；品管的志工說：「這要給醫護人員用的，怎能容許有缺口？就算是被針給勾破的一個小縫都不成。」人數最多的是生產區，六條生產線各有一名班長領軍。班長不只注意工作進度，更關心每一位組員的身體，因爲大家都很珍惜這付出的機會，若不提醒他們休息一下，沒人肯放下手邊的工作。而且因爲想幫忙的人太多，有人擔心一離座，位子就會被「搶」走了。一位經營成衣的老闆娘，除了自己來當志工，也號召廠裡的員工一起來。她說，每天接觸的就是這些縫補工作，這個時候不來幫忙，更待何時？

除了大量縫製防護衣帽外，慈濟志工還對醫院供應素食便當。根據慈濟統計，以南部爲例，素食便當自五月二十三日至六月十五日止，已供應高雄長庚、榮總、高醫等六家醫院達三萬多份。「當我們接到來自醫護及家屬的求助電話，說有人因院內餐廳關閉，院外餐廳又不願意送餐而沒有飯吃時，大家眞的好心疼。」志工說，擔起送餐的服務是使命，「我們送進去的不只是一份便當，而是一分又一分的祝福與關心。」

台北慈濟的防疫送愛行動也是如火炬般明亮。和平醫院封院第二天，四月二十五日慈濟即成立防疫送愛協調中心，並陸續在和平醫院、仁濟醫院、松山醫院等地設立服務站，提供院內人員及居家隔離者生活與心靈所需。小至送紙內褲、衣架、膠帶、代熱摩托車、送水果，大至送冷藏櫃、電視機等，不論哪兒有需求，志工獲報後必努力達成；四月二十七日起也開放「安心專線」，提供被隔離者尋求協助、心情抒發等之用。

爲了安頓隔離者的心，慈濟防疫送愛協調中心除了迅速供應各項民生物資，還用心自製素餐。

剛開始，「慈濟便當」多是提供給素食者，數量並不多；但在證嚴法師呼籲社會大眾「齋戒」，加上志工們用心製作的餐點實在美味，響應素食者與日俱增，便當也就愈做愈多。當時隔離區域遍及和平醫院、松山醫院、國軍替代役中心、國家發展研究院、基河國宅、公訓中心等地，慈濟志工為了餐點的保溫、保鮮，動員各區志工投入服務行列，包括內湖、文山、中山、松山、中正、萬華及北投等地，一起挑起「送愛、送餐」的服務。每個便當都貼上「慈濟關懷您」，不但暖胃也暖心。便當的食材強調天然健康，「五色」香味俱全。

## 克服疫情，先克服口欲

慈濟志工的防疫送愛行動，匯聚了各方愛心，讓大家感受到人心不是疏離的。有志工甚至甘願「深入疫區」貢獻，慈濟會員林先生就是一例。和平醫院因 SARS 疫情遭到封院第五天，從媒體得知台北市衛生局在招募志工，林先生立刻打電話過去報名。對方明白問他：「願意到和平醫院B棟感染區工作嗎？」他說：「既然要當志工，就不挑工作！」林先生不具醫護專業，卻一心希望能為被隔離的醫護人員、病患與家屬盡點心力。他接下的工作是負責院內的消毒與清潔，雖困難辛苦，他卻感恩自己有機會為抗煞做一點貢獻。

另一個例子是，時任大林慈濟醫院風濕免疫科醫師吳先生，自願投入台北市抗煞行列，四月三十日被分派至國軍松山醫院支援。吳先生具免疫學背景，本身對病毒致病、傳染途徑頗有興趣，他心中有疑問：「SARS 究竟有多恐怖？這些報導都是眞實的嗎？」他認為，實地了解才能驗證。

證嚴法師表示，SARS 帶給國人的衝擊，一些調整未必是負面的，甚至對我們的心靈改革，包括人際關係與生活方式的走向，都開啓積極正面的契機。「SARS的出現並非沒來由，它對現代人是莫大的警訊：是否人自私獨大，藐視其他生靈與環境生態的習氣已積累過深，導致反撲的力量生成？」所以內觀自省人類心靈的淨化，正是世人所要努力的課題。

不僅SARS，近年全球也正受到相繼爆發的口蹄疫、狂牛病、禽流感等疫病的威脅，無數家畜飛禽爲此遭到撲殺的橫禍；台灣也無可避免的，一而再、再而三被捲入一波一波而來的惶恐不安中。證嚴法師憂心的說：「撲殺動物，是不是眞能防範疫情？大量囤積藥物，是不是就能克制病毒？」她認爲要克服疫情，最好的方法就是先克服「口欲」。

「爲了滿足欲望，人類製造各種污染——空氣、水源、化學等污染破壞了自然生態，讓生活其間的動物也受災殃。而人爲了加速禽畜的生長，爲其施打藥物，或在飼料中摻入生長激素，讓牠們體內不斷地累積毒素、造成基因突變。人類自稱萬物之靈，不但沒有善盡保護地球的責任，反而只圖私欲私利，破壞自然生態。等到萬物生病、威脅到自己後，又開始恐慌；盲目想要自衛，於是去攻擊動物——獵捕、活埋、撲殺、焚燒……其實，會有狂牛病、口蹄疫、禽流感等疫情，只是『果』；要防疫，人應該把恐慌的心靜下來，好好思考、探討疫情發生的原因。」

證嚴法師表示，防疫必須從源頭做起——用「愛」補，比用雞湯補更好；「護生」才能健康我們的身心。人們要發揮愛心，不只尊重人類的生命，更要尊重動物的生命。「愛流」才是克服「禽流」的妙方。如何推動愛的交流？要力行「三好」——口說好話，身行好事，時時發好願；人與人之間、人與動物之間用愛交流，就不會用病交流，如此才能「化禽流爲清流」。

# 第九章 可長可久的文化志業

推行慈善、醫療、教育三項志業的最終目的，就是要建立一種能夠提升生活品味、淨化人心、光明人性，並符合時代需要的文化；因此，慈濟文化志業肩負承傳啓續的歷史任務，發展至今，已漸呈現特有風貌……

慈濟團體是由許多愛心人士結合而成，而這股豐沛的原動力是慈濟文化得以快速擴展的因素；目前，慈濟文化正朝更寬闊的面向邁進，不論平面刊物《慈濟月刊》、《慈濟道侶》、《經典》雜誌、慈濟文化出版社的各類出版品及「慈濟世界」廣播節目和大愛電視台，以及重新出發的靜思文化出版公司，都肩負著塑造、傳揚慈濟文化的重任。證嚴法師曾深深期許，慈濟的第四個十年，是文化的十年。因此，「人心淨化，社會祥和，天下無災」，不只是證嚴法師年年的祈願，也是全球所有慈濟人行動的支柱，更是慈濟文化志業，落實慈濟文化十年的核心理念。

慈濟以慈善志業爲始，因應社會需要，漸次拓展醫療、教育及文化志業。四十年來，援助的足跡已履及國際社會，這一脈如清水般的愛心長流，成爲跨世紀動人的史頁；作爲慈濟的文化志業，宗旨便在永存過往的感人歷史，並以前瞻性的遠見，帶動慈濟人繼續開拓恢弘的大愛長河。證嚴法師曾向文宣志工開示，文化的重要性，在於其影響力是「天長地久」，可綿延至十年、百年，乃至於數千年之久，這分源遠流長的文化使命，便寄託在所有文化工作者身上，若令歷史紀錄留白、流失，往後要再追尋便加倍困難。「因此，文化志工的使命正是任重道遠。有了大家，慈濟的歷史腳步才不致淹沒無存；同時也因爲大家，文化無遠弗屆的力量，才能充分發揮！」

## 尋回失落的人文價值

位在台北關渡的「慈濟人文志業中心大樓」，於二〇〇五年元旦落成啓用，占地一千五百坪，建築結構採鋼骨鋼筋混凝土（SRC），樓高七十一公尺；整座建築遠眺觀音山、關渡平原、陽明山美景。這裡是慈濟電子與平面媒體，向世界傳播大愛的發射站。

這座俯瞰關渡平原的新廈，外觀優美，自然造景雅致，整體環境展現開闊的氣象。「慈濟人文志業中心」由證嚴法師命名，「取代傳播大樓之類的名稱，即是自我期許珍視媒體的力量，補償科技經濟掛帥下的精神空虛感，尋回失落的人文價值，縮短人與人之間的距離，帶動修己利他的人文風潮，散播清流於全世界，使大愛的理念普遍深植人心。」

論及慈濟的文化志業，可追溯自功德會成立之時，即已醞釀展開；唯當時乃是來自於證嚴法師的身形教化與啟迪開導，深植於弟子們的心中，再繼續口耳傳授深心相契，以此延續了慈濟的慧命文化。

當慈濟人秉遵證嚴法師的教誨，身體力行，對苦難人間展開救度時，眞有如一股愛的清流。清流所至，安慰了貧困者悽苦無奈的心靈，也使富有者啟發了友愛之心，得到布施的喜悅。從最初的三十位會員開始，慈濟像是一塊磁鐵般，緊緊地吸引住社會各個階層各個角色的有緣人加入，奉獻自己的一份良能。一步一腳印，一履一痕跡，無論是施予者或是受惠者，都懷抱著一份「感恩的心」，換言之，慈濟的文化即是感恩的文化。

《慈濟月刊》在一九六七年七月創刊，透過一篇篇感人故事的報導，不斷闡揚「愛的文化」，以期讓愛成爲社會風氣，達到淨化人心的目的，許多人因而從中獲得啟發和溫暖的支持力量。該刊並受到行政院新聞局的高度肯定，二〇〇〇年起，多次入圍或獲得文化出版界的最高榮譽——金鼎獎。

一九八五年，慈濟爲了籌建綜合醫院，廣向社會宣揚理念，民本電台主動闢出了一個清晨時段供慈濟播出，同年十一月十六日，「慈濟世界」節目開播，從此文化志業由無聲的文字跨入有聲的廣播領域。接著又先後獲得全省各電台的認同與支持，陸續開播節目，以語言開啓智慧、用聲音醒悟慈悲，將聽眾引領至清靈境地，讓慈濟大愛於空中交會，精緻用心的品質，不僅分別在一九九七年及一九九九年獲得中廣日新獎外製節目第三名，一九九九年三月還榮獲新聞局頒發「社會建設獎」；同年十二月更獲得兩岸關係暨大陸新聞報導獎佳作。二〇〇一年五月一日起各電台播放的「慈濟世界」廣播節目，改名爲「眞心看世界」，內容更具多元、精緻、生活化，貼近大眾需求。目前慈濟的廣播節目，除了台灣各地皆可收聽；同時，更遍及大陸、美洲、紐西蘭及新加坡等地。這不但是海外慈濟人的福氣，更是對於慈濟精神的莫大肯定。

## 優質清流的大愛電視台

一九九八年元旦，以喚起人心大愛、闡揚人性光輝爲使命，致力於淨化人心目標的慈濟「大愛電視台」開播，慈濟清流更藉由電視媒體快速而普遍的傳入每個家庭、注入每個人心中。前大愛台總監姚仁祿分析，證嚴法師設立電視台，就是在實踐信、願、行。他說：「上人相信媒體力量無遠弗屆，可以淨化人心，也可能毒害人心；爲實現淨化人心、祥和社會、天下無災難的願望，就得從淨化媒體做起。大愛台希望加強媒體傳播美善的力量，讓社會上的污染源逐次消失，還以人心潔淨、平和的面貌。」「大愛」，它所傳達的是一種可以分享、可以創造的大愛；也讓大家知道，愛是看得見、摸得著，是可以實踐的；它讓愛可以學習、可以犯錯、可以被諒解；這樣的觀念透過大愛電視台的傳播，讓人重新思考生命的價值，以及人與人之間的關係。

「大愛電視台」開播之後，製作的節目備受好評，特別是「大愛劇場」詮釋的每一則感人肺腑的故事，都賺人熱淚。一九九九年十月十日起，大愛電視台更透過衛星傳送方式向全球播映，讓有華人的地方，就能收看到大愛電視台的節目。

二○○五年六月世新大學新聞傳播學院與世新民調中心公布「2005媒體風雲排行榜」民調結果。大愛電視台榮獲「對社會影響最大」之冠，於「對個人最具影響力」、「最優質」、及「節目內容最豐富」項目中亦名列前茅。

另外，慈濟網際網路亦新增了「靜思森林」單元，透過影音多媒體，網友不僅能「閱聽」到慈濟的電視節目及慈濟文化影音出版品的菁華版，更能「面對」證嚴法師，聆聽法音。

這種透過文字、廣播、電視，從城市傳播到鄉村，由山巔水湄以至偏遠的離島地區，都在傳布慈濟的訊息，影響至為深遠。

新媒體的成立固然使慈濟文化志業欣欣向榮，但開創新局的工作總是特別艱辛而難行；不過，為了理想和堅持，慈濟決不會受制於收視率和銷售量，而放棄既有的宗旨與信念。

大愛的清流迭獲肯定，多次獲得行政院新聞局頒發的「廣播電視社會建設獎」；而精心製作的節目也多項入圍金鐘獎並得獎；另外，在新聞局於二○○○年特別針對有線電視台舉辦的「金視獎」中，亦嶄露頭角，入圍十六項節目得到五項大獎。證嚴法師指出，「我每天都透過大愛台開眼界，只要慈濟人走得到、做得到的，我就能看到，這就是一眼觀時千眼觀。」她讚嘆大愛台報導眞善美的人生，以及全球慈濟人的善行紀錄，可說是為慈濟寫《大藏經》。

## 全面歷史紀錄，深度文化出版

一九八六年因緣所聚，慈濟接下三位慈濟人無條件贈予的《普門文庫》雜誌社及普門講堂，成立「慈濟文化志業中心」，朝向提高佛教刊物水準的方向而努力，並在九月創辦《慈濟道侶》雙周報。《慈濟道侶》在發行了十七年後，於二〇〇四年三月起，併入《慈濟月刊》，主要是因為大愛電視新聞網路直播、慈濟網站新聞快報，都發揮了快速傳播慈濟新聞的功能，民眾有更多、更即時的管道了解慈濟，《慈濟道侶》遂決定轉型全新出發。轉型之一是併入《慈濟月刊》，為此，《慈濟月刊》也做了全新改版，頁數增加。轉型之二就是定期出版「慈濟道侶叢書」，以新面貌服務讀者。《慈濟道侶》要併刊時，志工都很捨不得。以前《慈濟道侶》要寄發給全台讀者時，刊物從摺疊、貼名條到包裝、寄出等過程，都是一群志工在默默服務。每逢出刊日，來幫忙的志工總有約兩百位，有資深的老鳥，也有第一次上陣的新手，連七十五歲的老阿嬤都來幫忙，大家「搶」著做事，那段相處融洽的日子頗令他們懷念。

《經典》雜誌是慈濟因應新世紀來臨所開展的另一新觸角，希望挖掘更多外界的「善知識」，使慈濟文化更為精緻、深邃。《經典》雜誌在一九九八年八月一日創辦，報導內容涵括歷史、人文、地理、生態、環保、醫療、教育、慈善、風土民情等，兼具深度與廣度，並運用大量的專業攝影和精緻的插畫。《經典》雜誌多次獲得金鼎獎的肯定。

在文化出版方面，從《慈濟叮嚀語》（均為證嚴法師平日的開示講話）開始，到藝文界名人高信疆主編的《證嚴法師靜思語》等書的出版，使廣大民眾也能領受到證嚴法師的惠愛潤澤；一九九九〇年，又成立了「慈濟文化出版社」，有計畫的出版一系列的慈濟叢書。如一九九七年二月由慈濟文化志業中心文史部編撰出版的《心蓮萬蕊——慈濟影像三十年》，四百多幀珍貴的相片重現了慈濟三十年來的點點滴滴，是慈濟第一部全面性的歷史紀錄。證嚴法師曾說，文化是「大喜」的工作，所以靜思文化均盡量採輕鬆題材，出版讓社會大眾看了心生歡喜的書籍，此即所謂「寓教於樂」。另外，一九九八年二月擴大轉型的「靜思文化出版社」，則更加重視證嚴法師「文化深度化」的理念，彰顯慈濟人文氣息。而慈濟叢書屢獲行政院新聞局的肯定，推薦爲中小學生優良課外讀物。

至於國外方面，一九九一年《美國慈濟月刊》創刊，爲海外慈濟刊物第一本；多年來，馬來西亞、阿根廷及巴西等地，也相繼都有專門報導慈濟的刊物出版，足見慈濟平面媒體之發展蓬勃。一九九五年十月外文期刊部成立，發行英文季刊及日文月刊，而《證嚴法師靜思語》自一九八九年問世以來，相繼出版中文、日文、英文、德文及簡體字版等，將慈濟推向全球化。

美國九一一事件屆滿周年，慈濟美國總會出版了《九一一敲響了警鐘》文集，一百篇文稿記錄著一千五百次志工在這場浩劫中所留下的大愛足跡；期望讓世人明白只有愛才能化解災難，只有愛才能撫平心靈的創傷，期待生活在平安幸福的人們看了此書，開啓內心的知足與感恩。

九一一發生後，美國慈濟志工成立南加州救災指揮中心，與紐約、長島、新澤西三處救災服務中心一起協助尋找失蹤僑民、供應救災人員應急物資、支持傷患急救及關懷受難民眾；並於十八日起進駐紐約市「家庭扶助中心」、新澤西「受災者復原辦公室」及在紐約華埠設立慈濟關懷站，長達三個多月的關懷服務，幫助了三千三百多戶受難家庭，共發出近二百萬美元濟助金。這本《九一一敲響了警鐘》文集，耗時三個月完成，收錄了七十多位志工撰寫的一百篇文章，共三百六十三頁，其中包括五十多幀珍貴彩照。

在這次災難中，有些在世貿大樓工作的慈濟人逃過一劫，但也有志工不幸罹難，因此在「九一一的哀思」篇章裡記載了慈濟人對罹難者的追思與懷念；而「深入驚爆現場」則敘述從驚爆現場逃出的志工，隨即加入救援行列的可貴善行。「愛的循環」篇章裡收錄了接受慈濟援助的民眾，以及與慈濟合作過的美國慈善機構或團體寫來的謝函，這份愛的回響充分顯出人間處處有溫情及人心光明美善的一面。

## 慈濟人文力量，各方回響

慈濟文化期許作爲一股清流、一種善的力量，找回人性、昇華人性；希望透過文字、聲音、影像，爲時代作見證、爲人類寫歷史，用「愛」豐富當代文化內涵，讓盛滿愛心的活水源源不絕。當這份共同的理念凝聚，力量就會增強，形成善的循環、美的互動，使人間得到寧靜與溫馨，因此，內政部抱著「透過宗教，淨化人心」的目標，特地於一九九〇年六月邀請證嚴法師以「慈濟精神淨化人心」爲題，作一場公開演講，《中央日報》副刊並轉載全文；接著各個機關學校及民間社團也爭相邀請基金會共同策畫各系列講座，法師的開示演講與基金會委員的現身說法，對於促進社會和諧、消弭社會糾紛，均有著顯著的成效。

二〇〇一年四月，中央通訊社在慈濟台北分會舉辦座談會，邀請國內傳播媒體負責人參加，探討媒體如何發揮正面影響力。受邀擔任引言人的證嚴法師表示，現代人相當依賴傳播媒體，媒體應發揮正面力量，多報導社會光明面，將愛的種子撒在人的心裡，引導人走入愛與善的大門，使心中那顆愛的種子長成果實纍纍的大樹。她希望大家一起「說好話、做好事、行好路、想好意」，讓愛循環，把社會風氣導向眞善美。

此外，企業界亦積極尋求與基金會合作，舉辦各項有意義的活動。如：「預約人間淨土」心蓮萬蕊，美化社會系列活動，既有助於提升企業形象，同時又對社會有實質的貢獻與回饋；而另一以「環保綠化爲目標，將垃圾變黃金」的環保活動中，在每位慈濟人胼手胝足的推動下，確實做到了知福、惜福、再造福的目標；另外還有募集「脊髓損傷醫療重建基金」的勸募活動，以及「用愛心擋嚴冬」賑濟災民等活動，皆達成了他們回饋社會的理想。

推行慈善、醫療、教育三項志業的最終目的，就是要建立一種能夠提升生活品味、淨化人心、光明人性，並符合時代需要的文化。因此，慈濟文化志業肩負承先啓後的歷史任務，發展至今，已呈現特有風貌。

證嚴法師帶領全球慈濟人所做的大愛無國界的事蹟，二〇〇〇年被牛津大學加拿大印刷公司編入地理學教材書中，列入加拿大高中生的選修課程。擁有英文和法文版的《世界接觸》在討論到「宗教領袖的影響」時，介紹二十多歲就出家的證嚴法師以及慈濟基金會，書中並引述國際環保公益團體「聯合地球」（United Earth）創辦人葛雷士・諾貝爾（Claes Nobel）的話：「證嚴法師的愛與智慧，引導人們走上一個『新世界文化』的舞台，在那裡，人與人、人與世界可以和平共處。」負責撰文介紹慈濟的地理老師約翰・崔提斯（John Trites）表示，他多次從國際媒體上看到慈濟人出現在不同的災難現場從事救災工作，因此將慈濟和證嚴法師編入教材，是希望學生從中探討人類彼此的互動及與大自然間的關係，爲進入未來世界做準備。

全球慈濟人對此均感到欣慰，也更加深致力推動慈濟志業的心願。證嚴法師表示，她有兩個感想，第一，自覺慚愧，第二，以慈濟人爲榮。她說：「這不是我個人的成就；而是所有慈濟人目標相同、心念一致，以無私的大愛付出，眞正做到『大愛包容地球村』所造就的。其實我沒有做什麼，都是慈濟人在做；只是外界提起慈濟，就難免把證嚴也帶出來，所以我個人感到很慚愧。我非常感恩所有的慈濟人，把慈濟精神推展到全球，假如不是這麼多慈濟人眞誠的愛、無私的付出、無所求的盡心盡力，哪會有今天國際間的肯定？讓國際人士知道台灣人的愛心很濃厚，在國際間應該被尊重，這是我覺得很安慰、也感到光榮的事，這也證明三十多年來慈濟所走的路，方向是正確的；未來我們要更用心加緊腳步，向目標精進。」

慈濟精神獲得國內外肯定，繼加拿大將慈濟事蹟納入高中教材後，政大商學院也開啓一門整合科目「人文與企業——慈濟精神之探討與實踐」，這是大學院校首次以慈濟精神來開課。這門課原先規畫只供商學院學生選修，上限爲七十人，但名額一下子就爆滿，且院長認爲應該讓全校師生都有機會聽課，因此開放可容納兩百多人的大教室上課。

接著，「慈濟人文」課程如雨後春筍般在銘傳、中山、輔仁大學、四海工專、大同商專與大學、德明技術學院等各大專院校中開設。學校表示：「現在的年輕人價值觀有些迷失，開這堂課，是希望讓他們看看社會的另一面，產生一些震撼與省思，將更懂得惜福，生命也有依循的方向。」慈濟人文課程讓學生體會最深的，應屬實務課程了。到慈濟醫院關懷病人、跟隨醫師爲遊民義診、到榮民之家陪爺爺聊天、到社區做資源回收……學生在報告中提到服務的種種感受，不僅開闊了個人的生命經驗，也反思到對家人、對社會要更加關心。到醫院當志工的學生，在看到癌末病患對抗病魔的樂觀與勇氣時，鼓舞了原本因家庭問題而低落的心。夜訪遊民的學生，也不再事不關己了，他們體悟到「沒有人願意當社會的邊緣人，社會問題也是你我的責任。」一位兩次到「仁愛之家」進行實務課程的學生感慨的說：「既然我能陪仁愛之家的老人聊天、照顧他們，爲什麼不能體貼自己的祖父母呢？」上了「慈濟人文」課程之後，這些年輕人開啓了潛在的一顆柔軟心。

## 慈悲喜捨的青年，是社會之福

證嚴法師說：「社會有滿懷愛心與感恩的年輕人，才是眞正之福！」身著「藍天白雲」制服的慈青孩子，以清純的心、無染的愛，擔負起「校園和平工作」使命；在校園、社會注入佛教慈悲善捨、尊重生命的清流。慈青假日閒暇的主要娛樂就是在全省各角落，與「慈濟懿德會」的輔導爸媽們訪貧濟苦，或到醫院、榮家擔任志工，關懷生命。寒暑假期間，則舉辦大專志工隊、禮儀學習營、幹部營等。緊湊的行事曆中，蘊含一顆精進的心，期盼青春不留白。

全省目前有超過一百所的大專院校有慈青活動，其中近七十所正式成立慈青社。校方也期許慈濟人的人文理念、大愛精神，能在學生眞誠的付出中造成善的循環。這股校園清流深受各界的肯定與讚賞，數度甚至連年獲得各項社會服務獎。證嚴法師看到這些慈濟的孩子懂得付出愛去助人，欣慰地表示：「我想做、做不到的，你們都代替我去做了，大家的心和我的心都黏在一起，眞的很貼心。」她曾經開示：「慈青，即是慈、悲、喜、捨的青年；而慈青社，即是以慈悲喜捨爲宗旨的服務性社團。」並勉勵同學在待人接物時要多觀照自己的行爲，讓端正整齊的形象影響身邊的人一起行善、助人。

《亞洲週刊》在慶祝發行二十五周年的特刊中，選出十八個亞洲國家的二十五歲青年代表，包括有尼泊爾比丘、汶萊太子、日本國會議員、寮國掃雷工人等，而以「助人、付出、學習」爲人生目標的慈濟大專青年聯誼會全省總幹事顏同學代表台灣列名其中。她表示，此次獲選不是她個人表現突出，而是慈青價值觀和生活方式已獲得肯定。顏同學接受訪問時表示：「我常覺得在醫院當志工，得到的比我付出的還多。」在繁重的課業中，她也曾爲了是不是該先將書念好，再爲投入慈濟志業的問題而掙扎。「但上人說行善、行孝要及時，我怎麼知道下一刻是不是還能有機會做這些事！」把握當下的想法讓顏同學選擇了課業與慈濟志業並行，並毅然承擔起慈青全省總幹事的職務。「要非常感謝慈青學長學姊爲後人鋪路，慈青才有今天的軌道，所以我也期許自己能做好那塊小小的磚頭。」顏同學期許慈青同學能用心地體會慈濟的精神與文化，「更重要的是不斷地學習，才不會有退轉的心念產生。」她並邀請所有的青年朋友一同加入慈濟大家庭。

不只是國內，甚至海外，每一位慈青都是證嚴法師貼心、疼愛的孩子，他們把慈濟的精神落實在日常生活中，譜出一篇篇動人的樂章。在慈濟刊物報導的故事裡，就讀加拿大哥倫比亞大學的林同學，才二十一歲的花樣年華，卻不幸罹患癌症，在嘗試各種療法均告無效後，身爲加拿大慈青的她，選擇在生命的最後回到慈濟；二〇〇一年一月，她住進花蓮慈濟醫院心蓮病房，立刻簽了器官捐贈同意書和病理解剖同意書。她問社工人員的第一句話是：「我還有什麼可以捐的？既然決定要將器官捐出去，只捐眼角膜和心瓣膜有點可惜，要是能讓更多人使用到我的器官，豈不是更值得！」林同學心中始終抱持感恩，她說：「我感恩在我生命中，一路走來遇到的都是貴人，我心中眞的沒有遺憾。」她並向家人道謝：「謝謝你們達成我捐贈器官的願望，相信對你們來講，一定相當不捨。但當我付出的時候，你們也一樣替我感到歡喜。謝謝你們，我愛你們！」一月十五日凌晨，林同學安詳往生。媽媽穿上她的鞋子，告訴慈濟人：「我要繼續走孩子沒走完的菩薩道……」

「佛法生活化，菩薩人間化」是慈濟人致力的方向，更是慈濟文化所揭櫫的理念。慈濟人用獨特的慈濟文化及愛的磚瓦，成就了慈濟世界，也接引了無數善士同耕這方福田。慈濟人心手相連，堅定而無悔地向前邁進，邁出了慈濟歷史的今與昔、艱難與喜悅，更邁出了一條康莊大道。

## 慈濟人文寫在人的行動裡

雖然宗教的教義、起源和制度不相同，但因爲有共同的語言——愛與奉獻；慈濟和天主教在一九九四年一月二十四日至二十七日，共同舉辦了一項「社會工作研討會」。慈濟從事社會工作，乃是抱持「尊重生命，莊嚴人性」的態度，朝著「關懷社會，擁有蒼生」的目標邁進；而天主教具有同樣以援助苦難的人們爲職志的觀點，因此此次研討會的目的之一，是希望藉由不同的宗教角度，在實際從事社會工作方面作心得分享與溝通；以期透過彼此了解，找到未來可以合作的交集，並共同追尋宗教、信仰的眞理。

這項活動背後的更大意義，是佛教與天主教首次以具體行動，表達宗教的包容與襟懷。在台灣的宗教界而言，可謂破天荒之舉。

什麼是慈濟的文化特質？證嚴法師說：「慈濟志業的眞正意義，在於藉有形的建設，啓發人的良知，把人人潛藏在心底的愛引導出來，用這分大愛與良能服務人群。」也就是說，慈濟志業的意義，在於其背後的文化精神；「慈濟文化」就是「慈濟志業的人文精神」，也就是菩薩精神的文化。同時她特別強調：「慈濟文化是尊重所有生命，幫助的對象不分種族、國家、宗教。眞正的菩薩是哪裡有苦難眾生，就將援手伸到哪裡。應眾生所需及時去幫助，就是慈濟的文化。」

慈濟在有形的文化志業中心——包括文史、中外文期刊、廣播、出版、視聽等部門之外，亦建構起委員、慈誠隊員的功能組織；又有以財施護持慈濟的榮譽董事聯誼會、以各教育階層爲主的慈濟教師聯誼會、集合有志社會公益活動的全國大專青年所組成的大專青年聯誼會，還有專爲小朋友而成立的慈濟快樂兒童精進班、爲資源回收全年無休的環保志工……他們遍布各階層、各角落，當證嚴法師的眼、當她的手，寬慰、安撫眾生的煩惱苦痛。

這些因慈濟會務推展，衍生而出的外圍團體，乍看之下似乎是各司其職、各自運作，但透過慈濟的基本成員——委員及慈誠隊員的居中聯繫，卻能相輔相成，凝聚成一股力量，完成文化志業的使命——淨化人心、祥和社會。

基於「孩子的教育不能等」，慈濟志工自一九九二年起，截至二〇〇四年十一月，已在全球十個貧困或受災地區，包括亞洲的台灣、印尼、泰國、伊朗、大陸，美洲的薩爾瓦多、多明尼加、墨西哥、巴拉圭，非洲的南非等地，援建了一百一十六所學校，嘉惠一批又一批的學子。「慈濟人文不是寫在書裡，而是寫在人的行動裡。」證嚴法師一語點出慈濟文化的精義——即是愛的啓發，愛的行動。透過所有慈濟人的人間菩薩群像，我們看到了可長可久的慈濟文化精神。

# 第十章　落實社區與環保工作

淨化了環境，也淨化了心靈，如此，「淨土」不就在身邊了嗎？多少投入資源回收工作的「慈濟人」，就是抱持這種「知福、惜福、再造福」的心情，欣喜無怨的做著這令人動容的奉獻……

多年來，台灣政府限於人力和經費，在推行垃圾分類及資源回收上，一直是有心無力。但是一股來自民間的力量，卻將此運動帶動了起來。

一九八〇年八月，慈濟發動了一項環保運動，喚起成千上萬的慈濟人，自己發心，一起出力推行垃圾分類、資源回收的工作，打造一個「人間淨土」。這個運動是從台中開始的，當證嚴法師結束一場演講之後，受到大家熱烈的鼓掌，證嚴法師就說，希望每個人都能「用鼓掌的這雙手」，來幫忙改善垃圾問題，從自己的家庭做起，把垃圾分類，以再生資源。當時，一位小姐就立刻發心實行，她騎著腳踏車，挨家挨戶去收垃圾，然後分類賣掉，後來一位老先生也騎著三輪車來幫忙，一個月後，證嚴法師再訪台中時，這位小姐呈上了她的工作成績——五千多元，然後捐了出來；接著台中的黎明新村也全村參與，每家把分類好的垃圾，集中在慈濟委員家門口，再拿去賣掉，每星期可以賣得八千多元，從此，這種來自民間的環保熱情，就慢慢地散播開來了。

這種工作是「眾生平等」的，願意參與的都是秉持著同樣的心意，不分貴賤，從小學生到百歲老人，有工人、老師、上班族，也有大公司的董事長。有錢人捐錢不稀奇，最難得的是他們肯出汗出力。

## 為淨化地球善盡己力

六十多歲的陳老先生，曾是台中一家建設公司的董事長，現已交棒退休。他有一輛百萬元座車，但是又去買了一輛卡車，偕同他的司機，頂著大熱天、冒著風雨，載著一車車的分類垃圾，和大家擠在髒臭的破舊貨物收售店，稱重量、算價錢，大家會心的微笑著，不管臉上流的是汗水還是雨水，都在交換著心中的喜悅。總算賣得了一些錢，當然，如果以他們的「身價」來算，花這麼多時間，才得到這些錢，根本連工錢都不夠，但是想到是在爲環境盡一分力，把廢紙變成鈔票，再用來助人，眞教他們滿心歡喜。

他們的努力，也曾經引起批評，說是在與拾荒者「爭利」。於是，他們退了一步，凡是拾荒者要的，他們就讓出來——「別人嫌髒，不肯拾的，我們來撿」。這些年來，他們的付出，已看到了成果。現在，有的公司或是個人，如果有大批可回收的垃圾，就會先整理好，再打電話請慈濟基金會派人來收。還有的學校在慈濟基金會的輔導下，慢慢做好了垃圾分類，就自己賣掉，當作學生的福利金。

一位大陸新娘嫁來台灣的婚姻生活，與先生常起衝突，心裡很苦悶。後來有機會進入慈濟，人開始改變。她跟著慈濟投入環保工作，每月參加大型資源回收。在醫院打工的她，也在醫院落實環保，在病房裡另外放置一個桶子，以便病患家屬放置鐵罐、寶特瓶等回收物資，到了清掃時間她就順道回收。有次下班，她換裝後，雍容地提著兩大袋黑色塑膠袋。一位婦女錯身而過，好奇地問她撿什麼，她回答說，在撿「黃金」。對方馬上讚美她：「啊！太太，你一定是慈濟人！」這句話讓她與有榮焉。社會對慈濟環保志工的正面評價與肅然起敬，就是對慈濟環保志業的莫大肯定。

證嚴法師非常肯定環保志工對社會的貢獻，認爲他們是以務實的行動爲淨化地球善盡己力，而不是徒託空言，稱讚大家是社會上的無名英雄，默默地投入「人丟我撿」的工作，在街頭巷尾「老實修行」。她說：「做環保是眞修行，必須能不畏髒臭而甘之如飴，這就是去我執、滅我相的修行最高境界。」證嚴法師表示，人生最大的煩惱就是「我執」深重，我執就是以自我爲中心、自以爲了不起，也有的以爲自己樣樣不如人。不論是驕傲自大或自認卑劣，都是心理很大的障礙。「能去掉我執，才能得到歡喜自在。若認爲自己高人一等，流露盛氣凌人的姿態，別人就會疏遠，自己也就陷入『高處不勝寒』的孤單中。或有人會認爲自己學問很差，人格低劣，而在極自卑的心態下與人群隔絕，造成孤僻的性格，這也是很煩惱的事。」「佛陀開示：人人佛性平等，無須狂妄自大，也不必妄自菲薄。在社會上，人人都應相互感恩，例如有錢人要感恩大家協助自己擁有事業成就；沒錢的人必須做工維生，也要感恩士農工商齊心努力，才使自己有就業機會。有感恩心，自然會有平等心與平常心，而能與人和諧相處，感覺『我愛人人、人人愛我』，過著和樂融洽而不孤單的生活。」因此，在慈濟基金會裡，只見一個個歡喜的「慈濟人」，懷著一顆顆歡喜的心，走向身體力行的環保工作，那是信仰的歡喜！當信仰和環保牽手，以信仰來解釋環保時，就有無比的力量！

## 萬顆真心，一片林

一顆眞心，一棵樹；萬顆眞心，一片林。全省參與環保工作的慈濟會員及志工們，一心一意做資源回收，不爲名與利，只爲了照顧好大地這個「家」；他們惜福愛物，希望下一代也能分享豐富的地球資源。

一九九五年除了淨灘、淨山、植樹……幾場大型環境淨化工作外，全省十六個縣市上千名環保志工放下身段，於每個晨昏，在一動作、一佛號的親身力行中，抱持著「藉事練心」、「多做多得，少做多失」的心境，充分發揮生命的使用權，投入資源回收工作，一年間總計回收了二萬零七百餘公噸資源。接著，慈濟環保如同滴落水面的漣漪般，逐漸向全省擴散；至二〇〇一年時，短短六年時間，全省已有近二萬名環保志工、二百個資源回收總站及一千二百個回收定點，而一年的資源回收總重量更激增了兩倍半，達七萬一千七百餘公噸。

證嚴法師認爲，台灣過去幾個大颱風所造成的慘重災害，問題主要是出在山林濫墾濫伐。她說：「人們這麼做，等於是在挪用子孫的資源財產。在佛教觀念中，人不只是這輩子而已；去了還會再來，若再轉世爲人，地球資源早已被掏空了，這是多可悲的事。」

世間萬物，即使是一枝草、一點露、一件物品，也都是有價値的，都是一種生命；能讓一張紙延長使用壽命，甚至死而復生，如此就可減少砍伐樹木，這不就是「護生」嗎？把丟棄的垃圾，換成了金錢，再拿來濟助需要的人，這不就是一件「功德」嗎？一個有身分的人，肯彎下腰去撿拾又髒又亂的垃圾，這是在街頭「修行」！大家手牽手，心連心一起爲環境奉獻力量，這也算是一種「共修」！淨化了環境，也淨化了心靈，如此，「淨土」不就在身邊了嗎？而多少投入了資源回收工作的「慈濟人」，也就是抱持著這種「知福、惜福、再造福」的心情，欣喜無怨的做著這令人動容的奉獻。有人說這是「宗教狂熱」所帶出來的一股力量，但是，這是一種健康的狂熱，這是從最底層所撒下，最眞實的環保種子！

以往每個月第二個星期天，是慈濟人的「社區志工日」。在這一天，每一位慈濟人都會在各自的社區裡，實行垃圾回收、清掃公園、推動環保、照料貧戶等工作，和鄰居們結善緣。並在社區開辦婦女成長班、親子成長班、電腦班、媽媽手語班等，引領不少家庭主婦走出廚房，從事各項社區工作。

「慈濟人」當中有不少夫妻檔，丈夫通常是「慈誠隊」的成員，擔負起救災的工作，妻子則擔任社區推廣的工作，在自家社區從事比較「柔性」一點的服務，如資源回收、貧戶照料等。也許是這種良性的示範作用，帶動不少社區居民也投身慈濟的行列。

證嚴法師說，每次看到環保志工辛勤回收、用心分類、愛惜物命的做法，就讓她很感動。「例如回收紙張，他們用刀子把簿本拆開，仔細分出白紙和印刷過的紙，為什麼要花費這麼多時間和人工呢？原來，沒有油墨污染過的紙張，回收價錢較好。回收錄音帶也是。現在錄音帶退流行了，被大批出清丟掉，環保志工很細心地拆解，把上面的細小螺絲一個一個收集起來，也裝滿一大桶；廢棄的電線，裡面的銅線還有用，就用機器一根一根削除包覆在外的塑膠，這也必須慢工才能出細活；或是深入研究，將回收寶特瓶熔製成紗，再織成布，做成環保袋……他們如此用心節流，讓物品翻新再生；不但使我們的環境變得清淨，也大大減少了地球資源的耗損。眞正是惜福、再造福！而盡心盡力付出，一點一滴回收所得的金額，能幫助大愛台多一分『愛心化清流、清流繞全球』的力量。所以我說，環保志工不僅是救山救海，也是救世救心。」

「環保志工將內在的愛心清流，化為疼惜物命的行動。他們無處不在，雙腳踏遍鄉間、市區、巷道；雙手勤付出，不斷發揮良能。我為大家歲末祝福時，看到他們有些人手磨破了，還有人的手受傷包紮著，我很心疼、很不捨；然而他們卻說：『不要緊，很感恩！』短短的時間，我來不及膚慰這一雙雙手，但我打從內心疼惜！他們受了傷，還是微笑地善解，眞的是用生命呵護地球，也用生命付出大愛。這分心地之美、身行之善，實在教我感恩與尊敬！……」證嚴法師說，慈濟環保志工，少欲知足，惜物惜福，勤於回收分類，每一位都是「富有人生」。

## 廣泛運用綠建築，希求永續發展

慈濟推展環保志業身體力行，以花蓮慈濟醫院來說，便十分落實。花蓮慈院甚至榮獲九十一年度經濟部節約能源傑出獎，原因是慈院使用雨水回收系統設備、地面鋪設連鎖磚、醫院E化、垃圾資源回收、員工用餐自備環保餐具，以及應用太陽能在照明、用水上，處處落實環保及節約能源理念。

有感於珍惜地球水資源的重要性，花蓮慈濟各志業體在基金會營建處的規畫下，均採節水設備及雨水、中水回收系統。花蓮慈濟醫院自一九九九年五月起全面改換節水器材，是全省最先規畫雨水回收系統的醫療院所；凡是滴落大地的雨水，來到慈院雨水回收系統後，可都成了「再生水」；透過建築物的高低落差，讓高層雨水集聚至低樓層，經沉澱、過濾、儲存流至地面，作爲景觀澆灌與清洗用水，完全應用位能轉換爲動能的觀念，相對也節省電力。總計每年可省八千六百公噸的水量。

由於節約用水成效卓著，花蓮慈濟醫院及慈濟基金會營建處主任林敏朝，於二〇〇〇年二月分別榮獲經濟部水資源局節約用水績優單位及個人獎項。根據經濟部水資源局指出，二十一世紀是「爭水」的世紀；也有科學家預測：二十一世紀有地區會因水而戰，有的地區則會因暴雨而成爲「水世界」。慈濟有效利用自然資源、綠化環境，並結合環保及資源回收再生利用的「綠建築」，無非是人與地球環境共生共容、永續發展的最佳示現。

慈濟醫院早自一九九四年開始，即積極推行環保，以垃圾減量及資源回收爲兩大方向。

在垃圾減量方面，首先控制辦公室垃圾桶的設置數量，以降低垃圾量；在資源回收方面，院內資源回收桶以圖示讓員工與民眾一目了然，小自迴紋針、訂書針與電池，大到醫療用廢棄物，都落實回收工作。再者，盡力創造無紙化環境，若非存檔用途，不使用紙張，全院設計電腦表單作業，非機密性文件紙張亦重複使用，並在各個角落設置廢紙回收桶。紙類經碎紙機處理後，還可當作塡充物。以一九九九年爲例，花蓮慈濟醫院總計全年共回收紙類七萬四百公斤、塑膠類七千五百公斤、鐵鋁類四千三百公斤；而慈院員工自備環保餐具，每餐即減少上千個餐盒、免洗竹筷，總計每年可減少約五十七萬個保麗龍碗、塑膠杯、竹筷等的使用量。二〇〇〇年五月榮獲環保署頒發「辦公室做環保績優單位」獎項。

# 第十一章 獎不完的證嚴法師

不管獲得怎樣的榮譽，證嚴法師皆是以平常心待之，她所想到的只是「該如何付出、如何做，才能對所有護持慈濟者，有所交代。」這所有的榮譽都是慈濟人共有的……

在慈濟的世界裡，一個個美善、感人的見證，均在告訴你：「人間依然有愛！」不管是「施」或「受」，都洋溢著感恩的心情；而證嚴法師本人更是「感恩」的具體表徵。

證嚴法師在一九八九年十月二十八日獲當時總統**李登輝頒贈「慈悲濟世」匾額**，褒獎她寫下了台灣經驗中最寶貴、也最感人的一章。法師在致辭時，只謙沖表示：「慈濟今日的成果，不是我一個人的功勞，而是所有的委員和會員們共同的努力與愛心，及全國同胞熱心的支持，所匯聚的力量達成的……」

一九九一年七月十六日，享有「亞洲諾貝爾獎」之譽的菲律賓麥格塞塞基金會，宣布證嚴法師獲頒一九九一年的**麥格塞塞「社區領袖獎」**，獲獎的原因是「喚起現代台灣民眾對古代佛教慈悲為懷教義的重視。」法師在向麥格塞塞基金會致感恩與謝忱的信函中，仍謙沖地表示：「天下事不是一人做的，而是大家一起共同成就的；天下事不是一時做的，而是一人接一人、一代接一代，相繼完成的。如果說佛教慈濟基金會二十七年有成，那是所有佛教徒、慈濟委員、會員與社會愛心人士胼手胝足，共同創造出來的；如果說本會今後猶能持續發展，屹立不搖，那是所有慈濟人『以佛心為己心，以師志為己志』，代代相接，薪火相傳，有以致之的。所以，獎勵雖然集於證嚴一身，但實質榮耀應歸於所有的慈濟人。」並將獎金的一半救濟菲律賓火山爆發災民，其餘一半則由慈濟基金會移作大陸賑災之用。

在證嚴法師的靜思精舍兩廊，高懸「一眼觀時千眼觀，一手動時千手動」的座右銘，她勉勵自己、也期望人人都能發揮「千手千眼菩薩」力量，大家即時動手以助眾生「離苦得樂」，「菩薩」就在心中。

一九九一年十一月，證嚴法師獲美國德州市議會及聖安東尼市議會通過頒贈**「德州榮譽公民」**、**「聖安東尼榮譽市長」**及**「聖安東尼榮譽領地」**等榮譽獎章。德州政府對於該項殊榮的審核相當嚴格，除了申請者須提出對社會卓著的貢獻事蹟外，還須經州議會討論通過後，再經由法官同意，才算完成一切程序。

受此殊榮的證嚴法師在致謝詞時表示：「言可言，非眞言」，實在無法用言語說出內心的感受；而不管獲得怎樣的榮譽，她皆是以平常心待之，她所想到的只是「該如何付出、如何做，才能對所有護持慈濟者，有所交代，這所有的榮譽都是慈濟人共有的。」

一九九四年九月，領導慈濟基金會的證嚴法師又得獎了，她獲得了**「艾森豪國際和平獎」**，艾森豪獎自一九七四年設立以來，每兩年頒發一次，受獎人必須具有國際知名度、從事慈善事業十年以上並有具體成就，同時還須接受三十七個以上的國家代表在大會中投票，相當不容易。證嚴法師是台灣獲頒此獎的第一人，也是繼印度泰瑞莎修女後，亞洲獲獎的第二人，曾獲此獎的名人還有前美國總統雷根及布希。

主辦該獎項的世界國民外交協會會長華納博士代表總會表示，證嚴法師同意接受該會最高榮譽的艾森豪獎，這是世界國民外交協會無上的光榮，他們推崇證嚴法師不僅長期在台灣推動濟貧教富的工作，同時更以無比的愛心穿越國界的藩籬，關懷地球上陰暗悲苦的角落，這分愛的力量對世界和平有極大的貢獻。

一九九二年十二月份的《**讀者文摘**》亦報導了證嚴法師二十多年來，夙夜匪懈恤苦濟貧，感動了千萬眾生的事蹟。《讀者文摘》的採訪女記者馬克佛福小姐，除拜會證嚴法師，亦參觀精舍及了解常住生活，並在慈濟基金會及慈濟醫院與慈濟人一起生活了十多天，趕上了慈濟一年一度的濟貧年夜飯盛況，她目睹了慈濟人歡樂的大場面後，在接受新聞媒體的訪問時表示，她心靈中受到最大的衝擊就是：「每個人都在笑，而且是非常快樂、開朗、充滿希望的笑，這種人人打從心裡發出來的笑聲與歡樂的場面，實在是難得一見。」在感動之餘，馬克佛福小姐也捐出了二百美元做爲慈濟基金會的建設基金，成爲該會的會員。

在《讀者文摘》這篇深入的報導中指出：「二十六年來，這位謙沖有禮、活力充沛的出家人，一直致力於恤苦濟貧、不屈不撓，令千千萬萬人感動，她是台灣規模最大、聲譽最好、有會員二百多萬的慈善機構。給予台灣一萬個貧苦家庭緊急救助和長期援助。」眞是明白扼要的點出了慈濟天地的成果。《讀者文摘》這篇報導的結尾中，引用了證嚴法師的話說：「過去只是虛空的回憶，我們須爲當下而活」，「今天世界上最大的問題是缺乏愛心，當下我們正在建立一個充滿愛心的社會。」

一九九五年九月《**亞洲週刊**》選出了廿一位亞洲最有力量的婦女，包括台灣的宗教暨社會領袖證嚴法師和出版家殷允芃，香港出版家胡仙，以及中共對外貿易經濟合作部長吳儀都名列榜上。名單中有一半以上是政界人士。《亞洲週刊》主編莫里森說：「力量是指控制力、權力及影響力。這些婦女有的控制廣大的商業帝國，有些有權形成政府政策，有些對民眾的思想及信仰具有影響力。」

而在日本有八十年歷史、發行量高達二百五十萬份、名列日本四大文字媒體之一的《**產經新聞**》，自一九九五年十二月初起連續推出五個專題報導系列，首度介紹證嚴法師和慈濟基金會。

《產經新聞》駐台北特派員小澤昇指出，證嚴法師和「慈濟人」近三十年來無怨無悔的付出，已大幅改變以往外國人對台灣的種種不良印象；他表示希望透過在慈濟基金會的所見所聞，將台灣善良可愛的另一面，眞實報導給日本社會大眾。除此之外，還有一個與日本國內時事新聞相關的因素，就是歷經奧姆眞理教一連串瘋狂行徑之後，日本國民對假藉宗教之名大逞野人私欲的團體和信仰，已經到了「風聲鶴唳、草木皆兵」的地步；小澤期盼透過撰寫證嚴法師和慈濟基金會的報導價值，或許能協助滋潤日本民眾的心靈，重燃他們對人生的希望。

實地採訪之前，小澤和大多數的日本人一樣，對台灣的認識，只侷限在「多金」、「有膽」、「敢拚」，卻不能遵守交通規則或法律等公共道德規範的粗淺印象。不過，小澤在用心研讀證嚴法師所著的《靜思語》等多冊書籍，並參考若干相關資料之後意外發現，原來，台灣社會的各個角落仍存在著許多人性的光明面。爲了進一步探索眞相，小澤懷著一顆好奇又半信半疑的心，決定用自己的眼睛加以證實。然而，藉由走訪慈濟基金會的各項建設與了解其用心良苦之後，小澤終於親身體驗了證嚴法師的《靜思語》一書中所言：雖然迷失本性、欲念大、煩惱多，難免成爲人生痛苦的最大根源，然而，在慈濟的世界裡，不少會員和信徒，卻是從富裕的生活和環境中覺醒，回過頭來以愛心和行動奉獻自己，重新投入服務眾生的行列。這次對證嚴法師和慈濟基金會的專訪，讓小澤有了一趟豐收而踏實的心靈之旅。

一九九五年十一月，諾貝爾物理獎得獎人布倫柏根夫婦來台訪問期間，特別到靜思精舍拜訪證嚴法師。諾斯博士表示，他在美國時，即常獲悉慈濟基金會近年從事國際救災的工作，並獲知台灣近年經濟奇蹟發展中塑造出慈濟慈善的大機構，患連起救濟、醫療、文化、教育的工作，對創辦人證嚴法師的慈濟濟世精神大爲敬佩，也非常好奇這位弱女子，如何在三十年間從無到有，創立慈濟基金會、醫學院、醫院、護專及世界各地的分會，如何帶領數百萬信徒行善布施？對此，證嚴法師說，這一切都是每一慈濟志工的奉獻累積而來，其實幫助別人是一種享受，不是犧牲，很多人不知道施比受更有福報，所以從事志業的都是本著一顆感恩的歡喜的心，不會覺得辛苦，再累也不會倦怠。

布倫柏根太太表示，她走進慈濟時，看到牆上寫的佛門十戒條文，跟猶太教及基督教的教義非常相似。證嚴法師說，不管是行善作惡，放諸天下應該都是一樣，慈濟就是要導引世人走向眞善美的境界。布論柏根對雷射光譜的卓越貢獻，榮獲一九八一年諾貝爾物理獎，此外他也曾獲美國總統科學獎及物理學會等獎項，但是布倫柏根卻說他最興奮的事不是得獎，而是發現雷射光。證嚴法師表示，付出時是她最快樂的時刻，她很欽佩有如此高成就的學者能不爲得獎而工作，這種精神值得大家學習。

一九九六年五月慈濟基金會舉行三十周年慶，內政部與僑委會分別頒給創辦人證嚴法師**內政一等獎章及華光一等獎章**，以表彰她對社會、國家、國際、僑民的偉大貢獻，推崇證嚴法師不但是教育家、慈善家、哲學家，更是社會的老師，三十年來慈濟的表現就是智仁勇的結合。而證嚴法師則頻頻以「感恩」二字，詮釋她的心情，感恩有那麼多人肯定慈濟所推動的各項志業，她將和所有的慈濟人心連心、手牽手，增進社會祥和持續努力下去，讓慈濟不只有三十年，而是無數個三十年。

一九九七年九月「貧民窟的聖人」德蕾莎修女蒙主寵召，證嚴法師立刻到德蕾莎修女創辦的仁愛傳教修女會的台北分會探望。剛痛失精神領袖的五位印度、菲律賓籍修女見到證嚴法師，執著她的手稱她爲「台灣的德蕾莎」。證嚴法師表示雖然外界老喜歡把她和德蕾莎比擬，但她並不認爲慈濟的作法和德蕾莎的作法有何異同，她相信兩人的「精神交會」、「愛的方針」是她們的共同點。證嚴法師並說：「德蕾莎修女的聖潔令人景仰，我哪敢和她的偉大相比，我還是做『台灣的釋證嚴』吧。」

證嚴法師說，她與天主教的淵源極深，三十二年前她會創設慈濟功德會，是因爲三位修女問她：佛教是不是也爲社會奉獻服務？問得她啞口無言，自此原本遠離紅塵的出家人，再走回紅塵，與受苦眾生站在一起。證嚴法師說，多年來常有神父、修女到花蓮靜思精舍參觀，也一直要促成德蕾莎修女和她見面，如今修女已逝，俗世的會面已是不可能，證嚴法師深覺遺憾，但她一聲輕嘆說道：「人生無常，一切都是緣吧。」她相信，德蕾莎就是佛教徒眼中的菩薩，「不忍世間眾生受苦，一定會乘願再來。」

一九九八年三月美國洛杉磯騎士橋國際慈善機構負責人愛德華．亞堤斯將當年他受封爲騎士總司令的寶劍致贈予證嚴法師，阿富汗反抗軍領袖穆罕默德將軍在寶劍上刻著「因爲您的慈悲，救助了無數巴尼亞省的人士」，亞堤斯並捐出一百美元加入慈濟，立誓在有生之年繼續深入災區，救助塗炭的生靈。騎士橋是被認可的聯合國義工組織，經常出生入死至各災區救災。亞堤斯表示，以前不曉得有慈濟這樣的慈善團體，所以當初慈濟與他接觸時，他並不抱太大希望，以爲也只是虛應故事，沒想到馬上就獲資金及藥品的補助，令他相當感動。

一九九八年七月夏威夷凱撒醫院院長司馬康先生（Mr. Bruce Behnke）至花蓮拜訪證嚴法師，司馬先生一直以來對慈濟相當肯定與支持，也爲夏威夷「慈濟義診中心」出力甚多。不但曾以凱撒醫院名義捐四萬二千元美金給義診中心，並參與慈濟在密克羅尼西亞之夏克示島的義診。他很感謝在慈濟找到人生的價值，而且有服務眾生的機會，自認成長很多。

隨後司馬康先生前往各志業體參觀，並應邀在慈濟醫院演講。演講結束後，又再度與證嚴法師晤面，並連聲讚嘆道：「慈濟醫院是用愛心打造起來的！眞是一所非常特別的醫院！」並且認爲志業體有三項特色──環境特別好、特別乾淨、特別人性化。尤其慈濟醫學院的解剖學科和慈濟醫院的心蓮病房，皆充滿尊重人性的內涵，志業體在管理方面也表現出慈濟獨具的人文精神，同時醫護人員的態度非常親和。司馬康先生對慈濟醫學院大體解剖室更是讚嘆再三，表示全世界沒有一所醫學院對大體如此尊重，很期待未來美國各大醫學院校有機會來此學習。

這位熱愛東方文化的美國人，在兩年後，二〇〇〇年八月再度來台，在慈濟台北分會皈依證嚴法師。凱撒醫院名列美國醫療管理前十名，司馬康院長向師父表示，自己的專長在醫務管理，如果慈濟醫院在成本管理上有需要他的地方，他願意幫忙。證嚴法師回答：「我只關心醫師對病人是否有愛心？病人對醫院是否滿意？我只要求醫療品質提升，並沒有想到醫院要營利賺錢。我們所要的是愛的管理，也希望慈濟醫院是社區醫院，是能照顧到地區的小醫院。」期勉他要以大愛包容一切。「師父的志願是拔天下眾生苦，從現在開始你要以師志爲己志，要把師父的志願好好發揚。」

法國第三大雜誌《**費加洛**》雜誌曾於一九九七年及一九九八年兩度報導證嚴法師及慈濟基金會，並讚譽她是亞洲最受尊重的人。當時，恰巧法國有線電視Canal頻道的「星期六開講」節目，專門探尋好人好事，報導對社會有貢獻或有卓越成就的世界人士。於是在一九九八年十一月專程來台採訪證嚴法師。

在與慈濟人接觸後，該頻道兩位記者認爲，慈濟不單只是一個慈善機構，還有愛及分享的哲學。「我們看到慈濟人用另一種生活方式、生活哲學來改變社會，使它變得更積極。」另外，他們也以法國醫院所面臨的問題與慈濟醫院作一番比較。「當面對死亡時，我們每個人都怕死。但在法國一些醫院裡，我們感覺不出人道精神，護士根本不關心臨終的病人，對她們來講只是多一個死人罷了；而慈濟醫院的醫護人員卻努力使病人感覺他們像是在自己家裡一樣。」

美聯社駐華記者布恪思，受《亞洲週刊》委託於一九九九年十二月初專訪證嚴法師，在談到慈濟人發揮的大愛力量時，布恪思先生有感而發的表示，他曾看到一位親人往生的女人抱著前往關懷的慈濟人痛哭，在柔言相慰下，終使她情緒紓解。「這讓我深深感受到宗教安撫人心的力量，就如師父所說，慈濟人並非是專業的心靈輔導者，但我認爲他們有很豐富的安撫人心經驗，讓人看了很感動！」同行的美國加州大學聖地牙哥分校社會學教授趙文詞問道，慈濟大愛精神要如何擴及其他國家？證嚴法師表示，大愛遍及全球是慈濟深切的期待，但愛不是用言語就能感動人心，而是要落實在行爲中才能感化人心，進而帶動他人共同付出大愛。

二〇〇〇年二月底，法鼓山文教基金會創辦人聖嚴法師，率領弟子前往花蓮，與證嚴交流從事社會服務的經驗與心得。對於過往歲月，兩位法師同樣感懷良深的表示：「的確是很辛苦、很累。」證嚴法師說，慈濟開始的十年是「身體」上很辛苦，之後則是「精神」上很辛苦。聖嚴法師則稱嘆道：「有多大的信賴，就有多大的力量！」

證嚴法師聞聲救苦的事蹟，於二〇〇〇年三月登上**美國費城國家自由博物館榮譽牆**，是全球二十七位促進世界和平的代表之一，與達賴喇嘛同是亞洲代表。榮譽牆上掛有證嚴的相片，並有一段英文簡介指出：「證嚴法師透過慈濟基金會幫助世界上數以百萬計的窮人與災民，成立醫院、在災區設立臨時醫療診所，提供設備、食物和衣物，並成立骨髓資料庫；證嚴法師奉獻一生，希望能藉此結束人們貧病相依的惡性循環。」設於費城的國家自由博物館，榮譽牆上的人選是由三十多位學者推薦而達成共識決定的；該館籌畫者希望將榮譽牆上的楷模事蹟公布出來，讓這股善風氣普及到各階層。證嚴法師獲知此事後，仍如以往謙虛的表示，這分榮譽屬於全球慈濟人。

二〇〇〇年四月二十二日，慈濟基金會獲頒**中國民主教育基金會第十四屆傑出民主人士獎**，頒獎典禮於美國舊金山舉行，評審委員表示，慈濟基金會在證嚴法師和所有志工努力下，不分宗教、國籍、政治和種族伸援苦難，這種人道精神獲得國際高度肯定，是此次得獎原因。中國民主教育基金會會長蔣享蘭女士提到，該基金會前創辦人黃麗川先生，十多年前接觸慈濟並閱讀多本證嚴法師著作深受感動，認爲中國民主教育基金會就是要學習慈濟精神。

美國「諾薇爾基金會」頒發「**人道精神終身成就獎**」給證嚴法師，由靜思精舍德旻法師代表接受。受德蕾莎啟發而成立基金會的諾薇爾．韓特斯徹（Noel Irwin Hentschel）表示，台灣九二一地震時，她透過《洛杉磯時報》的報導了解慈濟在災區的救災效率；而證嚴法師所吸引四百萬會員及萬名志工，在世界不同角落推動賑濟、救援、醫療、教育等工作，令人崇敬。過去此獎曾頒發給德蕾莎修女、前英國首相柴契爾夫人、前菲律賓總統艾奎諾夫人等多位女性，證嚴法師是首位獲獎的中國人。

諾貝爾和平獎得主達賴喇嘛，於二〇〇一年四月九日在大林慈濟醫院與證嚴法師會面，推崇她以無國界的大悲心從事各項志業，並對慈濟成就感到贊同與隨喜，也讚嘆證嚴法師重視環保。

二〇〇一年三月二十九日，證嚴法師獲頒**香港大學「名譽社會科學博士」**學位。香港大學認爲證嚴法師對宗教及社會福利工作的熱忱與付出，啓發了慈濟會眾的善心，其善行讓全球超過一百萬名居於暗角的貧困之人得到援助和照顧，受惠者遍及四十多個國家，其中包括香港慈濟志工長期在當地的服務，因此，推薦授與她榮譽博士學位。香港大學前身爲香港西醫書院，即國父孫中山先生的母校，該校每年頒授名譽博士學位，表揚對社會、教育、學術方面卓然有成的國際人士，近年獲獎人士包括德蕾莎修女、前菲律賓總統艾奎諾夫人，以及李遠哲教授等人。

由於證嚴法師未能出席這項榮譽博士的頒獎典禮，因此香港大學三位副校長特於七月九日專程來台，親自將榮譽博士袍及榮譽博士學位證書頒贈給她。證嚴法師表示，這分榮譽是來自無數慈濟人發揮「一眼觀時千眼觀，一手動時千手動」的共同成就。「我和所有慈濟人將更努力，爲新世界、爲地球上每一個暗角付出，以回報這分榮耀。」

世界佛教大學泰國總部二〇〇二年三月六日頒發**「佛教傑出女性獎」**給證嚴法師，表揚證嚴法師在全球各地推動社會福利工作，對國際佛教界卓著的貢獻。慈濟基金會宗教處副主任謝景貴代表出席受獎。

二〇〇三年十二月九日，陳水扁總統和呂秀蓮副總統來到花蓮，頒發「**二等景星勳章**」給證嚴法師。證嚴法師表示，這分殊榮，應該歸於全球慈濟志工，他們長期在僑居地付出，其實都是「自力更生、就地取材」，台灣所給予的，只是愛的種子和無限的祝福；他們以「台灣慈濟」爲名付出，一再受到當地政府與民間的肯定，卻將善的美名回歸台灣，證嚴說：「實在很感恩！」

# 第十二章　慈濟的祝福

每一位慈濟人被感召的途徑也許不同，但是被啟發的愛心、虔誠的奉獻與喜樂，卻絲毫無差……

今天，只要一提起「慈濟」兩個字，大家莫不豎起大姆指，給予讚佩與肯定；但是當初在「佛教克難慈濟功德會」剛開始的時候，仍免不了遭受一些不必要的阻力、懷疑與排斥，面對這些風風雨雨，證嚴法師總是以平常心處之；她說：「過去心不可得，未來心不可得；我只在意日常生活中分分秒秒、當下即是的那一顆心，凡事以誠以正。」

證嚴法師以她誠正信實的做事態度，把社會大眾捐獻的錢，涓滴不漏地全做了利益眾生的事，長年下來，那一股偉大的宗教情操，感動了無數的人；上至豪門巨富，下至販夫走卒，大夥無不盡心竭力地護持慈濟。證嚴說：「富有的眾生要啓發，貧窮的眾生要救濟，眾生皆平等，沒有差別。」而在慈濟醫院、靜思精舍或任何慈濟處所碰到的人，不論僧俗，總是會對你頷首微笑，每一張臉上都散發著悅人的和善光澤，在這裡，眞的沒有貧富貴賤的差別。

## 破銅爛鐵變成了鋼筋水泥

每一位慈濟人被感召的途徑也許不同，但是被啓發的愛心、虔誠的奉獻與喜樂，卻絲毫無差。證嚴法師說：「連兩三歲的小孩受媽媽的影響，也會說要存錢給師父蓋醫院，他每次看到我，就會拿一個小豬撲滿給我——那是他乖時，媽媽給的零用錢，小孩子的愛心一樣可佩。」「做苦工的人，認爲自己一生勞勞碌碌，沒辦法爲社會作些什麼，可是他到過慈濟以後，幾乎是以賣身的方式，向雇主懇求，請先借給他一年的工資；然後把那一整筆一二十萬元的工錢，原封不動地拿到我面前，要讓我蓋醫院。」這是清寒人的愛心與奉獻。

而同樣的願心與行動也發生在有錢人的身上——「還沒有到過慈濟以前的一位女士，家境優渥、生活富裕，每天打開衣櫥都覺得少一件衣服、缺一樣首飾，所以總是逛委託行、買珍貴的飾品；直到有一天她公公生病了，她忽然悟到：公公的家業這麼大，可是生病了，卻沒有人可以替代他受苦、受折磨，有錢又有何用呢？而最後她公公死在醫院時，所穿的也只是一套內褲，什麼也沒帶走！人間的生老病死對她造成了一股很大的衝擊；自此，她開始接近、關懷慈濟，慢慢的轉變了人生觀。醫院第一期工程剛開始的時候，經濟非常的拮据，有一次我正好上台北，她到銀行把保險箱中所有的珠寶捧到我面前，說曾經聽我講經時說過——珠寶是破銅爛鐵，可是人間的凡夫心、虛榮心，卻把它看成是寶；現在她悟透了，她要把這些破銅爛鐵的煩惱交給我來處理。於是金塊換成了磚塊，一大片一大片的牆壁砌起來了，『破銅爛鐵變成了鋼筋水泥』，煩惱也變成了真實的喜悅！從那天開始，她不再有少一件衣服、少一件首飾的空虛感了，在家庭料理好之餘，她把所有的時間都奉獻給了慈濟。」

## 樂生的慈濟人

在專門收容痲瘋病患的新莊樂生療養院裡，年事偏高的院民，已剩不到五百人了。但是，很少人知道，他們從接受慈濟援助的「照顧戶」起，如今包括病患、員工、家屬在內，已有四百多人都成了慈濟的捐款會員。每個月都會固定繳交省吃儉用扣下來的生活費去幫助貧困者；而每當慈濟在募款籌建重大建設或海內外救災時，他們更是連棺材本都拿出來了，甚至還撐著老弱殘缺扭曲的病體去打工以籌募更多的善款。這群被世人遺忘、排斥卻從慈濟志工的關懷中尋回自尊的院友們表示：「我們要讓社會知道：我們不總是弱勢、被憐憫的，我們也可以對社會付出關懷、去幫助需要幫助的人。」

十六歲就住進「樂生」，現在已七十歲的林葉女士，在慈濟報導的故事裡，曾表示「慈濟人」是院民最榮耀的註記，在「樂生」半個世紀來，她目睹院裡從極盛期的一兩千人，到如今的老成凋零，大多數院民歷經親人不相認的苦痛，早已無家可歸，但慈濟不僅接納他們，還教會他們做一個「手心向下的人」；捐錢，不算什麼，但發現微薄的自己也能做善事，生命從此有了尊嚴，也有了光輝。

林葉提起「樂生」和慈濟結緣的經過。她清楚地記得一九七八年，慈濟創辦人證嚴法師第一次到樂生去探望病患時，她不弘法，只是趨近院民，輕輕地問一句：「我能為你們做什麼？」林葉和院民都聽過慈濟，以為慈濟很有錢，便像找到了大戶一般，陳述痲瘋治療雖由政府照顧，但病患併發中風、關節炎、高血壓等疾病，需要就醫時，就只能靠自己了；有的病患連生活自理能力都沒有，但其他病人病痛在身也愛莫難助。證嚴法師聽到這裡，便二話不說，每個月撥二萬五千元，在樂生附近租了一間房，聘四個歐巴桑，收容二十餘名需要人照顧的痲瘋病患。

來自慈濟的濟助好像天經地義。直到兩年後，林葉和其他院民不經意從慈濟的徵信錄看到：這些善款原來都是來自十元、二十元一些普通老百姓所省下的生活費，他們為之愕然。於是，他們向證嚴師父要求加入慈濟。證嚴法師說：「你們一定要懷著虔誠、長遠的心，才行啊！」

林葉說，像他們這樣外表殘缺的人，走到哪裡誰都怕，要捐錢給人，別人也不一定接受，「但是師父卻接納了我們！」一開始，他們只是一兩百地捐，但證嚴法師決定籌建慈濟醫院，當時需款八億多，只募到二億。他們都說，「師父弱不禁風的樣子，卻有那麼大的願力，我們為什麼不行？」

不久，慈濟寄來的一封賀卡寫著：「福田一方，廣邀天下善士，心蓮萬蕊，打造慈濟世界。」給了這群有心人一個靈感，於是，他們拿出自己的「棺材本」，以一萬元認購一朵心蓮，一口氣，在「樂生」就遍地開了三十餘朵心蓮。

在得知「希望工程」尚差十多億經費時，老人家又翻箱倒櫃並四處募款，希望能募到二百萬元。林葉說，不是樂生的人有錢，回想五十年前她剛進院時伙食費僅有六毛五，現在已到七千多元，他們很知足了。本來連陌生人都不願見的林葉，成了慈濟人後，一派豁達；沒受過教育的她已可國內外到處演講，侃侃而談卻句句實在，令人動容。

林葉說，這一切都是慈濟的恩典，她有心入佛門，而師父帶她進善門，而且信任他們，慷慨地讓他們這輩子就可以開始還人生和社會的「貸款」。「樂生人」入慈濟，和任何人都可成爲慈濟人，並沒有兩樣；因爲，行善，不是有錢人的權力，是有心人的責任。

像這樣的例子，在慈濟比比皆是。

## 以出世的心做入世的事

許多人受證嚴法師的感召，紛紛參與慈濟的義務工作，但是證嚴法師並不鼓勵人一定要出家，即使是志工委員要往慈濟做事，法師也要求他一定要先做好個人修心，先把家庭教育好。法師說：「做事修心不一定要形象化，而是以出世的心做入世的事才是眞出家。」佛教中有句話說：「上求佛道，下化眾生。」慈濟就是以佛教出世的精神，走入世間來做世間事。

佛教禪門有這樣一則故事：唐代詩人白居易，是一位虔誠的佛教徒，有一次他去拜訪當時一位非常有名的鳥窠禪師，向鳥窠禪師請教高深的佛道；禪師告訴他「諸惡莫做，眾善奉行」八個字；白居易聽了之後，很失望的說：「禪師啊！你說的這八個字，三歲小孩也知道啊！」鳥窠禪師緩緩回答說：「是三歲小孩都知道，但即使是活到八十歲的老翁都還做不到啊！」白居易這才恍然大悟：「佛法不是用來說的，佛法是用來做的。」

慈濟基金會的委員，原先多由婦女組成；因受證嚴法師仁德感召，紛紛動員起來，參與慈濟的工作。當時曾有人問法師：「要怎樣才有資格當慈濟委員？」她回答說：「先做家庭主婦的工作，並做好具足愛心的媽媽之後，都可當慈濟委員。」而當她們進入慈濟以後，再問她：「該如何做慈濟人，並顧好家庭？」法師告訴她們：「以菩薩的心用在家庭、教育孩子；以媽媽的心來奉獻社會；把愛孩子的狹窄的心，擴展到社會上。」而後因為這些婦女自我形象的改變，影響了整個家庭的氣氛，繼而影響了丈夫，也一起加入了慈濟的行列；夫妻檔同師、同志、同道又同行，由菩薩道侶而慈濟家庭，慈濟淨化社會人心的力量也就愈來愈大了。

慈濟委員有很多是來自社會基層，有種田的農友、擺攤賣水果的、賣早點的，收入不很豐富，但點燭照亮別人的心卻很堅定。慈濟與一般慈善事業不同的地方是，永遠不嫌幾塊錢的小捐款。因為當初證嚴法師也是「勸信徒每天捐五毛錢」起家，建立濟世助貧世界的，小錢就可累積大錢。身為會員或委員都有共同的認識，即是不管捐助多少，都會按月到府上去收取，有時委員自己花費的交通費，比收到的捐款還多，深受捐款人的感動，這種慈悲濟世無私的精神，一傳十、十傳百，從每一領域的菁英人士、大企業老闆、一般中產階級，到不識字的阿公阿嬤都投入了慈濟世界。「知足、感恩、善解、包容」是大家經常喝的「慈濟四神湯」，在這個慈濟大家族裡，沒有階級之分，人人以師兄師姊之情相待。建設有形，心念無量。

慈濟的魅力到底何在？如何能吸引各階層大眾，發揮如此大的影響力？不可否認的，慈濟的魅力是建築在「慈濟精神」上，有了「慈濟精神」的正確導引，它的魅力才得以煥發出來。慈濟精神最可貴的地方在於「行動」。證嚴法師強調修行必須「藉事練心」，「不經事，悟不出理來」。所以，他們亦在不停的行動中，增加了能力，學會了承擔，不僅得到別人的尊重，也換來了內心眞正的快樂，這就是慈濟的魅力。

## 即使有心，點燃才有意義

曾經，有個計程車司機，載到了要赴美主持台灣希望工程募款的陳淑麗小姐，車中兩人談起了九二一震災，以及慈濟所做種種……司機竟掏出了一個小盒子，裡面有一個小小的金鎖片，他要陳淑麗幫忙拿去捐。這個金鎖片是司機買給他即將出世的孩子，也是景氣不佳下，他唯一能買得起的禮物。陳淑麗不解，爲什麼他又要把它捐出來呢？司機微笑道：「我能做的也只有這些！就算我孩子捐的啦！」這件事讓陳淑麗非常感動；「愛的金鎖片」也在義賣會上贏得共鳴，高價賣出。

慈濟入世救苦救難的實際行動，常常就是這麼輕易的，便激發出了人性中，那個小小的、至高的善念善行。有人說證嚴法師是佛教的革命家，但她說她只是復古，佛陀時代的教法，原本就是落實在生活中。中國佛教一直讓人覺得太艱深，但證嚴法師提供佛教人間化，傳達佛法不是高不可攀，只要啓發良知、發揮良能，人人都可以做菩薩。

常有人問證嚴法師：「慈濟是如何動員的？」她說：「其實，慈濟並無特別的動員，沒有假期、從無休息過。因爲一直在『動』，所以反而是『無動也無靜』。」龐大一群默默付出的活菩薩，在證嚴法師的領導下，無休無止、無畏無私地在世界各角落奉獻一己之力。只要有需要關懷的地方，慈濟人永遠是跑在最前，不畏艱難，只爲需要幫助的人，這種證嚴法師時時叮嚀的「做就對了」的精神，是慈濟人奉爲實際行動的圭臬。

慈濟工作就是一項服務人群的工作。證嚴法師回想說：「當我決心要創建一座大醫院時，一無所有，別人都告訴我那是不可能的事，但是我有的只是像地藏菩薩的心，『我不入地獄，誰入地獄！』這九個字，給了我很大的力量。」而法師的實踐精神不只是表達在慈濟基金會這樣大的工作上，同時也落實在生活的每一個細節中；今天的慈濟雖然已是影響力很大的慈善事業，可是證嚴法師和她身邊弟子們，依舊堅持「一日不作，一日不食」的原則。她們在「靜思精舍」旁邊闢了菜圃，每天清晨四點就起床誦課，用過早飯，接著去耕作，有的人製蠟燭、磨豆粉、做陶瓷，來維持自力更生的生活，數十餘年如一日；甚至這棟美麗樸素的建築，也是法師自己設計的，而且連屋瓦水泥也都是來自她的慧心。

早先證嚴法師在小屋中修行時，夜裡對著燭光讀經，曾從一支蠟燭得到了開悟，她悟到了：「一支蠟燭如果沒有心就不能燃燒，而即使有心，可也要點燃才有意義，雖說點燃了的蠟燭會有淚，但總比沒有燃燒的好。」她也悟到了：「一滴燭淚一旦落下來，立刻就會被一層結出的薄膜止住，因爲天地間自有一種撫慰的力量，這種力量叫做『膚』。」

爲了驗證這種力量，她特在左臂上燃香供佛，當皮膚被燒破的那一剎那，立即有一陣清涼覆蓋在傷口上，此即是「膚」；在台灣話裡，當孩子受傷時，媽媽都會說：「來！媽媽膚膚就不痛了。」

這種力量是充盈在天地之間的；所以她悟到了：「生死之痛，其實就像是一滴燭淚落下；就像受傷了，突然被『膚』。」她更悟到了：「這世界無時無刻不在對我們說法，這種說法常是無聲的，可是有時卻比聲音更深刻。」這些體悟，對她後來的行事，產生了很大的影響。

那些投身於慈濟志業的慈濟人，就像蠟燭一樣燃燒、發熱、放光，他們有的只是歡欣的菩薩行。

## 缺角的圓滿

一位從美國回來的老太太，有次聽到證嚴法師說：「一個有缺角的杯子，不看缺角，其他地方仍是圓的；做人也是一樣，每個人的人生都難免會有缺陷，如果不去計較那些缺陷的話，就是圓滿的人生了！」就這麼一句話，改變了她的心念；過去她常常埋怨她人生的種種缺陷，事實上，人生本來就沒有十全十美，法師的這句話使她深深覺悟：「不用去在意人生的缺陷。」從此，她過得快樂而自在。後來，老太太將這份快樂的心境，從台灣帶到美國，不斷的將「缺角的圓滿」說給每個人聽。

在慈濟，曾有這麼一個案例：慈濟委員要去一位住在半山腰的老阿婆家幫忙清理，車子才停到屋前，就聞到一股很強烈的臭味，大家心想：「是什麼東西壞了？怎麼這麼臭？」他們敲門敲了好久，可是沒有動靜，後來發現門沒有上鎖，才推開門，陰暗的屋內一陣惡臭，臭得他們實在是招架不住，不得不到外面去透透氣；他們很納悶，爲什麼沒人回應？於是再度進屋去找人，等他們的眼睛適應了黑暗之後，這才發現，在床上有條棉被蓋著一個人！他們連聲呼喚，可是這個人卻一動也不動，他們因此很小心地掀開了棉被，是老阿婆，他們叫她，她還是一點反應都沒有；等打開燈一看，眼前的景象眞是令人難以置信！老阿婆從頭到肩膀，全都是螞蟻窩，好多好多的螞蟻在她身上爬來爬去，甚至還長了蛆，頭髮也打了結，整條棉被都看不到布面了，全部都是大小便。

於是大夥立刻分頭工作，先燒了一鍋熱水，然後抱起老阿婆，幫她洗澡，因爲她的身上沾滿了大小便，而且都已乾硬了，洗了三、四遍，全身還是黏黏滑滑的，洗不乾淨，他們不敢戴手套幫她洗，怕會擦破了老阿婆的皮膚，所以用手輕輕的、慢慢的幫她洗，碰到大小便黏得較厚的地方，就用手指甲輕輕的刮，好不容易才把她身子洗乾淨了；接著要洗頭，可是她的頭髮都打結了，怎麼洗都洗不開，只好用剪刀把一團團的髮結給剪掉，等替老阿婆由頭到腳全部清洗乾淨了，再把她抱到屋外去透透氣、曬曬太陽；然後，委員們回到屋內，立刻動手大掃除，她的床上、床下也全是乾硬的糞便，一群人費了好大一番工夫，終於將裡裡外外都打掃乾淨；當她們把老阿婆抱進屋時，她這才突然迸出一句話說：「謝謝了！」

當時有鄰居好奇、感動的問他們：「你們怎麼會有這麼大的愛心呢？有些人甚至連自己的親人，都還做不到，你們是怎麼做到的？」慈濟委員回答：「我們是抱持著師父所說的『無緣大慈，同體大悲』的心啊！我們把老人家當作是自己的祖父母、自己的父母，既然是我的親人，我就有義務幫她洗啊！」所以，愛的力量眞是無可限量，如果每個人都能湧現心中愛的清泉，那麼即可讓社會的生機復甦了。

正因慈濟人是用大愛與感恩的文化在教育，所以慈濟人才能用眾生平等的襟懷去尊重生命，肯定人性。慈濟人不僅用大愛與感恩的文化在信仰領域中，找到心靈的依歸；也用「尊重生命、肯定人性」的襟懷在群體領域中，認識個體責任；在助人領域中，肯定人生價值；在精進領域中，觸動人格昇華；在度化領域中，落實慈悲弘願；在實踐領域中，體現心即是佛。

慈濟文化的眞，就是人性的眞；慈濟文化的善，就是心性的善；慈濟文化的美，就是人性的美。慈濟文化的眞善美，不僅表現在慈濟人的一言一行上，也表現在慈濟人的思想觀念上，更表現在慈濟人的生活教育中。

本書初稿完成於二〇〇三年
二〇〇六年修訂

# 〈附錄〉會見證嚴

千禧年十月二十七日大清早，我在慈濟台中分會，會見當代台灣最偉大的慈善家證嚴法師。在「慈濟人」的口中，他們稱她爲「上人」。

在台灣，很多人和證嚴及慈濟結下不同程度的因緣，或是捐過錢，或是接受過慈濟的幫助，或是讀過證嚴和慈濟出版的書，或是在電視上看過證嚴傳的道；最起碼，也聽過她的事蹟，或是有個把「慈濟人」的朋友。

我早年即和慈濟有多重因緣，所以我寫了《台灣三巨人》，其中一位正是證嚴法師。這本書分別在日本、香港及台灣出版了日文及中文版；再就是《大捨無求——證嚴法師與慈濟世界》。這兩本書使我和書中的主人翁有緣相見。

這兩本書也挑起我們的話題。證嚴說，她一直納悶，一個平日不在她身邊的人，怎麼能把她和慈濟做過的事寫得那麼完整翔實？我告訴她，當年我在花蓮《更生日報》幹記者的時候，即注意到慈濟的種種。

記者有隨時隨地蒐集資料的習慣，加上我和內子敬佩證嚴乃至天下無數「慈濟人」大捨無我的精神，並以之作爲教育子女的主軸，資料的蒐集當然更是鉅細靡遺。

我們會面的時候，慈濟正進行有史以來最偉大的救難、賑災壯舉——賑濟九月二十一日集集大地震的災民。

集集大地震發生不久，九九年的諾貝爾和平獎揭曉，得獎人是無國界醫師團——當時他們正在台灣的地震災區服務。

無國界醫師團得獎，當然是實至名歸；但我讀到這一則新聞後的立即反應是，放眼滔滔濁世，還有多少人比證嚴法師更有資格得到這個榮譽呢？

在集集大地震中，論救災的效率及貢獻之大，不是政府機關，而是慈濟，訪談時，證嚴談起九月二十一日大地震的那一夜。

大地震發生在凌晨一點四十七分，證嚴自夢中驚醒，當時已經停電，她扭開收音機，首先聽到的災情，是台北市松山區一幢十二層高的大樓倒塌，許多居民埋身瓦礫中。

證嚴立刻打電話給松山區的「慈濟人」，接電話的正是這一區的志工領隊，他在電話中說：「上人，我們已經在災難現場了。」

她記得很清楚，那時候還不到兩點鐘。

天一亮，全台灣地震災區的災民或救難人員喝的第一口熱粥，幾乎都是「慈濟人」熬的。

慈濟的救災效率震動全台，也使政府飽受責難。許多人當然會問，政府和民間社團的效率爲什麼差別那麼大？我想原因很簡單，「慈濟人」心中有愛，大愛無我，發揮出來的力量自然雄偉。台灣有災變的地方就有慈濟，世界上其他地方又何其不然？現在慈濟的分會或聯絡處，遍及世界五大洲，會員逾五百萬人，展現慈善、醫療、教育、文化四大志業，那麼，諾貝爾獎的榮譽何以和她錯身而過？

答案應該是中國人謙讓的傳統，使我們錯失了很多機會。

其實在諾貝爾獎之外，證嚴早已受到肯定。一九九一年七月，她獲得享有亞洲諾貝爾獎之譽的麥格塞塞「社區領袖獎」；九四年，她再獲「艾森豪國際和平獎」，類似的榮譽不勝枚舉。

可是證嚴從未親自去領獎；另一方面，「慈濟人」及受過慈濟恩澤的人，遍及天下，他們都希望有緣和證嚴見一面，但她迄今沒有離開過台灣這個島。她對我說：

「我覺得現在做得還不夠，要等到更有尊嚴的時候再出去。」

我深信，證嚴總有一天會得到諾貝爾和平獎，那一天，世人會有機會一睹這個中國人慈愛、尊嚴的風采。

很多人都知道，「慈濟人」是代表愛與關懷的名字；而證嚴有更深一層的闡釋。

「慈濟的慈，就是教富，」證嚴如是說：「濟，就是濟貧，拔除人們心中因不滿而產生的貧苦。」

由慈濟二字的「教富」、「濟貧」涵意，證嚴法師對世人念茲在茲的貧富問題，有她獨特的見解。

「人的貧富，分貧中的富、貧中的貧、富中的富和富中的貧四等。」

她說，貧中的貧是自己沒有，但天天抱怨，而且是不知努力，只會怨天尤人；至於貧中的富，是自己雖然貧窮，心境卻是富裕的。

像這次集集大地震，很多慈濟人的家也是毀了。而他們依舊忙著救人；飯菜煮熟了，先送去給旁的災民吃，等別人吃飽了，才揀賸下來的吃。證嚴最敬重的，正是貧中的富人。

其次，富人之中也有貧有富。證嚴說，一個人內心的最大挑戰便是貪念。「當我們擁有一時，我們看到的是九的缺口；當我們擁有十的時候，我們看到的是九十的缺口，永無止境，再富也是貧。」

談到富中的富人，她說一個財團的千金，地震當天就趕到災區幫災民煮飯，手燙起了泡，睡的則是木板床，絲毫不以爲苦。她的公公始終不解，名與利爲什麼不敵慈濟對她媳婦的吸引力？說著，證嚴給我們每人一個「慈濟人」的基本裝備——一個布袋，裡面裝有碗筷、水杯和一塊抹布。任何地方有天災地變，「慈濟人」把布袋一拎就到災區救人去了。

那一天，證嚴法師一如平日，一襲灰袍，說話低聲細氣，態度從容；中午她留我們共進午餐，她吃得很少。

這樣一位「弱」女子，竟能使台灣民間的賑災力量超越政府，這樣平凡召喚偉大的力量，便是台灣民間不可小覷、生生不息的活力精神。

原載於曼谷《世界日報》

INK PUBLISHING People 4

# 台灣最美的人——證嚴法師與慈濟人

作　　者　趙賢明
總 編 輯　初安民
責任編輯　施淑清
美術編輯　許秋山
校　　對　施淑清　趙賢明

發 行 人　張書銘
出　　版　INK 印刻文學生活雜誌出版有限公司
台北縣中和市中正路 800 號 13 樓之 3
電話：02-22281626
傳真：02-22281598
e-mail:ink.book@msa.hinet.net
網　　址　舒讀網 http://www.sudu.cc

法律顧問　漢廷法律事務所
劉大正律師
總 代 理　展智文化事業股份有限公司
電話：02-22533362・22535856
傳真：02-22518350
郵政劃撥　19000691 成陽出版股份有限公司
印　　刷　海王印刷事業股份有限公司

出版日期　2006 年 7 月　初版
2009 年 3 月 12 日　初版七刷
ISBN 978-986-7108-52-4
定價　260 元



國家圖書館出版品預行編目資料

台灣最美的人 證嚴法師與慈濟人／
趙賢明 著.--初版，--
臺北縣中和市：INK 印刻文學，
2006〔民 95〕面；　公分（people；4）
ISBN 978-986-7108-52-4（精裝）
1. 志願服務 — 通俗作品

547.16　　95008928